Kyss by rowohlt POLARIS

EMMA CHASE

PRINCE OF PASSION

LOGAN

ROMAN

Aus dem Englischen
von Anita Nirschl

Kyss

Die Originalausgabe erschien 2017
unter dem Titel «Royally Endowed».

Deutsche Erstausgabe
Veröffentlicht im Rowohlt Taschenbuch Verlag,
Hamburg, Juli 2019

Published by Arrangement with Farrah Reilly
Redaktion Susann Rehlein, Berlin
Umschlaggestaltung ZERO Werbeagentur, München
Umschlagabbildung deckorator / shutterstock
Satz aus der TrinitéNo2 bei Pinkuin Satz und Datentechnik, Berlin
Druck und Bindung CPI books GmbH, Leck, Germany
ISBN 978 3 499 27393 3

Prolog

LOGAN

Manche Männer denken mit dem Schwanz. Ihr kennt die Sorte. Aalglatte Süßholzraspler, immer auf der Suche nach einem hübschen Paar Beine, nach vollen Brüsten oder einem knackigen Hintern, den sie begaffen können.

Andere Kerle sind ständig in ihrem Kopf. Die Sorte kennt ihr auch. Irritierend vorsichtig und langsam, ewig wägen sie ihre Worte ab und gucken aus der Wäsche, als wüssten sie schon von vornherein, dass alles, was sie sagen, sich irgendwann rächen wird.

Ich bin weder der Kopf- noch der Schwanztyp. Ich höre immer auf meinen Bauch. Zieht der sich warnend zusammen, handle ich, ohne zu zögern. Kribbelt er, halte ich inne und schätze die Situation neu ein. Wenn er aber rumort und grummelt, weiß ich, dass ich gewaltig Mist gebaut habe.

Mein Bauchgefühl ist mein bester Freund, mein Gewissen, mein größtes Kapital. Und es hat mich noch nie im Stich gelassen.

Dieses Bauchgefühl ist es, das mich zu ihrer Tür zieht. Das mich entschlossen anklopfen lässt. Das mir die Worte eingibt. Flehende, ungewohnt reuevolle Worte, die ich dennoch gerne sage, um das hier in Ordnung zu bringen.

Um sie zurückzubekommen.

Denn obwohl mein Bauchgefühl so zuverlässig ist, kann ich manchmal ein richtiger Idiot sein. Wie gestern zum Beispiel.

«Ellie. Ich bin's. Mach auf, wir müssen reden.»

Ich nehme sie auf der anderen Seite der soliden Eichentür wahr, nicht durch Geräusche oder Schatten unter der Tür, sondern eher als ein Gefühl. Ich kann sie dort drin spüren. Nah und lauschend.

«Geh weg, Logan.» Ihre Stimme ist angespannt, höher als sonst. Aufgebracht.

«Ellie, bitte. Ich war ein Trottel, ich weiß ...» Ich bin nicht scharf darauf, winselnd im Flur herumzustehen, aber wenn es nun mal nötig ist ... «Es tut mir leid. Lass mich rein.»

Ellie ist nicht leicht zu verärgern, und sie vergibt schnell; sie ist einfach nicht hart oder gemein genug, lange zu grollen. Deshalb ziehen mir ihre nächsten Worte regelrecht die Beine unter den Füßen weg.

«Nein, du hattest recht. Die Schwester der Prinzessin und der Bodyguard aus East Amboy, das ergibt keinen Sinn. Das mit uns würde nie halten.»

Habe ich das tatsächlich zu ihr gesagt? Was zum Teufel ist los mit mir? Was ich für sie empfinde, ist das Einzige in meinem Leben, was Sinn ergibt.

Aber das habe ich nie gesagt.

Stattdessen ... Stattdessen habe ich genau das Falsche gesagt.

Ich stütze mich mit der Hand am glatten Holz ab und lehne mich vor, weil ich ihr so nah sein will wie möglich. «Ellie ...»

«Ich habe meine Meinung geändert, Logan.»

Sie klingt wie ein lebender Leichnam. Ausdruckslos, leer.

«Ich will das Märchen. Ich will, was Olivia hat ... Schlösser und Kutschen ... Und wie du schon sagtest, du wirst mir das nie bieten können. An deiner Seite müsste ich mich mit so viel weniger zufriedengeben. Du würdest mich nicht glücklich machen.»

Das meint sie nicht so. Es sind meine Worte, die sie jetzt zu mir zurückschleudert. Und es tut verdammt weh, diese Worte zu hören. Sie treffen mich wie ein Schlag in die Magengrube, zerquetschen meine Brust, zermalmen mir die Knochen. Ich habe das ernst gemeint, als ich sagte, ich würde für sie sterben … und im Moment fühlt es sich so an.

Ich greife nach dem Türknauf, um reinzugehen, um ihr Gesicht zu sehen. Um zu sehen, dass sie es nicht so meint.

«Ellie …»

«Komm nicht rein!», kreischt sie in einem Ton, wie ich ihn bei ihr noch nie zuvor gehört habe. «Ich will dich nicht sehen! Geh weg, Logan. Es ist aus. *Geh* einfach!»

Ich atme heftig. Das tut man, wenn einen der Schmerz in die Knie zwingen will, man atmet ihn weg. Dann schlucke ich den bitteren Geschmack im Mund hinunter, straffe den Rücken, drehe mich um und gehe den Flur hoch. Weg von ihr. So, wie sie es will, wie sie es erbeten hat. Wie sie es mir entgegengeschleudert hat.

Mein Verstand sagt, ich soll schneller gehen. So schnell wie möglich von hier verschwinden, es akzeptieren und meine Wunden lecken. Mein Herz … Gott, das erbärmliche Ding ist zu verwundet und blutig, um irgendetwas zu sagen.

Aber dann, auf halbem Weg den Flur entlang, werden meine Schritte langsamer, bis ich schließlich stehen bleibe.

Denn mein Bauchgefühl … kämpft sich durch den Schmerz und rebelliert. Es schreit mich an, das hier ist falsch. So ist sie nicht. Irgendetwas stimmt hier nicht.

Irgendwas stimmt hier ganz und gar nicht.

Ich blicke den Flur hoch und runter. Keine Wache, kein Zimmermädchen in Sicht. Die Tür nach wie vor geschlossen und still und stumm.

Dann drehe ich mich um und marschiere schnurstracks zu ihr zurück. Ich klopfe nicht oder warte oder bitte um Erlaubnis. Mit einer einzigen Bewegung drehe ich den Türknauf und trete ein. Und was ich sehe, lässt mich wie angewurzelt stehen bleiben. Denn was immer ich auch erwartet hatte, es war ganz sicher nicht das hier.

Ganz und gar nicht …

1

LOGAN

Fünf Jahre zuvor

Sie wollten mich sprechen, Prinz Nicholas?»

Ich muss etwas gestehen: Als mir eine Stelle im Security-Team der königlichen Familie angeboten wurde, hatte ich anfangs kein Interesse. Die Vorstellung, auf Schritt und Tritt irgendeinem aufgeblasenen Aristokraten zu folgen, der in den Klang seiner eigenen Stimme verliebt ist – vermutlich sogar in den Geruch seines eigenen Arsches –, sprach mich nicht gerade an. So, wie ich das sah, standen Bodyguards nur eine Stufe über Dienern, und ich bin der Diener von niemandem.

Ich wollte Action. Ruhm und Ehre. Eine Aufgabe. Ich wollte Teil von etwas sein, das größer ist als ich. Teil von etwas Noblem und Beständigem.

«Ja, Logan. Setzen Sie sich doch.»

Ich hatte mir beim Militär ziemlich schnell Sporen verdient. Und Winston, dem Chef der Palast-Security, war das aufgefallen. Sie suchten für das persönliche Team von Prinz Nicholas nach jungen Männern mit sehr speziellen Fähigkeiten, erklärte er mir. Über schnelles Reaktionsvermögen müsste man verfügen, loyal und im Notfall unerbittlich sein. Der Typ, der kein Problem damit hat, mit einem Messer zu einer Schießerei zu kommen, weil er nämlich kein verdammtes Messer oder Schießeisen braucht, um zu gewinnen.

Schon nach wenigen Wochen hatte ich eine andere Meinung von dem Posten. Er fing an, sich wie eine Berufung anzufühlen, wie eine Verpflichtung. Bedeutende Männer bewirken etwas, bewegen etwas. Sie haben die Macht, den nicht so bedeutenden Leuten das Leben leichter zu machen.

Ich beschütze sie, damit sie das tun können.

Und der junge Prinz, der mir nun hinter dem Schreibtisch in der Bibliothek seiner luxuriösen Penthouse-Suite gegenübersitzt – er ist ein bedeutender Mann.

«Wie alt sind Sie, Logan?»

«In meiner Akte steht, dass ich fünfundzwanzig bin.»

Wenn Petrus ein Menschenfischer war, dann bin ich ein Menschenleser. Das ist eine Fähigkeit, die für diesen Beruf wesentlich ist: ein Bauchgefühl für die Absichten des Gegenübers zu haben, außerdem die Fähigkeit, den Blick eines Mannes zu deuten, die Veränderung seiner Haltung, zu wissen, wozu er fähig ist und was für ein Mensch er ist.

Nicholas Pembrook ist ein guter Mensch. Durch und durch.

Und das ist selten. Meistens sind bedeutende Männer richtige Drecksäcke.

Seine Mundwinkel zucken. «Ich weiß, was in Ihrer Akte steht. Das war es nicht, wonach ich gefragt habe.» Er ist auch kein Idiot, und er wurde in seinem Leben schon oft genug angelogen, um ein Gehör dafür entwickelt zu haben, wann etwas nicht wahr klingt. «Wie alt sind Sie wirklich?»

Ich sehe ihm in die Augen und frage mich, worauf er hinauswill. «Zweiundzwanzig.»

Er nickt bedächtig, massiert mit dem Daumen die Handfläche seiner anderen Hand, während er nachdenkt. «Also haben

Sie sich mit ... fünfzehn beim Militär gemeldet? Und über Ihr Alter gelogen? Das ist früh.»

Ich zucke mit den Schultern. «Man war nicht wirklich wählerisch im Rekrutierungsamt. Ich war groß, kräftig und gut mit meinen Fäusten.»

«Sie waren noch ein Kind.»

«Ich war nie ein Kind, Hoheit. Ebenso wenig wie Sie.»

Kindheit ist, wenn man Mist bauen soll, wenn man herausfinden soll, wer man ist und was man sein will. Man bekommt die Erlaubnis, ein Blödmann zu sein. Dieses Privileg hatte ich nicht, ebenso wenig wie Nicholas. Unsere Wege waren schon vor der Geburt vorgezeichnet. Gegensätzliche Wege, gewiss, aber ob man nun in einer Hütte oder in einem Palast aufwächst, die Erwartungen und Forderungen jener um einen herum neigen dazu, jegliche Unschuld ziemlich schnell zu ersticken.

«Warum sind Sie so früh von zu Hause fortgegangen?»

Jetzt bin ich es, der schmunzelt. Weil ich auch kein Idiot bin. «Sie wissen, warum. Das steht auch in meiner Akte.»

Ich bin gut darin, Drecksäcke zu erkennen, weil ich einer langen Reihe von Drecksäcken entstamme. Von Kriminellen. Nicht besonders erfolgreichen Kriminellen allerdings. Es waren kleine Gauner und Schmarotzer, verzweifelt genug, um gefährlich zu sein, von der Sorte, die dir ins Gesicht lächelt, dir auf die Schulter klopft und dir dann ein Messer in den Rücken rammt.

Mein Großvater starb im Gefängnis. Er saß für Mord während eines Raubüberfalls. Mein Dad wird auch dort sterben. Er sitzt wegen Totschlags. Ich habe Onkel, die wegen einer ganzen Bandbreite krimineller Aktivitäten im Bau waren, Cousins, die am helllichten Tag mitten auf der Straße umgebracht wurden, und Tanten, die ihre Töchter auf den Strich geschickt haben. Als ich fünfzehn war, wusste ich, falls ich in diesem Scheißloch blieb, würde ich in der Scheiße untergehen. Gefängnis oder Friedhof. Keins von beidem wollte ich.

«Worum geht es hier? Wozu all diese Fragen?» Es ist immer besser, gleich zur Sache zu kommen, schnell und schmerzlos.

Mit prüfender Miene richtet er seine graugrünen Augen auf mich, die Schultern leicht gebeugt.

«Nach der Sache mit Henry will die Queen, dass wir zurück nach Wessco kommen, in zwei Tagen. Das wissen Sie.»

Ich nicke.

«Ich möchte Olivia mit nach Hause nehmen, den Sommer über.»

Eine Zeitlang war ich hin- und hergerissen, was die hübsche New Yorker Bäckerin betraf. Sie setzte Nicholas Flausen in den Kopf, machte ihn leichtsinnig. Aber sie ist ein gutes Mädchen, fleißig, ehrlich – und sie hat ihn wirklich gern. Nicht seinen Titel oder sein Geld. All das könnte ihr nicht gleichgültiger sein, und wahrscheinlich wäre er ihr ohne sogar lieber.

Sie macht ihn glücklich. Und in den knapp zwei Jahren, seit ich für den Kronprinzen arbeite, ist Glück etwas, das ich noch nie bei ihm gesehen habe, glaube ich.

«Ist das klug?», frage ich.

Olivia Hammond ist ein süßes Mädchen. Aber der Palast … ist gut darin, süß in bitter zu verwandeln.

«Nein. Aber ich will es trotzdem.»

Sein Gesicht ist jetzt offen und ungeschützt, und der Ausdruck darauf sehnsüchtig. Man könnte meinen, ein Royal kann alles haben, was er will. Nicholas hat Privatjets, Diener, Schlösser und mehr Geld, als er in einem ganzen Leben ausgeben kann, aber ich erinnere mich an keine einzige Situation, in der er je getan hat, was er wollte, einfach nur so zum Spaß. Oder in der er sich erlaubte, etwas zu tun, von dem er wusste, dass er es nicht tun sollte.

Ich bewundere ihn, aber ich beneide ihn nicht.

«Olivia will mitkommen, aber sie macht sich Sorgen, ihre Schwester den Sommer über allein zu lassen. Ellie ist jung, noch in der Schule und ... naiv.»

Sie hat auch einen wilden Zug an sich. So wild wie die pinke Strähne in ihrem blonden Haar, zu der sich in den zwei Monaten, seit wir in New York sind, noch eine blaue und dann eine grüne gesellt haben.

«Ich könnte mir vorstellen, dass sie Schwierigkeiten magisch anzieht», sage ich.

«Genau. Außerdem wird Ellie den Coffee Shop allein führen müssen, mit nur Marty als Hilfe. Olivias Vater ist ...»

«Er ist ein Trinker.» Trinker rieche ich auf eine Meile.

«Ja.» Nicholas seufzt. «Sehen Sie, Logan, Sie sind schon lange genug dabei, um zu wissen, dass ich nicht allzu oft oder gar leichtfertig jemandem vertraue. Aber Ihnen vertraue ich.» Er fährt sich mit der Hand durch seine schwarzen Haare und sieht mir in die Augen. «Aus diesem Grund frage ich Sie. Werden Sie in New York bleiben? Werden Sie Ellie helfen, auf sie aufpassen ... für ihre Sicherheit sorgen?»

Sie scheint ein anständiges Mädchen zu sein, aber wie ich schon sagte, bin ich kein Diener – und ich bin auch kein Babysitter. Die königliche Familie zu beschützen, ist eine Verpflichtung, die ich gewählt habe. Einen amerikanischen Teenager im Auge zu behalten, da ist der Ärger verdammt noch mal vorprogrammiert.

Nicholas sieht aus dem Fenster. «Ich weiß, das ist viel verlangt. Das ist nicht Ihre Aufgabe. Sie können nein sagen. Aber es gibt niemand sonst, den ich dafür wählen würde ... niemand sonst, auf den ich mich derart verlassen kann. Also würde ich es als persönlichen Gefallen betrachten, wenn Sie ja sagen.»

Ach ... verdammt. Ich habe einen Bruder. Zu sagen, dass ich mir wünsche, ich hätte keinen, wäre untertrieben. Und das ist wirklich etwas anderes als Nicholas' Wunsch, sein königlicher Schnösel von einem Bruder würde verdammt noch mal endlich erwachsen werden, oder Miss Olivias Sorge um ihre jüngere Schwester. Die Welt wäre ohne meinen Bruder ein besserer Ort, und das ist eine Meinung, die andere durchaus teilen. Aber wenn ich die Wahl hätte, wenn ich mir einen Bruder basteln könnte, dann wäre es am Ende der Mann, der gerade vor mir sitzt. Und darum, obwohl ich das verdammt noch mal bereuen werde, dauert es nur einen einzigen Moment, bis ich ihm meine Antwort gebe.

«James hat einen Sohn daheim», sage ich, «ungefähr ein Jahr alt, deshalb wird er mit Ihnen nach Hause fahren wollen. Tommy wird gern bleiben. Die Bronx ist wie ein persönlicher Harem für ihn. Wir zwei und noch zwei weitere Männer, Cory und Liam vielleicht, können das Mädchen den Sommer über aus Schwierigkeiten raus und den Laden über Wasser halten.»

Ein breites Lächeln legt sich auf Nicholas' Gesicht, und seine Augen leuchten. Er steht auf, streckt mir die Hand hin und klopft mir auf die Schulter.

«Danke, Logan. Wirklich. Das werde ich Ihnen nicht vergessen.»

Dieser Sommer wird ... mal was anderes werden.

2

ELLIE

Was Musik angeht, bin ich altmodisch. Dafür gebe ich meiner Mutter die Schuld. Eine meiner frühsten Erinnerungen ist, wie sie mich mit einem Wiegenlied von Led Zeppelin in den Schlaf singt: *All of My Love.* Wenn sie in der Küche des Amelia's backte, des Coffee Shops unserer Familie, der nach ihr benannt ist, dann wummerte stets ihr Ghettoblaster. Manchmal brachte sie etwas Abwechslung rein, aber meistens waren es die kehligen, aufwühlenden, kraftvollen Songs großartiger Sängerinnen. Das prägte mich und meine große Schwester.

Ich meine, wenn man einmal gehört hat, wie Janis Joplin bei *Bobby McGee* alles gibt, kann man nicht mehr mit weniger zufrieden sein.

Heute Morgen, kurz nach vier, habe ich mich für *Gloria* von Laura Branigan entschieden. Es hämmert gegen meine Trommelfelle, energiegeladen und peppig. Und heute kann ich etwas Pep gebrauchen.

Olivia ist gestern nach Wessco aufgebrochen, und ich freue mich für sie, empfinde echte, aufrichtige, kreischende Freude. Sie hat es verdient, von vorne bis hinten hofiert, von einem umwerfend schönen Prinzen mit schmutziger Seele und goldenem Herzen verwöhnt und vergöttert zu werden. Liv verdient die ganze Welt, selbst wenn es nur für drei Monate ist.

Aber ich werde sie schrecklich vermissen.

Außerdem ist da noch das kleine Detail, dass ich seit vierundzwanzig Stunden nicht geschlafen habe. Keine Sekunde. Und wenn ich das recht sehe, wird es demnächst viele schlaflose Nächte geben. Ich bin im letzten Jahr der Highschool, ich habe für Prüfungen zu büffeln, Projekte zu stemmen, außerschulische Tätigkeiten zu bewältigen, lebenslange Erinnerungen zu schaffen – und jetzt auch noch ein Geschäft zu führen.

Wer hat da schon Zeit für Schlaf, verdammt?!

Ich drehe die Lautstärke meines Handys hoch und schiebe mir einen gehäuften Esslöffel Instant-Kaffeepulver in den Mund, um die bitteren, spitzen Körnchen dann mit einem Schluck kalten, schwarzen Kaffees hinunterzuspülen. Im Laden bieten wir keinen Instant-Kaffee an. Instant-Kaffee ist widerlich. Aber er erfüllt seinen Zweck. Er ist effektiv, effizient. Ich liebe Koffein. Das High, den Rausch, das Gefühl, dass ich Wonder Womans lang verschollene Cousine bin und es nichts gibt, das ich nicht schaffen kann.

Ich würde mir Koffein spritzen, wenn das ginge.

Wahrscheinlich wäre ich längst Meth-Junkie, wenn da nicht die Sache mit den verfaulenden Zähnen, dem ruinierten Leben und dem Tod an einer Überdosis wäre. Ich bin in meinem letzten Jahr an der Highschool, kein Volltrottel.

Nachdem ich mein widerliches Lebenselixier hinuntergeschluckt habe, steige ich wieder in den Song ein. Ich wackle mit Hüften und Schultern und schüttle mein blondes Haar mit den meerjungfrau-bunt gefärbten Strähnen. Ich drehe mich auf den Zehenspitzen, ich twerke und springe ziemlich ballerinamäßig durch die Küche, während ich die Pieformen auf der Arbeitsfläche mit klebrigem, leckerem, frisch geschnittenem Obst fülle und die bemehlten Teigkugeln für die Deckel der zwei Dutzend Pies ausrolle, die ich noch machen muss, bevor wir öffnen.

Die Pies meiner Mutter, ihre Rezepte – dafür ist das Amelia's bekannt. Diese Pies sind der einzige Grund, warum wir nicht schon vor Jahren dichtmachen mussten. Früher brauchten wir nur ein Dutzend, aber als die Nachricht von der Romanze meiner Schwester mit dem Kronprinzen von Wessco sich herumsprach beziehungsweise wie eine Bombe einschlug, kamen die ganzen Prinzen-Groupies, Royals-Fans, interessierten Passanten und Psycho-Stalker aus ihren Löchern ... und direkt zu unserer Tür.

Das Geschäft boomt, was ein zweischneidiges Schwert ist. Das Geld ist ein bisschen weniger knapp, aber das Arbeitspensum hat sich verdoppelt, und jetzt, wo meine Schwester fort ist, hat sich die Arbeitskraft halbiert. Mehr als halbiert, um genau zu sein. Ein Drittel ist übrig, weil Olivia eigentlich den Laden schmiss. Bis vor kurzem war ich noch eine absolute Faulenzerin. Das war übrigens auch der Grund, warum ich so eisern darauf bestanden habe, dass sie nach Wessco geht, warum ich geschworen habe, dass ich mich der Situation gewachsen zeigen und alles regeln werde, solange sie fort ist.

Das war ich ihr nämlich schuldig. Und wenn ich meinen Teil der Abmachung tatsächlich einhalten will, dann muss ich, was diese Pies angeht, wirklich den Arsch hochkriegen.

Ich stäube etwas Mehl auf den Teig und rolle ihn mit dem schweren hölzernen Nudelholz aus. Sobald er die perfekte Größe und Dicke hat, wirble ich das Nudelholz herum und singe in den Griff, als wäre ich bei *American Idol*.

«Calling Gloriaaaaaaaaaaaaaaaaaa ...»

Und dann drehe ich mich um.

«AHHHHHHHHHHHHH!»

Ohne nachzudenken, hole ich aus und schleudere das Nudelholz wie einen Tomahawk ... direkt an den Kopf des Kerls, der in der Küchentür steht.

Des Kerls, den ich nicht habe reinkommen hören.

Des Kerls, der das wirbelnde Nudelholz auffängt, ohne mit der Wimper zu zucken, einhändig und eiskalt wie ein Schneemann, nur Zentimeter von seinem umwerfend perfekten Gesicht entfernt.

Er neigt den Kopf nach links, um mich um das Nudelholz herum mit seinen gefühlvollen braunen Augen anzusehen. «Netter Wurf.»

Logan St. James. Bodyguard. Absolut knallhart. Der sexyste Kerl, den ich je kennengelernt habe – und das schließt Bücher, Filme und Fernsehen mit ein, national und international. Er ist die perfekte Kombi aus jungenhaft könnte-auf-meine-Schule-gehen gutaussehend und gefährlich heiß, eine verführerisch geheimnisvolle Mischung. Wenn Superman, James Dean, Jason Bourne und ein Typ mit dem geschmeidigsten, perfektesten wessconischen Akzent zu einer einzigen Person verschmelzen würden, dann käme Logan St. James heraus.

Und dem habe ich gerade versucht, eins überzubraten, und trage zu allem Überfluss meine Rick-and-Morty-Schlafshorts, ein Winnie-Puuh-T-Shirt, das ich schon habe, seit ich acht war, und meine SpongeBob-Pantoffeln.

Und keinen BH.

Nicht, dass bei mir obenrum viel los wäre, aber trotzdem ...

«Ach du grüne Kacke!» Ich greife mir an die Brust wie eine alte Frau mit Herzschrittmacher.

Logans Stirn runzelt sich. «Das hab ich noch nie gehört.»

Oh Mist, hat er mich tanzen gesehen? Hat er gesehen, wie ich herumgesprungen bin? Lieber Gott, lass mich sterben.

Ich ziehe am Kabel meiner Ohrstöpsel und reiße sie mir aus den Ohren. «Was zum Teufel soll das, Alter?! Mach ein bisschen Lärm, wenn du reinkommst, damit ein Mädchen weiß, dass sie nicht allein ist. Du hättest mir einen Herzinfarkt verpassen können. Und ich hätte dich mit meinen umwerfenden Ninja-Fähigkeiten killen können.»

Seine Mundwinkel zucken. «Nein, hättest du nicht.» Er legt das Nudelholz auf die Küchenzeile. «Ich habe an die Küchentür geklopft, damit ich dich nicht erschrecke, aber du warst beschäftigt mit … deiner Performance.»

Hitze schießt mir ins Gesicht. Und ich würde am liebsten im Boden versinken und dann bis ganz runter zum Erdkern.

Logan zeigt zum vorderen Teil des Coffee Shops. «Die Tür war nicht verriegelt. Ich dachte, Marty wollte das kaputte Schloss ersetzen?»

Erleichtert, einen Grund zu haben, ihn nicht ansehen zu müssen, drehe ich mich um und hole das Schloss aus der Schublade. Es ist immer noch in der Verpackung. «Er hat es gekauft, aber wir waren gestern so mit Arbeit eingedeckt, dass wir keine Zeit hatten, es einzubauen.»

Logan nimmt es und dreht es in den Händen. «Ich kümmere mich daraum.»

«Brauchst du einen Schraubenzieher?»

«Nein, ich habe Werkzeug im Wagen.»

Den Ellbogen auf die Arbeitsfläche gestützt, schaue ich zu ihm hoch. Logan ist wirklich groß. Und zwar nicht nur, weil ich winzige eins fünfundfünfzig klein bin. Er ist richtig, richtig groß. Wie ein sexy Baum. Und kräftig. Mit breiter Brust in seinem schwarzen Hemd. Muskulös.

«Du bist so 'ne Art Pfadfinder, was?»

Das ist mein Versuch zu flirten, wahrscheinlich kaum wirkungsvoller als «ich hab eine Wassermelone getragen» bei *Dirty Dancing*.

Wieder dieses Mundwinkelzucken.

«Nicht mal annähernd.»

Er sagt es mit einem Bad-Boy-Tonfall, einer Andeutung des Verbotenen, die mein Herz schneller klopfen lässt.

«Genau, ich auch nicht ... War nie bei den Pfad...» Ich nicke heftig.

Zu heftig.

So heftig, dass mein Ellbogen auf der bemehlten Arbeitsfläche wegrutscht und ich mich fast selbst k. o. schlage. Aber Logan ist nicht nur groß und muskulös, er ist auch schnell. Schnell genug, um mich am Arm und an der Taille festzuhalten, bevor ich mir den Schädel an der hölzernen Arbeitsplatte einschlage.

«Alles okay, Ellie?»

Er beugt sich herunter und mustert mich mit einem Blick, den ich heute Nacht in meinen Träumen sehen werde ... vorausgesetzt, ich kann schlafen. Und, wow, hat Logan tolle Wimpern. Dick und lang und mitternachtsschwarz. Ich wette, sie sind nicht der einzige Teil von ihm, der dick und lang ist.

Mein Blick zuckt hinunter zu seinem Gelobten Land, wo seine Hose gerade eng genug ist, um meinen Verdacht zu bestätigen. Dieser Bodyguard mag vielleicht eine Dienstwaffe im Halfter haben, aber in seiner Hose hat er eine Magnum. «Ja, ich bin okay.» Ich seufze. «Nur ... müde, weißt du. Aber das ist ... cool ... alles cool.»

Er nickt und machte einen Schritt zurück. «Dann repariere ich mal das Schloss. Und danach gebe ich dir den Schlüssel. Behalt ihn bei dir; verlier ihn nicht. Von jetzt an schließt du die Tür hinter dir ab, wenn du gehst, und du lässt sie verschlossen, wenn du allein hier bist. Verstanden?»

Wieder nicke ich. Livvy muss mit ihm gesprochen haben. Ist nicht meine Schuld, dass mir Schlüssel ständig abhandenkommen. Ich lege sie an eine bestimmte Stelle, damit ich später weiß, wo sie sind, und ich schwöre bei Gott, sie bekommen Beine und laufen davon.

Schlüpfrige kleine Houdini-Scheißerchen.

Nachdem ich den letzten Kuchen aus dem Ofen geholt und auf das Abkühlgitter gestellt habe, flitze ich die Treppe hoch, um mich für die Schule fertigzumachen. Ich habe weder viel Zeit noch tolle Klamotten, aber ich mache das Beste aus dem, was ich habe: dunkle Jeans, ein durchsichtiges, kurzärmeliges rosa Top mit weißem Tanktop darunter, schwarze Ballerinas und eine schwarze Lederjacke, die ich letztes Jahr in einem Secondhandladen ergattert habe.

Ich mag Schmuck, ich klimpere gern beim Gehen – wie eine menschliche Musicbox. Also kommen billige Ringe an jeden Finger, noch billigere Armreifen an meine Handgelenke und ein langes Silberkettchen um meinen Hals.

Ich betone mein Gesicht nicht mit Contouring oder fülle meine blonden Augenbrauen mit dunklem Augenbrauenstift auf wie Kylie Jenner; wenn ich das versuchen würde, sähe ich am Ende aus wie eine Serienkillerin. Aber ich benutze Concealer unter den Augen, praktisch die ganze Tube, dazu ein bisschen Mascara und helles rosa Lipgloss.

Als ich kurz vor sechs die Hintertreppe hinunterhüpfe, ist Logan mit dem Schloss fertig und redet in der Küche mit unserem Kellner Marty.

Marty McFly Ginsberg ist nicht einfach nur ein Angestellter, er ist wie ein Bruder für Livvy und mich. Ein schwarzer, jüdischer, schwuler und arschcooler Bruder. Marty ist bombe.

«Hey, Küken.» Er umarmt mich. Und ich liebe es, dass der Mann nicht knauserig ist mit seinen Umarmungen. «Wie geht's dir? Hast du was von Liv gehört?»

Ich nicke. «Hat sie dir das Foto von ihrem Zimmer geschickt?»

Marty seufzt. «Als wär sie gestorben und im Schöner-Wohnen-Himmel wieder aufgewacht.» Er streicht mir eine grüne Strähne aus dem Gesicht. «Wie ist es gestern Abend gelaufen?»

«Ganz okay.» Ich gähne. «Ich habe noch nicht geschlafen, aber das ist ja nichts Neues.»

Marty mahlt die Kaffeebohnen, füllt zwei Filter und fängt an, die erste von vielen Kannen Kaffee aufzubrühen. «Wie schlägt sich dein Dad?»

«Ganz okay, schätze ich. Er ist nicht nach Hause gekommen.»

Das kommt nicht häufig vor, aber oft genug, um keine große Sache zu sein. Zumindest nicht für mich.

Logan dreht sich zu mir um. «Wie meinst du das?»

Ich zucke mit den Schultern. «Er ist noch nicht wieder zu

Hause. Wahrscheinlich hat er sich aufgeregt, weil Liv nach Wessco gegangen ist, hat sich volllaufen lassen und liegt bewusstlos in Mulligan's Bar oder auf einer Parkbank zwischen hier und dort. Das kommt manchmal vor.»

Die Augen des Bodyguards flackern auf, als wäre ein Feuer in ihm entzündet worden. «Willst du damit sagen, du hast die Nacht ganz allein in der Wohnung im ersten Stock verbracht, mit einer verdammten unverriegelten Tür im Erdgeschoss?»

«Ja. Aber ich hatte Bosco bei mir.»

Bosco ist unser Shih-Tzu-Chihuahua-Mischling. Er hat nicht gerade das Zeug zum Wachhund, aber er könnte durchaus Eindringlinge zu Tode zu erschrecken, weil er so hässlich ist, dass es schon fast wieder süß ist. Und falls ein Einbrecher zufällig versuchen würde, Hot Dogs aus dem Kühlschrank zu stehlen, würde er es hier nie lebend raus schaffen. Für einen Hot Dog würde Bosco ihm die Kehle durchbeißen.

«Das ist keine große Sache, Logan.»

Logan sieht Marty an, und sie wechseln einen dieser Jungs-Club-Blicke. Als er sich wieder mir zuwendet, sind sein Gesicht und seine Stimme hart. Er ist definitiv sauer.

«Wir werden uns abwechseln, ich und die Jungs. Wir können hier unten im Diner bleiben, wenn es dir unangenehm ist, uns in der Wohnung zu haben, aber von jetzt an wird rund um die Uhr jemand hier bei dir sein. Du wirst nicht wieder allein bleiben. Ja?»

Ich nicke und habe ein warmes, bizzeliges Gefühl in den Adern, als wäre mein Blut mit Kohlensäure versetzt.

«Okay.»

So ist das also, jemanden zu haben, der für mich da ist.

Versteht mich nicht falsch, meine Schwester würde sich für mich eine Kugel einfangen und trotzdem noch denjenigen, der den Schuss abgefeuert hat, windelweich prügeln. Aber das hier ist völlig anders. Heißer. Tarzanmäßiger. Tröstlicher. Ich habe für diesen harten, gutaussehenden Kerl absolute Priorität. Er wird sich um mich kümmern, mich beschützen ... als wäre es sein gottverdammter Job.

Weil es sein gottverdammter Job ist.

Ich weiß von Liv, dass Nicholas den ständigen Schutz erdrückend findet. Aber für mich fühlt es sich einfach nur ... wirklich schön an.

Ein Lastwagen rumpelt in die Gasse hinter dem Laden.

«Das ist der Gebäck-Lieferant», sagt Marty. «Falls er wieder versucht, uns total zerdrückte Plunderteilchen anzudrehen, werde ich ihn einen Kopf kürzer machen müssen.» Er lässt seine Knöchel knacken. «Bin gleich wieder da.»

Als er zur Hintertür geht, schlüpft meine Freundin Marlow an ihm vorbei in die Küche.

«Hey, Bitch. Bist du startklar?»

«Ja, in fünf Minuten.»

Marlow kommt aus einer reichen Familie. Ihr Dad ist ein Hedgefonds-Manager und irgendwie ein Blödmann. Ihre Mom ist sehr schön und sehr traurig, und ich habe sie noch nie ohne ein Glas Pinot Grigio gesehen. Sie schicken Marlow nicht auf eine Privatschule, obwohl sie es sich leisten könnten, weil sie wollen, dass sie Biss kriegt. Straßenschläue.

Ich weiß nicht, ob es wirklich das öffentliche Schulsystem ist oder ob es ihr einfach im Blut liegt, aber wenn ich wetten müsste, welches Mädchen eventuell mal die Welt regieren wird, dann würde ich mein Geld auf Marlow setzen.

«Die Vordertür ist abgeschlossen, was ist denn da plötzlich los?»

«Logan hat das Schloss repariert», erkläre ich ihr.

Ihr knallroter, herzförmiger Mund lächelt. «Gut gemacht, Kevin Costner. Aber du solltest Ellie den Schlüssel an die Stirn tackern, sonst verliert sie ihn garantiert.»

Sie hat auch für die anderen Typen Spitznamen, und als ihr Lieblingsbodyguard Tommy Sullivan ein paar Minuten später reinkommt, spricht Marlow ihn mit seinem an. «Hallo, Sahneschnitte.» Sie wickelt sich ihre honigfarbenen, wippenden Locken um den Finger, schiebt die Hüfte raus und legt den Kopf schief wie ein Pin-up-Girl aus den Fünfzigern.

Tommy, der für sein Leben gern flirtet, zwinkert ihr zu. «Hallo, hübsches minderjähriges Mädel.» Dann nickt er Logan zu und lächelt mich an. «Grüß dich, Lo. Guten Morgen, Miss Ellie.»

«Hey, Tommy.»

Marlow grinst. «Drei Monate noch, Tommy. Drei Monate noch, bis ich gesetzlich volljährig bin, dann werde ich dich benutzen, auslutschen und wegwerfen.»

Der dunkelhaarige Teufel grinst. «So stell ich mir ein gutes Date vor.» Dann deutet er zur Hintertür. «Also, sind wir bereit für einen unterhaltsamen Tag des Lernens?»

Einer der Security-Typen begleitet mich zur Schule, seit die Öffentlichkeit und die Presse wegen Nicholas' und Olivias technisch gesehen immer noch unbestätigter Beziehung völlig durchdrehen. Sie sorgen dafür, dass mir niemand Ärger macht, und wenn es regnet, fahren sie mich mit ihrem kugelsicheren, verdunkelten SUV – ein ziemlich cooler Deal.

Ich schnappe mir meine superschwere Messenger-Bag.

«Ich kann nicht fassen, dass ich nicht eher draufgekommen bin. Ellie, du solltest heute Abend eine Mega-Party hier feiern!», sagt Marlow.

«Auf gar keinen Fall», sagen Tommy und Logan wie aus einem Mund und mit synchronem Kopfschütteln.

Beschwichtigend hebt Marlow die Hände. «Hab ich Party gesagt?»

«Mega-Party», korrigiert Tommy.

«Nein, das ist falsch rübergekommen. Ich meinte, wir sollten ein paar Freunde einladen, um ... zusammen rumzuhängen. Nur ganz wenige. Sehr erwachsen. Wie ... fast wie eine Lerngruppe.»

Ich spiele mit meiner Halskette. «Das hört sich wirklich nach einer guten Idee an.»

Eine Party zu schmeißen, wenn die Eltern weg sind, gehört auf der Highschool zum Erwachsenwerden dazu. Und nach diesem Sommer wird Liv höchstwahrscheinlich nie wieder weg sein. Es heißt also jetzt oder nie.

«Das ist eine furchtbare Idee.» Logan macht ein finsteres Gesicht. Er sieht irgendwie furchteinflößend aus, wenn er ein finsteres Gesicht macht. Aber immer noch heiß. Womöglich noch heißer.

Marlow macht einen Schritt vorwärts, als hätte sie Eier aus Stahl. «Ihr dürft sie nicht aufhalten, das ist nicht euer Job. Das ist wie, als man die Bush-Zwillinge in dieser Bar mit gefälschten Ausweisen erwischt hat, oder als Malia Obama auf dem Coachella beim Kiffen gefilmt wurde. Der Secret-Service konnte sie nicht aufhalten; die mussten nur dafür sorgen, dass sie nicht draufgehen.»

Lässig, sogar wenn er auf knallhart macht, schiebt Tommy

die Hände in die Hosentaschen. «Wir könnten ihre Schwester anrufen. Ich wette, die könnte sie sogar von der anderen Seite des Ozeans aus aufhalten.»

«Nein!» Ich zucke zusammen. «Nein, belästigt Liv nicht damit. Ich will nicht, dass sie sich Sorgen macht.»

«Wir könnten die verdammten Türen und Fenster zunageln», schlägt Logan vor.

Weil das ja überhaupt nicht übertrieben wäre angesichts von so was Harmlosem wie einer Party.

Ich trete vor die beiden Bodyguards und lege meinen Fall dar. «Ich verstehe, warum ihr euch Sorgen macht, okay? Aber ich hab ein Motto. Ich will die Zitrone lutschen, heißt es.»

Tommy fallen fast die Augen raus. «Du willst *was* lutschen?»

Lachend schüttle ich den Kopf. Jungs sind dumm.

«Ihr kennt doch den Spruch, ‹Wenn das Leben dir Zitronen gibt, mach Limonade draus›? Nun, ich will die Zitrone auslutschen, sie komplett essen.»

Keiner von beiden sieht sonderlich beeindruckt aus.

«Ich möchte das Leben voll und ganz auskosten, alles erleben, was es zu bieten hat, das Gute und das Schlechte.» Ich ziehe meine Jeans hoch, um ihnen meinen Knöchel zu zeigen, und die kleine Zitrone, die ich dort hingemalt habe. «Seht ihr? Sobald ich achtzehn bin, werde ich mir das richtig tätowieren lassen. Als Erinnerung daran, so viel und heftig und großartig zu leben, wie ich kann, und nichts als selbstverständlich zu betrachten. Und heute Abend meine Freunde einzuladen gehört dazu.»

Ich schaue zwischen den beiden hin und her. Tommy wird weich, das kann ich spüren. Logan ist immer noch hart wie eine Ziegelmauer.

«Es wird nur klein. Und ruhig, das schwöre ich. Total kontrolliert. Und außerdem werdet ihr Jungs ja hier bei mir sein. Was könnte da schon schiefgehen?»

Alles. Alles geht total schief.

Um halb elf ist der komplette Gastraum des Cafés vollgestopft mit Leuten. Und ich kenne niemanden. Überall auf den Tischen stehen leere Bier- und Schnapsflaschen, und in der Küche riecht es wie in einem Coffeeshop in Amsterdam.

Wie gerate ich nur immer in solche Situationen? Warum passiert mir das? Und wo zum Teufel steckt Marlow?

Ein Matrose drängt sich an mir vorbei.

Ja, ein richtiger, waschechter Matrose, wie Popeye, in voller Ausgehuniform. Und dabei ist noch nicht mal Flottenwoche!

«Siehst du den auch?», sage ich stotternd zu Logan, der neben mir finster dreinschaut. Und dabei immer noch verdammt sexy aussieht.

«Ich hab doch gesagt, dass das eine schlechte Idee ist», knurrt Logan.

Ich stampfe mit dem Fuß auf. Weil ich eine Erwachsene bin. Fast. «So was sagt man nicht! Man sagt nicht: ‹Ich hab's doch gesagt.› Das ist unhöflich!»

«Ist mir scheißegal, was unhöflich ist. Du musst auf mich hören. Von jetzt an tust du, was ich dir sage, verstanden?»

Mir liegt die Frage auf der Zunge, was Special Agent Sexy macht, wenn ich mich weigere. Mir den Hintern versohlen? Mich fesseln? Mich mit Handschellen an ihn ketten? In dem Fall werde ich ein sehr unartiges Mädchen sein.

Bevor ich die Frage stellen kann, reißt mich ein lautes Krachen aus der Küche aus meiner schmutzigen Phantasie und zurück in meine beschissene Realität.

Die Musik ist so laut, dass die Holzstühle vibrieren, und es ist nur noch eine Frage der Zeit, bis einer der Nachbarn die Bullen ruft. Ich bin müde und ... verdammt noch mal, die essen unsere Kuchen! Ich entdecke drei, nein, vier Leute, die rumstehen, sich unterhalten und sich dabei die Pies für morgen reinschaufeln. *Arschgeigen!*

«Du hast recht. Das war's. Ziehen wir den Stecker.»

Logan verdreht die dunkelbraunen Augen zur Decke. «Na endlich.»

Händeringend überlege ich, wie wir es anstellen sollen. «Also, vielleicht könntest du diese Sache mit dem auf den Fingern Pfeifen machen, um die Aufmerksamkeit von allen zu bekommen? Und ich stelle mich auf einen Stuhl und sage: ‹Danke, dass ihr alle gekommen seid. Es war toll. Ich hoffe, ihr ...›»

Aber Logan hört nicht zu. Weil er gar nicht mehr neben mir steht. Er ist drüben bei der Stereoanlage und macht die Musik aus, dann legt er die Hände wie einen Trichter um den Mund. «Raus hier, verdammt noch mal!»

Feingefühl, dein Name ist nicht Logan St. James.

♛

«Du könntest ein bisschen helfen, weißt du.»

Nachdem die Party aufgelöst wurde, hat Logan Tommy nach Hause geschickt. Er will die Nachtschicht übernehmen und sichergehen, dass alles wieder in Ordnung gebracht wird. Die anderen sollen ihn dann morgen ablösen.

Allmählich bekomme ich das Gefühl, dass Logan nicht besonders gut im Delegieren ist.

«Warum sollte ich?», fragt er, an die Wand gelehnt, während er mit dem Daumen über den Touchscreen seines Handys wischt. «Ich hab dir doch gesagt, du sollst keine verdammte Party feiern.»

Zeus sei Dank, dass ich meine Hausaufgaben gleich nach der Schule gemacht habe, in der Küche, zwischen dem Zubereiten der Bestellungen. Ich schreibe morgen in der vierten Stunde eine Prüfung, aber ich kann in der Mittagspause lernen. Im Moment kratze und wische ich auf allen vieren die klebrigen, zerdrückten Kuchenreste vom Fußboden auf. Die Recyclingtonnen sind bis zum Rand mit leeren Flaschen gefüllt, die Küche ist sauber, und die Tische sind abgewischt. Der Boden ist das Letzte, was noch übrig ist.

«Das wär, was ein Gentleman tun würde.»

«Ich bin kein Gentleman, und ich kehre keine verdammten Fußböden.»

«Nett.»

Er neigt den Kopf, doch bevor er etwas sagen kann, kommt mein Dad zur Tür herein. Nach zwei ganzen Tagen.

Er schlurft herein, nicht direkt torkelnd, aber unsicher auf den Beinen, den Blick stur geradeaus gerichtet.

Wie Logan ist auch mein Dad groß, breit und attraktiv auf eine raue Weise. Der Typ, der nach der Arbeit duscht, nicht davor. Oder zumindest war er das mal. Jetzt, besonders nach einer Sauftour, neigt er dazu, den Kopf zwischen die Schultern zu ziehen, was ihn gebeugt und alt aussehen lässt. Sein Flanellhemd ist zerknittert und schmutzig, und sein schwarz-graues Haar hängt ihm in die Augen.

«Was ist denn hier los, Ellie?», lallt er.

Und das Merkwürdige ist, ich hoffe, er schreit mich an. Gibt mir Hausarrest. Nimmt mir das Handy weg. Wie es normale Eltern tun würden, ein richtiger Vater ... der sich tatsächlich kümmert.

«Ich, äh, hatte ein paar Leute hier. Es wurde ein bisschen verrückt. Ich räume alles wieder auf, bevor wir morgen aufmachen.»

Er sieht nicht mal in meine Richtung. Reagiert nur mit einem kleinen, knappen Nicken, das ich bloß bemerke, weil ich ihn so genau beobachte.

«Ich geh ins Bett. Morgen steh ich auf und helfe Marty, wenn du in die Schule gehst.»

Dann stampft er an den Tischen vorbei und durch die Schwingtür der Küche zur Hintertreppe, die zu unserer Wohnung im ersten Stock führt.

Ich senke den Kopf und putze weiter den Boden.

Ein paar Minuten später sage ich, ohne hochzublicken, zu Logan: «Das brauchst du nicht, weißt du? Das ist wirklich nicht nötig.»

«Was denn?»

«Dir Sorgen machen. Du bist total angespannt, als ob du denkst, er würde mir weh tun oder so was. Er bringt kaum die Energie auf, mit mir zu reden. Er würde mich nie schlagen.»

Logan schaut mit diesen tiefen, dunklen Augen auf mich herunter, als könne er direkt in mich hineinsehen, meine Gedanken lesen.

«Es müssen nicht seine Fäuste sein. Es gibt alle möglichen Methoden, jemandem weh zu tun. Nicht wahr?»

Für gewöhnlich bringt mich nichts aus der Fassung. Das

würde ich gar nicht zulassen. Aber die letzten paar Tage waren nicht gewöhnlich. Und große, schmerzhafte Tränen treten mir in die Augen.

«Er hasst mich», sage ich. Und dann schluchze ich, und meine Schultern beben. «Mein Dad hasst mich.»

Logan runzelt die Stirn und holt tief Luft. Dann, mit für einen Kerl seiner Größe überraschender Anmut, kommt er rüber und lässt sich neben mir auf dem Boden nieder, die Beine angewinkelt, die Unterarme auf den Knien, den Rücken an die Wand gelehnt.

Er beugt sich dicht zu mir und flüstert sanft: «Ich glaube nicht, dass das stimmt.»

Ich schüttle den Kopf und wische mir über die Wangen. «Du verstehst das nicht. Ich war krank. In der Nacht, in der Mom getötet wurde, hatte ich Halsschmerzen, Husten. Ich habe die ganze Zeit rumgejammert. Die Apotheke den Block runter hatte wegen Renovierung geschlossen, also nahm sie die U-Bahn.»

Wenn du in einer Großstadt aufwächst, reden deine Eltern schon früh mit dir darüber, wie man sich bei einem Raubüberfall verhält. Dass keine Menge an Geld oder Schmuck dein Leben wert ist. Wenn also jemand diese Dinge von dir will, dann gibst du sie ihm einfach. Die lassen sich ersetzen, du nicht.

«Er hat uns vor ein paar Jahren aus dem Gefängnis einen Brief geschrieben, der Kerl, der es getan hat. Er schrieb, dass es ihm leidtut, dass er sie nicht erschießen wollte, dass die Pistole einfach ... losging.» Als ich hochblicke, stelle ich fest, dass Logan mir aufmerksam zuhört. «Dass es ihm leidtut, dass er es nicht mit Absicht getan hat, hilft kein bisschen. Wir haben uns dadurch nicht besser gefühlt. Wenn überhaupt, hat es nur bewiesen, dass sie zur falschen Zeit am falschen Ort war. Und dass … wenn es mich nicht gäbe, die große Liebe meines Dads noch leben würde. Ich bin nicht theatralisch, das ist einfach eine Tatsache. Und deshalb kann er mich nicht mal ansehen.»

Schweigend hocken wir eine ganze Zeit da, ich auf den Boden starrend, Logan den Blick geradeaus gerichtet.

Dann reibt er sich den Nacken und fragt: «Du weißt doch, dass man New Jersey die Achselhöhle Amerikas nennt?»

«Das fand ich schon immer blöd. Ich mag Jersey.»

«Wo ich aufwuchs, East Amboy, das ist praktisch die rechte Arschbacke von Wessco.»

Ein kleines Lachen platzt mir aus der Kehle.

«Da gab es diesen Kerl, Wino Willie nannten ihn alle. Er brachte den Tag damit zu, auf der Straße zu betteln und in der Gosse nach Kleingeld zu suchen. Davon kaufte er sich die größte, billigste Flasche Fusel, die er kriegen konnte.»

Logans tiefe Stimme und der melodische, britisch-schottisch klingende Akzent sind beruhigend. Wie ein dunkles Wiegenlied.

«Aber er war nicht immer Wino Willie. Früher mal war er William und hatte eine hübsche Frau und drei kleine Kinder. Sie waren arm wie wir alle und lebten in einer winzigen Einzimmerwohnung im dritten Stock eines heruntergekommenen Gebäudes, aber sie waren glücklich.»

Seine Stimme wird leiser.

«William arbeitete die Nachtschicht im Supermarkt, er lud Lastwagen ab, räumte Regale ein. Und eines Abends gab er seiner Frau einen Abschiedskuss, deckte seine Kinder gut zu und ging zur Arbeit. Und als er wieder nach Hause kam … war alles, was er liebte, alles, wofür er lebte, nur noch ein Haufen Asche.»

Ich schnappe nach Luft, mit einem kleinen, leisen Keuchen.

«Es hatte einen Brand gegeben, durch schlechte Leitungen, und sie wurden alle vom Feuer in dieser winzigen Wohnung eingeschlossen und starben. Alle bis auf einen. Der Älteste, Brady, konnte aus einem Fenster springen, bevor ihn der Rauch erreichte. Er brach sich sämtliche Knochen seines rechten Beins, aber er überlebte. Nun sollte man meinen, nachdem William alles andere verloren hatte, würde er sich mit beiden Händen an diesen Jungen klammern. Ihn nie wieder loslassen, nie mehr aus den Augen lassen.» Logan zuckt mit den Schultern. «Stattdessen rief William, sobald Brady aus dem Krankenhaus entlassen wurde, bei der Fürsorge an, trat sein Sorgerecht ab und gab sein einziges überlebendes Kind auf.» Er schüttelt den Kopf, und seine Stimme wird weicher, als er sich erinnert. «Als sie kamen, um ihn mitzunehmen, war es das Traurigste, das ich je gesehen habe. Brady auf dem Bürgersteig, wie er auf Krücken herumhüpfte und weinend seinen Vater anflehte, ihn bleiben zu lassen. Willie hat sich nicht mal umgedreht. Sich nicht von ihm verabschiedet. Er ging einfach weiter ... und fing an, nach Kleingeld zu suchen.»

«Warum?», will ich wissen, wütend und verletzt wegen eines Jungen, dem ich nie begegnet bin. «Warum hat er das getan?»

Logan schaut mir in die Augen. «Um sich selbst zu bestrafen, weil er nicht da war, als die Menschen, die er liebte, ihn brauchten. Weil er sie im Stich gelassen hat, sie nicht beschützt hat. Das ist die schlimmste Sünde, die ein Mann begehen kann. Wenn ein Mann die nicht beschützen kann, die ihm am kostbarsten sind ... dann verdient er sie nicht.»

«Aber es war nicht seine Schuld.»

«So, wie er es sah, schon.» Seine Stimme ist weich. Sanft. «Ich habe das Gesicht deines Dads gesehen, wenn du in der Nähe bist, Ellie. Er hasst dich nicht. Ob das nun berechtigt ist oder nicht, er hasst sich selbst. Du erinnerst ihn an alles Kostbare, das er nicht beschützt hat. Er ertrinkt so tief in seinem eigenen Schmerz, dass er deinen Schmerz oder den deiner Schwester gar nicht sehen kann oder wie er noch dazu beiträgt. Er ist schwach und traurig und auf sich selbst konzentriert, aber das ist seine Sache, weißt du? Das hat nichts mit dir zu tun.»

Das macht es nicht besser. Doch diese Worte von einem Außenstehenden zu hören, der nicht darin verwickelt ist, der keinen Grund zu lügen hat, macht es ... nicht mehr ganz so schwer.

Und jetzt spüre ich die Erschöpfung. Sie trifft mich wie eine heranrauschende Flut, hart und schnell, und zieht mir den Boden unter den Füßen weg. Meine Knochen fühlen sich an, als wären sie siebzig Jahre alt anstatt siebzehn. Nun, zumindest wie ich mir vorstelle, dass sich siebzig anfühlen wird.

Mit dem Handrücken verstecke ich ein Gähnen.

«Geh rauf ins Bett, Mädchen.» Logan steht auf, streicht sich den Schmutz von der Hose und hebt den Besen vom Fußboden auf. «Ich mache das hier fertig.»

Mühsam hieve ich mich ebenfalls hoch. «Ich dachte, du kehrst keine verdammten Fußböden?»

Logan zwinkert mir zu. Und genau hier, in diesem schwach beleuchteten kleinen Coffee Shop, stiehlt er mir für immer ein Stück meines Herzens.

«In deinem Fall mache ich eine verdammte Ausnahme.»

Er fängt an zu fegen, aber als ich zur Küchentür gehe, bleibe ich noch einmal stehen. «Danke, Logan. Für alles.»

Er schaut mich kurz an, dann nickt er. «Nicht nötig, mir zu danken. Ich mache nur meinen Job.»

3

LOGAN

Im Lauf der nächsten zwei Wochen verfallen wir in eine Routine. Ich übernehme die frühe Morgenschicht mit Ellie im Coffee Shop, und sobald Tommy mit ihr zur Schule fährt, helfe ich Marty in der Küche beim Zubereiten der Bestellungen und beim Geschirrspülen. Es ist keine aufregende Arbeit, aber man ist ausgelastet, und die Zeit vergeht schnell. Ich bleibe bis zum Abendessen, bis einer der anderen Jungs, Cory oder Liam, zur Nachtschicht auftaucht.

Ich mag Routinen. Sie sind beständig, vorhersehbar, leicht zu managen. Es ist immer dasselbe, tagein, tagaus. Bis auf die Songs, die Ellie um vier Uhr früh lautstark in der Küche dröhnen lässt, während sie backt. Die sind immer anders, als habe sie eine unendliche Playlist. Ein paar davon scheint sie mehr zu mögen als andere, weil sie sie in Dauerschleife hört. Heute ist es *What a Feeling* aus diesem Stripper-Film aus den Achtzigern. Gestern war es *I Want You to Want Me* und der davor war *Son of a Preacher Man*.

Und sie tanzt immer dazu. Hüpft herum wie Sonnenlicht, das funkelnd von einem Spiegel reflektiert wird. Einmal hab ich sie gefragt: «Ist die Musik wirklich nötig?»

Und sie hat nur mit diesem süßen Lächeln geantwortet: «Mit Musik schmecken die Pies besser, Dummerchen.»

Heute Morgen sieht Ellie allerdings besonders müde aus, mit dunklen Ringen unter den babyblauen Augen, beinahe wie Blutergüsse. Und auf einer Seite der Arbeitsplatte sind Bücher und Notizen ausgebreitet, auf die sie immer wieder einen Blick wirft. Während sie die Pieformen vorbereitet, murmelt sie vor sich hin.

«Du büffelst viel», sage ich.

Sie lacht. «Das muss ich. Ich bin auf der Zielgeraden. Es entscheidet sich nur noch zwischen mir und Brenda Raven, wer Abschlussrednerin wird. Ich wurde zwar für den Herbst schon an der NYU angenommen, aber als Beste meines Jahrgangs abzuschließen, wäre das Sahnehäubchen auf meinem akademischen Kuchen.»

Auf den ersten Blick kommt Ellie Hammond ein bisschen ... doof rüber. Als habe sie zu viel Luft zwischen den Ohren. Aber das könnte der Wahrheit nicht ferner sein. Sie ist nur ... unschuldig. Vertrauensvoll. Fröhlich. Wahrscheinlich die quietschfidelste junge Frau, die ich kenne.

«Warst du auf dem College?», fragt sie.

«Nein.»

Als ich neun war, hat mir eine Beraterin gesagt, dass ich Legastheniker bin. Es war eine Erleichterung zu wissen, dass ich nicht einfach nur ein Schwachkopf war. Sie hat mir beigebracht, wie ich damit klarkommen kann, aber sogar jetzt noch fällt mir Lesen nicht leicht.

«Ich war nie wirklich gut in der Schule.» Ich trete näher an die Arbeitsfläche und lege meine Hand auf den Griff des Nudelholzes, das sie benutzt. «Ich mach das», sage ich. «Damit du lernen kannst. Ich hab dir oft genug zugesehen, um das hinzukriegen.»

Erst erstarrt sie wie ein zartes Reh, dann schaut sie begeistert und ungläubig zu mir hoch. «Echt?»

«Klar.» Ich zucke mit den Schultern und ignoriere die Heldenverehrung in ihren Augen. «Ich stehe hier doch nur rum.» Ich bin nicht gern nutzlos.

«Äh ... Okay. Danke.» Sie macht eine Schublade auf und reicht mir eine weiße Schürze. «Aber die solltest du anziehen.»

«Sehe ich aus wie ein Kerl, der eine Schürze tragen würde?»

Ellie zuckt mit den Schultern. «Wie du willst, Mr. I'm-too-sexy-for-my-Schürze. Aber dieses schwarze Hemd wird nicht mehr so schick aussehen, wenn es voller Mehl ist.»

Ich schnaube. Und ich lasse die verdammte Schürze auf der Arbeitsplatte liegen. Keine Chance.

Backen hat etwas eigenartig Befriedigendes an sich, was ich niemals laut zugeben würde. Das wird mir bewusst, als ich die letzten von zwei Dutzend Pies auf das Abkühlgitter in der Mitte der Arbeitsplatte stelle. Sie sehen gut aus, mit goldbrauner, blättriger Kruste, und sie riechen sogar noch besser. Ellie klappt ihr Lehrbuch zu und schiebt mit einem Lächeln, das ihr halbes Gesicht einnimmt, ihre Papiere zur Seite.

«Gott, das hab ich gebraucht. Jetzt hab ich diese Prüfung so gut wie im Sack.» Sie ist erleichtert. Und das macht auch mich zufrieden.

Wir gehen raus in den Bewirtungsraum des Cafés und nehmen die umgedreht auf die Tische gestellten Stühle herunter. Ihr Blick folgt jeder meiner Bewegungen. Sie versucht, das heimlich zu tun; wenn ich zu ihr hinsehe, guckt sie schnell weg, aber ich wurde schon von genug Frauen abgecheckt, um zu wissen, was los ist. Ellies Interesse ist wie der Druck weicher, suchender Hände auf meiner Haut. Sie zieht die Jalousie am Schaufenster hoch. Auf dem Bürgersteig warten weniger Kunden als noch vor ein paar Wochen, nun, da die Öffentlichkeit weiß, dass der Kronprinz von Wessco das Gebäude und das Land verlassen hat.

Ellie geht wieder in die Küche ... und kreischt wie am Spieß.

«Neeeeeeiiiin!»

Adrenalin durchzuckt mich, und ich stürze in die Küche, bereit zu kämpfen. Bis ich den Grund für ihr Kreischen sehe.

«Bosco, neeeeeeiiiin!»

Es ist dieser Vielfraß von einem Hund. Er ist in die Küche gekommen, hat es irgendwie geschafft, sich auf die Küchenzeile zu hieven und ist gerade dabei, seinen vierten Kuchen zu vertilgen. Heilige Scheiße, beeindruckend, wie schnell er die alle gefressen hat. Dass ein Köter von seiner Größe überhaupt so viel Kuchen vertilgen kann. Sein Bauch wölbt sich durch die unrechtmäßig erworbene Beute, wie bei einer Schlange, die einen Affen verdrückt hat. Einen großen Affen.

«Du diebischer Bastard», sage ich.

Ellie hebt ihn von der Küchenzeile, und ich drohe ihm mit dem Finger. «Böser Hund.» Der kleine Köter knurrt mich doch tatsächlich an.

Ellie setzt den Hund raus auf die Treppe, die zur Wohnung hochführt, und schlägt die Tür zu. Dann drehen wir uns beide um und begutachten den Schaden. Zwei Apfel- und ein Kirschkuchen sind vollständig aufgefressen, er hat am Rand eines Apfel-Pfirsich-Streuselkuchens geknabbert und winzige Pfotenabdrücke in zwei Zitronen-Baiser-Torten hinterlassen.

«Wir werden alle sieben noch mal backen müssen», sagt Ellie.

Ich verschränke die Arme vor der Brust. «Sieht so aus.»

«Das wird Stunden dauern», sagt sie.

«Ja.»

«Aber das müssen wir. Wir haben keine andere Wahl.»

Es folgt Stille. Schwere, bedeutsame Stille.

Und dann ist es, als hätten wir den gleichen Gedanken, genau zu selben Zeit. Ich werfe einen Seitenblick zu Ellie, und sie linst bereits zu mir herüber.

«Oder ...?», fragt sie listig.

Ich betrachte das, was von den beschädigten Backwaren noch übrig ist, während ich alle Möglichkeiten abwäge. «Wenn wir die angeknabberten Stellen abschneiden ...»

«Und die Baiserhaube glattstreichen ...»

«Die angesabberten zum Trocknen noch mal in den Ofen stecken ...»

«Habt ihr zwei den *Verstand* verloren?»

Als ich herumfahre, sehe ich Marty in der Hintertür stehen. Ellie tut, als wär nichts. Leider nicht besonders geschickt.

«Marty! Wann bist du denn reingekommen? Wir wollten nichts machen.»

Verdeckte Operationen sind eindeutig nichts für sie.

«Nichts machen?», äfft er sie nach, während er in die Küche stürmt. «Nur dafür sorgen, dass uns das gottverdammte Gesundheitsamt dichtmacht? Nur den Leuten Hundesabber-Kuchen verkaufen? Habt ihr denn keine Manieren?»

«Das war doch nur ein Gedanke», schwört Ellie ... und fängt an zu lachen.

«Ein vorübergehender Verlust des Urteilsvermögens», komme ich ihr zu Hilfe.

«Wir sind nur wirklich müde und ...»

«Und schon viel zu lange in dieser Küche.» Marty zeigt zur Tür. «Raus mit euch.»

Als wir uns nicht vom Fleck rühren, geht er den Besen holen. «Na los, verzieht euch!»

Ellie schnappt sich ihre Schultasche, und ich führe sie zur Hintertür hinaus, während Marty hinter uns herkehrt, als wären wir Ungeziefer.

Als wir rauskommen, fängt es an zu regnen, ein leichtes, ärgerliches Nieseln. Aus dem Augenwinkel sehe ich, wie Ellie ihre Kapuze hochzieht, aber mein Blick bleibt weiter nach vorne gerichtet. Wenn man die Person ansieht, die man beschützen soll, dann macht man es falsch.

Ich nehme zur Kenntnis, wer sonst noch auf der Straße ist, lese die Körpersprache: Passanten auf ihrem Weg zur Arbeit, ein Obdachloser an der Ecke, ein Geschäftsmann, der eine Zigarette raucht und in sein Handy brüllt. Ich bleibe dicht an Ellies Seite, halte links und rechts nach potenziellen Bedrohungen Ausschau oder nach jemandem, der vielleicht die schlechte Entscheidung trifft, ihr zu nahe zu kommen. Das ist mir in Fleisch und Blut übergegangen. «Musst du schon zur Schule?»

«Noch nicht. Es ist die letzte Woche, darum habe ich die erste und zweite Stunde frei.»

Ohne hinsehen zu müssen, schreibe ich Tommy eine Nachricht, dass ich Ellie zur Schule bringe und er uns dort treffen soll.

Der Regen wird stärker, und ein Blitz zuckt über den grauen Himmel. «Gibt es irgendeinen bestimmten Ort, wo du hingehen möchtest?» Ich will nicht, dass sie sich erkältet.

«Ich wüsste da was.» Und ihre kleine Hand legt sich um mein Handgelenk. «Komm.»

Als wir durch den steinernen Torbogen des Metropolitan Museum of Art treten, schüttet es so heftig, dass das Wasser in hundert kleinen Rinnsalen über die Eingangsstufen strömt. Im Innern der marmornen Eingangshalle ist es warm und trocken. Ellie schüttelt das Wasser von ihrem Hoodie und wringt ihr langes, buntes Haar aus, dabei nehme ich ihren Duft wahr. Sie riecht süß, nach Pfirsich, Orangenblüten und Regen. «Hier ist meine Mom ständig mit Olivia und mir hergekommen.»

Ich greife nach meiner Brieftasche, aber Ellie zückt einen Schülerausweis und schiebt dem Kassierer zwei Coupons zu. «Ich habe Besucherpässe», sagt sie.

Ich war noch nie in einem Museum, zumindest nicht als Besucher. Die königliche Familie hat mehr Museumsveranstaltungen und Galas besucht, als ich zählen kann, aber da war meine Aufmerksamkeit nicht auf die Ausstellungsstücke gerichtet. Ich schlendere neben Ellie von einem riesigen Raum zum nächsten, während sie die ganze Zeit munter vor sich hin plappert.

«Wolltest du schon immer Bodyguard werden?»

«Nein», brumme ich.

«Was wolltest du denn werden?»

«Etwas, worin ich gut bin.»

Sie legt den Kopf schief und schaut zu mir hoch. «Wie bist du Nicholas' Bodyguard geworden?»

«Ich war beim Militär. Ich war gut, wurde für eine Spezialausbildung ausgewählt.»

«So was wie James Bond, Navy SEALs oder so?»

«So was in der Art, ja.»

Ellie nickt, während sie nachdenkt. Ihr goldenes Haar trocknet jetzt und bekommt leichte Wellen. Vor einem ägyptischen Ausstellungsstück bleibt sie stehen, und das Licht, das von dem Sarkophag widergespiegelt wird, taucht ihre Züge in warme Schatten.

«Hast du je wen umgebracht, als du bei der Armee warst?»

Ich bin vorsichtig mit meiner Antwort. «Welcher Zusatz eurer Verfassung schützt Leute davor, sich selbst zu belasten?»

«Der fünfte.»

Ich nicke. «Auf den berufe ich mich. Endgültige Antwort.»

Sie blinzelt mich an. «Das ist ganz klar ein Ja. Verdammt, Logan, du bist ein knallharter Killer.»

Ich schnaube. «Das hab ich nicht gesagt.»

«Du hast auch nicht gesagt, dass du keiner bist.»

Wenige Schritte später fügt sie hinzu: «Ich glaube nicht, dass ich je wen umbringen könnte.»

«Du wärst überrascht, wozu du in bestimmten Situationen fähig bist.»

«Wenn du schon mal jemanden getötet hättest ... würdest du dich deswegen schlecht fühlen?»

Ich fahre mit der Zunge über die Innenseite meiner Wange und entscheide mich für Ehrlichkeit, ganz gleich, wie es sich anhören könnte. «Nein. Ich würde mich überhaupt nicht schlecht fühlen. Manche Leute müssen getötet werden, Ellie.»

Ich öffne die Tür für sie, und sie brummt nachdenklich, als sie hindurchgeht, in den Raum einer Modeausstellung, schwach beleuchtet und mit verführerisch roten Wänden.

«Also, was hat es mit den dunklen Klamotten auf sich?», fragt sie, als wir den Gang entlanggehen. «Ist das ein vorgeschriebener Dresscode, den sie euch in der Bodyguard-Schule beigebracht haben?»

Ich schaue auf sie hinunter. «Du stellst ziemlich viele Fragen.»

«Ich weiß eben gern Bescheid.» Sie zuckt mit den Schultern. «Ich bin ein leutseliger Mensch. Also, was ist jetzt mit den Klamotten?»

Ich betaste die marineblaue Krawatte um meinen Hals, von der ich mir gemerkt habe, dass sie ihr gefällt.

«Ritter haben Rüstungen, wir haben dunkle Kleider. Wir sollen nicht auffallen.»

«Unmöglich! Du bist viel zu megaheiß, um nicht aufzufallen.»

Ich unterdrücke ein Lächeln. Sie ist ein kokettes, freches kleines Ding. Sie weiß nicht, wie sie ihre Gefühle verbergen soll, und selbst wenn sie es wüsste, würde sie es nicht tun. Wenn Ellie älter wäre, wenn wir jemand anders wären, dann würde ich ernsthaft darüber nachdenken, zurückzuflirten. Ich gebe so gern zurück, wie ich nehme. Immer.

Aus reiner Neugier frage ich: «Was möchtest du werden? Wenn du mit der Schule fertig bist?»

Sie seufzt lang und tief. «Das ist die Eine-Million-Dollar-Frage, nicht wahr?» Sie wiegt den Kopf. «Wenn ich finanzielle Sicherheit wollte, würde ich Wirtschaftsprüferin werden oder so was. Ich bin gut mit Zahlen, und Firmen werden immer geprüft werden müssen.»

Ich öffne eine weitere Tür zur nächsten Ausstellung für sie. «Klingt so, als käme da ein Aber.»

In ihrem Blick blitzt ein Lächeln. «Aaaaber, Buchhaltung, come on, das bin nicht wirklich ich.»

«Was bist denn *du*, Ellie Hammond?»

«Ich möchte Psychologin werden. Mit Menschen reden, ihnen durch ihre Probleme hindurchhelfen. Ich glaube, das würde mich glücklich machen.»

Etwas zieht sich in meiner Brust, als ich sie ansehe. So ein gutherziges Mädchen. Ich wünsche mir für sie, dass es klappt, sie verdient es, glücklich zu sein.

Ellie bleibt stehen und wendet sich dem Ausstellungsstück vor ihr zu. Es ist ein Bett: ein verschnörkeltes Himmelbett mit einem Baldachin und Vorhängen aus prächtigem, goldgesäumtem Stoff in Royalblau und Burgunderrot. Sie liest die Beschreibung auf der Tafel an der Wand. «*Das Bett Seiner Majestät König Reginald II. und Königin Margaret Anastasia von Wessco.* Das waren Queen Lenoras Eltern, richtig?»

«Ja.»

Mit einem sehnsüchtigen Seufzen schaut sie wieder zurück zum Bett. «Wow. Ich kann mir nicht vorstellen, wie es ist, jeden Tag so zu leben. Diener und Schlösser und Kronen – wie perfekt wäre das?» Sie zeigt auf das opulente Bett. «Queen Lenora könnte in diesem Bett gezeugt worden sein, genau hier!»

Bei dem Gedanken zucke ich innerlich zusammen. «Reden wir lieber nicht darüber.»

Ellie lacht perlend. Als wir zum nächsten Ausstellungsstück weitergehen, fragt sie: «Wie ist denn das Wetter so in Wessco?»

Ich schaue hoch zur Glasdecke, auf die immer noch Regen prasselt. «Ungefähr so. Hauptsächlich grau und kühl. Es regnet viel.»

«Ich liebe Regen», sagt sie mit einem Seufzen. «Er ist so …

gemütlich. Gib mir ein Gewitter und ein warmes Feuer im Kamin, eine weiche Decke und eine Tasse Tee in einem stabilen Backsteinhaus, dann will ich nie wieder weg.»

Sie zeichnet da ein sehr hübsches Bild, muss ich sagen.

Ellie bleibt vor einem Gemälde des Kronprinzen von Wessco stehen, Prinz Nicholas Arthur Frederick Edward Pembrook. Es ist sein offizielles Porträt, in Auftrag gegeben, als er achtzehn wurde.

Er trägt seine Militäruniform und sieht königlich und würdevoll aus. Aber weil ich ihn kenne, sehe ich auch die Resignation in seiner Miene und die Ausdruckslosigkeit in seinen Augen. Wie eine Geisel ohne Hoffnung, freigelassen zu werden.

Sie starrt das Porträt an, und ihre Stimme klingt plötzlich dumpf. «Er wird meiner Schwester das Herz in tausend Stücke brechen, nicht wahr?»

Ich warte einen Moment, bevor ich antworte. «Nicht mit Absicht. Und nicht nur ihr Herz.»

4

ELLIE

Eine Woche später

Mir tut das Hirn weh, glaube ich. Aber das war es wert. Die schlaflosen Nächte. Das Büffeln. Das Unterdrücken meines ohnehin schon unterdrückten Wachstums durch zu viel Koffein. Das war es wirklich wert. Weil es jetzt vorbei ist.

Ich habe die Ziellinie überquert. Meine Flagge auf dem Gipfel gehisst. Das letzte Lego-Teilchen an seinen Platz gesteckt.

Das einzige Problem ist ... es gibt keine tobende Menge. Ich habe niemanden, mit dem ich die Neuigkeit teilen kann. Liv schläft auf der anderen Seite der Welt, Marty hat ein Date, mein Vater ist «unterwegs», was so viel bedeutet wie besoffen irgendwo in einer Bar, und Cory, mein Bodyguard für den Abend schnarcht an seinem Tisch im Coffee Shop.

Man merkt es mir wahrscheinlich nicht an, aber ich erzähle gern, wie es mir ergangen ist. Ich brauche es, andere teilhaben zu lassen, wie ich Wasser oder Luft oder Mikrowellenpopcorn brauche.

Weshalb ich gerade etwas Dummes tue. Ich hab nicht mal Marlow davon erzählt, obwohl sie absolut einverstanden gewesen wäre, das Luder. Ich gehe zu Logans Wohnung. Ich weiß, das ist dumm, aber ich kann mich ebenso wenig daran hindern, wie ein Magnet damit aufhören kann, zu seinem Gegenpol zu gleiten.

Letztens im Museum hätte ich schwören können, dass ich … etwas gespürt habe. Eine Verbindung. Logan trug meine Lieblingskrawatte, das muss doch etwas bedeuten, oder?

Logan hat mir die Adresse der Wohnung gegeben, die er sich mit den anderen Bodyguards teilt, für den Fall, dass ich einen von ihnen brauche. Und jetzt stehe ich hier. Es ist ein ganz ordentliches Gebäude, ohne Pförtner, nichts zu Schickes, aber auch keine Absteige. Ich klopfe an die Tür von Apartment 409. Dann schaue ich den Flur rauf und runter und scharre mit den Füßen, während ich in meinem Kopf *Silver Springs* von Fleetwood Mac höre.

Dann öffnet sich die Tür, und es ist nicht Logan, den ich sehe, sondern Tommy Sullivan, wie ich ihn noch nie zuvor gesehen habe. Ohne Hemd, eine tiefsitzende Jeans hängt lässig an seinen Hüften, und eine Zigarette klemmt zwischen seinen Lippen.

Tommy ist ein heißer Typ. Nicht so ein Adonis wie Logan, aber immer noch sehr gutaussehend.

«Ellie!» Anscheinend erfreut, mich zu sehen, lächelt er. Tommy ist immer fröhlich. Er nimmt die Zigarette aus dem Mund. «Was machst du denn hier, Mäuschen? Ist alles in Ordnung?»

«Ja, nein, alles bestens. Ist Logan da?»

Tommy zieht die Augenbrauen hoch, stellt aber keine Fragen. Stattdessen dreht er den Kopf und ruft ins Innere der Wohnung: «Lo!»

Er lehnt sich zur Tür hinaus. «Ich würde dich ja reinbitten, aber das ist kein Ort für ein Mädchen wie dich. Wir sind hier alle nicht anständig angezogen.»

Und wenn das mal nicht meine Wangen zum Glühen bringt und meine Phantasie Überstunden machen lässt.

Dann füllt Logan den Türrahmen aus. Er sieht überrascht aus, aber ich bemerke seinen Gesichtsausdruck kaum. Weil Logan auch kein Hemd trägt. Und um es mit den unsterblichen Worten von Joey Lawrence auszudrücken: *Whoa!* Geschmeidige, straffe Haut spannt sich über Brust und Schultern, bronzefarben, bis auf den faszinierenden Wirbel aus bunten Tattoos, der sich über eine Schulter und den ganzen Arm hinunterzieht.

Seine Arme sind stark, muskelbepackt, scharf modelliert. Er hat Bauchmuskeln, haufenweise Bauchmuskeln, steinhart und gewellt, wie ich sie bisher nur in diesen irren Fitness-Werbeclips gesehen habe. Es ist ein schöner Körper. Ein männlicher Körper.

Logan schaut den Flur hoch und runter. «Was ist los?»

«Nichts, ich ...»

«Bist du allein hier?» Er klingt verärgert, und ich fange an zu denken, dass es vielleicht nicht nur eine dumme Idee war, sondern womöglich die dümmste Idee, die ich je hatte. Und ich habe mir im Lauf der Jahre schon so manchen Klopper erlaubt. «Ja, ich ...»

«Wo ist Cory?»

Selbst wenn Cory wach gewesen wäre, wäre er nicht derjenige, mit dem ich meine Neuigkeiten teilen wollte. Und ich wollte nicht, dass er mit mir hierherkommt. Weil ich mit Logan reden wollte ... allein. «Er ist noch im Coffee Shop.»

«Du hast dich an ihm vorbeigeschlichen?», fragt Logan, als könne er es nicht glauben.

«Na ja, nicht genau ...»

Er verschränkt die Arme. «Und wie *genau* bist du dann ohne ihn hierhergekommen?»

Ich versuche, mir um Corys willen eine gute Ausrede einfallen zu lassen ... aber Lügen war noch nie meine Stärke.

«Er ist eingeschlafen.» Falsche Antwort. Logans Augen werden heiß und eindringlich. «Er war wirklich müde. Sei nicht sauer, Logan.»

Er fährt sich mit einer Hand durch sein dunkles Haar, und einen Moment lang bin ich gebannt davon, wie weich und dicht es aussieht. Ich stelle mir vor, wie es sich zwischen meinen Fingern anfühlen würde.

Und dann ruft eine Stimme aus dem Innern der Wohnung, eine Stimme, die keinem der Jungs gehört: «Komm schon, Logan. Du bist dran mit Geben.» Die Besitzerin der Stimme kommt ins Blickfeld, und sie ist nicht einfach nur vollbusig – es ist, als wäre das Wort für sie *erfunden* worden. Sie ist groß, hat glänzendes rotes Haar, makellose Haut, Beine, so lang wie mein ganzer Körper, in hautengen, womöglich aufgemalten Jeans, eine winzige Taille und große Brüste in einem schwarzen Tanktop.

Sie sieht aus wie die Chefmanagerin bei Hooter's in einem Himmel nur für Männer. Ihre grünen Augen wandern von Logan zu mir und wieder zurück. «Oh, tut mir leid, ich wusste nicht, dass du Besuch hast.» Sie lächelt. «Ist das deine kleine Schwester?»

Kennt ihr das Geräusch, wenn aus einem Ballon die Luft entweicht? So klingt mein Herz jetzt gerade.

Er legt ihr die Hand auf den nackten Arm, und eine äußerst merkwürdige Mischung aus Traurigkeit und Gewaltbereitschaft erfasst mich. Ich will weinen ... und ihm die Hand abbeißen wie ein wütender Schimpanse.

«Geh wieder rein. Sag Tommy, er soll geben.»

Geben? Spielen die etwa Strippoker?!

Als sie weg ist, trete ich von einem Fuß auf den anderen. «Tut mir leid, dass ich störe.»

«Ist schon gut.» Dann sagt er sanft: «Was brauchst du, Ellie?»

«Nichts. Nicht so wichtig. Du solltest wieder reingehen zu deiner ... Freundin.»

Logan schüttelt den Kopf. «Sie ist eine Freundin von Tommy.»

Aber was ist sie für Logan? Mehr als eine Freundin? Ein Fuck Buddy? Eine Geliebte? Mein Magen verknotet sich. Ich bin so doof. «Das ist gut. Freunde sind gut.» Ich deute mit dem Daumen über meine Schulter. «Ich werd dann mal ... die Fliege machen.»

Weil ja nichts so sehr nach erwachsener, souveräner Frau klingt wie »die Fliege machen». *Himmel, Arsch und Wolkenbruch, jemand sollte mir die Zunge an die Wand nageln.*

«Ellie ...»

Aber ich habe mich bereits umgedreht, lasse den Aufzug links liegen und gehe direkt zur Treppe, dabei versuche ich würdevoll rüberzukommen, während ich zugleich versuche, das Bild, wie Logan diese Frau berührt, aus meinem Gedächtnis zu löschen.

«Bis später, Logan.»

«Verdammt ...» Und das Geräusch der zuschlagenden Tür scheucht mich das Treppenhaus hinunter.

Draußen auf der Straße ist die Luft feucht, Verkehrslärm hüllt mich ein. Es ist nach elf Uhr abends, deshalb ist der Bürgersteig nicht zu überfüllt, aber belebt genug, dass ich Logan abhängen könnte, falls er versucht, mir zu folgen.

Oder zumindest könnte ich das, wenn ich es mit einem durchschnittlichen Typen zu tun hätte.

«Ellie! Warte!»

An Logan St. James ist nichts durchschnittlich.

Ich schaffe einen Block, bevor er direkt vor mir steht und mir den Weg verstellt. Er hat ein Hemd an, aber es ist nur halb zugeknöpft.

«Warum bist du so schnell weggelaufen?»

Ich zucke mit den Schultern. «Hab jede Menge zu erledigen, du weißt ja, wie das ist.»

Logan senkt den Kopf, um meinen Blick einzufangen und festzuhalten. «Warum bist du hergekommen? Sag mir die Wahrheit.»

«Es ist keine große Sache ...» Ich seufze und fühle mich klein und dumm.

«Sag es mir trotzdem.»

Ich schaue hinunter auf den rissigen Asphalt. «Weißt du noch neulich, diese letzte Prüfung, für die ich gelernt habe?»

Er schnaubt. «Ja. Physik, nicht wahr?»

«Ich hab meine Note bekommen.» Ich ziehe das Blatt aus der Tasche und halte es hoch. «Ich hab mit Bravour bestanden.» Und zum ersten Mal sage ich es laut: «Ich bin Abschlussrednerin.»

Logan schaut das Blatt Papier an. Und als er es in die Hand nimmt, spüre ich, wie seine Finger die meinen streifen.

«Schau einer an», sagt er bewundernd. «Gut gemacht, brillant. Kluges Mädchen.» Seine große Hand legt sich auf meine Schulter und drückt sie. Und ich spüre es überall. Wärme durchrieselt mich, von den Ohren bis zu meinen Zehenspitzen. «Gratuliere, Ellie!»

Mein Mund dehnt sich zu einem so breiten Lächeln, dass mir Tränen in die Augen treten. «Danke. Ich wollte nur … Ich wollte es jemandem erzählen.»

Ihm. Ich wollte es *ihm* erzählen. Weil er umwerfend ist, aber noch mehr als das: weil er mir das Gefühl gibt, gewollt zu werden. Geschätzt und wichtig zu sein, als wäre ich jemand, der es wert ist, beschützt zu werden. Zu wissen, dass dieser Mann sein Leben dafür geben würde, mich zu beschützen, vor Schmerz oder Gefahr zu behüten, ist etwas Berauschendes. Etwas Erregendes, Aufwühlendes.

Ich habe meine Unschuld an Aaron Myers verloren, letztes Jahr nach dem Winterball. Ich kenne Aaron schon, seit ich klein war; er ist ein guter Kerl. Aber es war keine wahre Liebe, es war nur etwas, das wir am Ende gemacht haben, und es war schön. Eine gute Erinnerung.

Aber jetzt wünsche ich mir, ich hätte gewartet. Auf Logan. Ich weiß, es ist dumm und wird nie passieren, aber wenn es in irgendeinem verkehrten alternativen Universum doch passieren würde, dann würde er die Erde für mich beben lassen. Schon allein wenn ich bloß neben ihm stehe, fühle ich mich lebendiger als bei irgendjemand sonst. Ich kann mir nur vorstellen, erträumen, wie es wäre, von ihm im Arm gehalten zu werden, die Kraft seines Körpers zu spüren, seine Leidenschaft und Zärtlichkeit, um mich herum, in mir.

«Ich bin froh, dass ich es war.» Seine Hand drückt erneut meine Schulter. «Bringen wir dich nach Hause.»

«Das musst du nicht.»

So gern ich auch in Logans Nähe bin, ich will ihn nicht nerven. Ich will kein Ärgernis für ihn werden.

«*Aye*, das muss ich. Es ist nicht sicher hier.»

Ich verdrehe die Augen. «Ich bin in New York aufgewachsen. Das ist meine Stadt, ich kenne sie besser als du. Wir sind in Tribeca, um Gottes willen ... Das ist nicht gefährlich.»

«Du bist ein junges, schönes Mädchen, Ellie. Die ganze Welt ist gefährlich für dich.»

Und natürlich ist unter all diesen Worten das einzige, an das ich mich klammere ... *schön.*

Weil ich doof bin.

Eine halbe Stunde später betreten wir den Coffee Shop, wo Corys blonder Kopf immer noch auf seinen Armen auf dem Tisch ruht. Logan geht direkt auf ihn zu und tritt gegen das Stuhlbein, was ihn beinahe umwirft.

Erschrocken fährt Cory hoch. «Was, wer?», stammelt er. Dann reibt er sich die Augen. «Was ist los, Lo?»

«Was los ist», antwortet Logan mit tödlich ruhigem Tonfall, der mich erschaudern lässt, «ist, dass du deinen Arsch zurück in die Wohnung schwingen, dein Zeug packen und nach Hause fahren wirst. Du bist hier fertig.»

Oh Mist. «Nein, Cory, das musst du nicht, es war nicht deine Schuld.» Dann, an Logan gewandt: «Es war nicht seine Schuld.»

Aber Logan sieht mich nicht mal an. Er durchbohrt den armen Cory mit seinen Blicken. «Du setzt dich jetzt besser in Bewegung, Freundchen.»

Finster starrt Cory hinunter auf den Tisch. Dann schiebt er sich so heftig hoch, dass der Stuhl umkippt, und stampft hinaus.

Logan schließt hinter ihm ab.

«Warum hast du das getan? Ich war doch diejenige, die sich hinausgeschlichen hat. Es war meine Schuld.»

Logan zeigt auf die Tür. «Hast du ihm eins übergebraten? Ihm etwas in den Tee getan?»

Nein.

«Dann ist es seine Schuld, und das weiß er.»

«Hättest du ihm nicht noch eine zweite Chance geben können?»

«Nein. Nicht in diesem Job.» Er kommt näher. «Wir müssen konzentriert und bereit sein – jederzeit. Es braucht nur einen einzigen verdammten Fehler, damit jemand verletzt oder getötet wird. Was, wenn er eingeschlafen wäre, während deine Schwester und der Prinz hier gewesen wären?» In seiner Stimme liegt immer noch Schärfe. «Was, wenn dir etwas passiert wäre?»

Und da ist sie wieder. Diese wunderbare Wärme, die meine Gliedmaßen durchströmt. Logan bewirkt, dass ich mich kostbar fühle, mit jedem Wort, das er sagt, und jedem Atemzug, den er tut.

5

LOGAN

Der Tag von Ellies Highschool-Abschlussfeier ist sonnig, einer dieser strahlenden, klaren Tage, an denen der Himmel so blau ist wie ein Rotkehlchenei und die Luft kühl und warm zugleich. Ich fahre mit dem schwarzen SUV zum Amelia's, um Ellie, Marty und ihren Dad abzuholen. Tommy sitzt auf dem Beifahrersitz. Ungefähr nach zehn Minuten Fahrt schaut er mich argwöhnisch von der Seite an.

«Ist das REO Speedwagon?»

Ich setze den Blinker und biege links ab.

«Was?»

«Du summst *Can't Fight This Feeling* von REO Speedwagon, wenn ich mich nicht irre.»

Hm. War mir nicht aufgefallen. Meine Hände gleiten über das Lenkrad, als ich mit den Schultern zucke. «Ellie hat mir eine Playlist zusammengestellt ... Die ist eigentlich gar nicht mal so schlecht.»

Tommy schiebt seine Sonnenbrille nach unten und starrt mich über die Fassung hinweg an.

«Wer zum Teufel *bist* du?»

Ich mache ein finsteres Gesicht und zeige ihm den Mittelfinger.

Er lacht und schiebt sich die Sonnenbrille wieder hoch. Eine Minute später legt der Bastard den Kopf in den Nacken und röhrt: «*Keep on Loving You.*»

Und ich halte nach einer Stelle zum Anhalten Ausschau, damit ich ihn in den Kofferraum stopfen kann.

♛

Zehn Minuten später parke ich in der Gasse hinter dem Coffee Shop, und Tommy und ich gehen durch die Hintertür in die Küche.

Wo uns Ellies Stimme begrüßt, die grölt … *«Fuck my ass!»*

Ich verschlucke mich an meiner eigenen Spucke. «Was hast du gerade gesagt?»

Sie dreht sich von der Spüle zu uns um und stottert mit weit aufgerissenen Augen: «Ich hab nicht … Ich meine, ich wollte …»

Meine Augenbrauen schnellen bis zum Haaransatz hoch.

«Das ist nur so ein Ausdruck!»

«Amerikanische Mädchen haben komische Ausdrücke», murmelt Tommy.

Ellie hält eine weiße Riemchensandale hoch. «Mir ist der Absatz abgebrochen. Und ich hab keine anderen Schuhe, die zu diesem Kleid passen! Ich bin komplett aufgeschmissen.»

Ich deute auf die Sandale. «Gib mal her.» Den Schaden begutachtend, drehe ich sie in den Händen. «Ich habe Dispersionskleber im Auto, ich kann das reparieren.»

Mit einem bewundernden Blick sieht sie mich an. «Du bist mein Held, Logan. Ich könnte dich küssen.»

Und wie sie das sagt, ganz atemlos und inbrünstig, lässt mich glauben, es ist nicht *nur so ein Ausdruck.*

Ich bin nicht blöd; ich weiß, dass Ellie heftig in mich verschossen ist. Mir ist bewusst, wie sie mich ansieht, wenn sie denkt, dass ich es nicht merke, so bewundernd, dass es sich anfühlt, als stünde ich auf einem fünfzehn Meter hohen Podest. Andere Male ist ihr Blick so voller Verlangen, dass es mich wie ein Faustschlag in den Bauch trifft.

Denn so verlockend Ellie auch ist ... sie ist außerdem sehr jung und verdammt noch mal tabu.

Da wir nur den Sommer über hier sind, ist es nicht nötig, sie zu beschämen, indem ich mit ihr darüber rede. Ich werde einfach weiter so tun, als wüsste ich nicht, was Sache ist.

«Sie sehen wirklich bezaubernd aus, Miss Ellie», sagt Tommy.

Und das stimmt. Mit ihrem schlichten rosafarbenen Kleid, den schlanken nackten Armen, dem langen, glänzenden und an den Spitzen gelockten bunten Haar sieht sie aus wie ... eine Prinzessin. Alles, was sie braucht, ist eine Krone.

«Danke, Tommy.»

Marty kommt durch die Schwingtür aus dem Café in die Küche, und ein riesiges Bündel silberner und dunkelblauer, mit allen möglichen Gratulationsfloskeln zum Abschluss bedruckter Luftballons schwingt an seiner Hand hin und her.

«Hast du auch genug Luftballons?», frage ich.

Ellie kichert. «Die sind von Olivia. Ich glaube, sie hat ein schlechtes Gewissen, weil sie nicht hier ist, aber das braucht sie nicht.»

Tommy schaut auf seine Uhr. «Wir müssen los. Du darfst nicht zu spät zu deiner Abschlussfeier kommen.»

«Und ich muss einen erstklassigen Platz kriegen, um mir die Rede anzuhören», fügt Marty hinzu.

Ellie hat in den letzten drei Tagen rund um die Uhr an ihrer Abschlussrede gearbeitet. Sie schlüpft in ihren weißen Abschluss-Talar, dann benutzt sie die Tür des Glasschranks als

Spiegel, um ihr Barett auf dem Kopf festzustecken. Verdammt, sie ist eine Schönheit.

«Wo ist dein Dad?», fragt Tommy.

Und das verspielte Funkeln in Ellies großen blauen Augen ... verblasst auf der Stelle. «Er schläft. Er kommt nicht mit.»

Marty räuspert sich und wirft mir einen verärgerten Blick zu, hält aber den Mund. Und wir gehen alle hinaus zum Wagen.

Ich mache den Kofferraum auf und repariere rasch Ellies Absatz, dann reiche ich ihr die Sandale durchs hintere Seitenfenster. «Tommy wird euch hinfahren, ich komme nach.» Der Coffee Shop ist für heute geschlossen. «Ich mache noch schnell einen Kontrollgang, um sicherzugehen, dass alles gut abgeschlossen ist.»

Sie schiebt sich eine herzförmige Sonnenbrille auf die Nase. «Okay, aber komm nicht zu spät. Ihr Jungs seid der einzige Fanblock, den ich habe. Ich erwarte, ein paar verdammt laute *Woo-hoos* zu hören.»

Ich nicke. «Davon könnte mich nichts auf der Welt abhalten.»

♛

«Stehen Sie auf.»

Eric Hammond liegt auf dem Rücken im Bett, immer noch in der Hose und dem grauen T-Shirt von gestern Abend, und stinkt wie der Fußboden eines Pubs. Er rührt sich nicht, als ich noch mal rufe, und ich habe weder die Zeit noch die Geduld, hier rumzukaspern.

«Hey!» Ich schlage ihm behutsam auf die Wange – und muss mich zurückhalten, ihm nicht eine richtige Ohrfeige zu verpassen, weil es die Sache nicht beschleunigen würde, wenn er k. o. ginge. «Hey! Na los. Stehen Sie auf.»

«Was?» Schnaubend holt er Luft, und langsam richten sich seine Augen auf mich. «Was zum Teufel machen Sie hier drin?»

Ich gehe zu seinem Schrank und schiebe die Kleiderbügel zur Seite, um nach einem Anzug zu suchen.

«Heute ist die Abschlussfeier Ihrer Tochter. Ich sorge dafür, dass Sie dort hinkommen, wo Sie sein sollen.»

«Ellie?», sagt er verwirrt.

«Oh, Ihnen ist bewusst, dass sie Ihre Tochter ist? Ich war mir nicht ganz sicher.»

«Das ist heute?», fragt er und reibt sich das Gesicht.

Ich finde einen dunkelgrauen Anzug und ein weißes Hemd, beides noch in der Plastikhülle von der Reinigung.

«Ja, das ist heute. Sie ist Abschlussrednerin.»

Er reibt sich die graumelierten Stoppeln an seinem Kinn. Und lässt den Kopf hängen. «Verdammt. *Verdammt.*» Dann hebt er den Kopf wieder, um mir in die Augen zu sehen, und seine Stimme ist ein sandpapierraues Flüstern. «Logan, stimmt's?»

Ich nicke.

«Sie müssen mich für ein Stück Scheiße halten.»

Mein Kiefer spannt sich an. «Was ich denke, spielt keine Rolle.»

«Sie verstehen das nicht.» Er öffnet die Nachttischschublade, nimmt einen Bilderrahmen heraus und starrt ihn an – redet mehr mit dem Foto als mit mir.

Ich sehe Eric Hammond an und kann den Mann sehen, der er einmal war. Stark und aufrecht, regelrecht edelmütig. Bevor ihn die Last des Lebens gebrochen und in den traurigen Sack Knochen verwandelt hat, der er jetzt ist.

«Sie irren sich», sage ich sanft. «Ich verstehe sehr wohl.» Dann wird meine Stimme hart. «Es kümmert mich nur nicht. *Sie* kümmern mich nicht.» Ich zeige auf die Tür. «Ich habe jetzt sechs Wochen lang danebengestanden und zugesehen, wie Sie diesem Mädchen jeden Tag das Herz brechen, und ich werde mir das nicht länger anschauen.»

Es ist mein Job, Ellie Hammond zu beschützen. Alles von ihr. Ihren Körper ebenso wie ihre liebenswerte Seele. Und ich bin verdammt gut in dem, was ich tue, aber mehr noch, ich *will* sie beschützen. Weil sie gütig und klug und kostbar ist ... und *verdammt* ... jemand muss sich kümmern, um das zu beschützen.

«Also werden Sie aus diesem Bett aufstehen und sich frisch machen und die nächsten paar Stunden lang so tun, als wäre sie Ihnen wichtig.»

Er nickt, und als er den Bilderrahmen auf den Nachttisch stellt, kann ich das Foto darin sehen. Es ist ein Familienfoto, Olivia mit schiefen Zähnen und wildem Haar, ihr Vater steht hinter ihr, nüchtern und glücklich, und auf den Armen hat er ihre Schwester, mit Babybäckchen und weißblonden Haaren. Und es ist wie ein Schlag in die Magengrube, als ich die Frau neben ihm sehe, die lächelnd zu ihm hochblickt. Eine Frau mit kurzen blonden Haaren ... und Ellies wunderschönem Gesicht. Sie sehen beinahe exakt gleich aus.

«Sie ist mir wichtig», flüstert Eric Hammond, dabei streichelt er mit dem Daumen über das Bild, auf dem alles zu sehen ist, was er einmal hatte.

Vor Ellies Schule stehen Fotografen. Keine große Gruppe, nur drei, aber sie sind da. Ich führe Mr. Hammond zur Tür der Sporthalle, wo ein Schüler darauf wartet, unsere Karten gegen Programmzettel auszutauschen.

Die Reporter rufen Fragen, als wir vorbeigehen.

«Mr. Hammond, kommt Prinz Nicholas zur Zeremonie?»

«Wie denken Sie über Olivias Schwangerschaft? Ist der Prinz der Vater des Babys?»

«Mr. Hammond, wann ist die Hochzeit?»

Eric ist gut darin. Er reagiert nicht, dreht nicht mal den Kopf. Als ich ihn zu seinem Platz führe, fragt er leise: «Olivia ist nicht wirklich schwanger, oder?»

«Nein.»

«Ist das immer so? Mit den Reportern?»

Um meinen Mundwinkel zuckt es. «Normalerweise ist es noch hundertmal schlimmer.»

♛

Während der Zeremonie stehe ich hinten und beobachte die Spätankömmlinge und die Leute, die früher gehen. Als Ellie ihre Rede hält, merke ich genau, wann sie ihren Dad entdeckt, der neben Marty sitzt. Sie stockt kaum merklich, und eine Sekunde lang entgleisen ihr ungläubig die Züge. Und dann lächelt sie. So glücklich.

Und obwohl wir drinnen sind, wirkt der Tag noch sonniger.

♛

Als Tommy nach der Feier den Wagen holen geht, sagt Ellies Dad, dass er lieber zu Fuß zurückgehen würde, weil es so ein schöner Tag ist und so. Also schreibe ich Tommy – Marty hat sich schon verabschiedet – eine Nachricht, dass er später ins Amelia's kommen soll, und folge dann Ellie und Mr. Hammond in angemessenem Abstand, um ihnen Privatsphäre zu geben.

Ellie zieht ihren Talar aus und hängt ihn sich über den Arm, mit der anderen Hand schwingt sie ihr Diplom und den Hut.

«Du hast heute da oben wunderschön ausgesehen, Kleines», sagt Mr. Hammond.

Ellie stößt ein kurzes, verlegenes Lachen aus. «Danke, Dad.»

Und dann sieht er sie länger an, und seine Augen werden feucht. «Du siehst jeden Tag wunderschön aus. Genau wie deine Mom.»

Ellie lässt das Kinn sinken. «Es tut mir leid. Ich weiß, dass dir das weh tut.»

Und dass sie das sagt, scheint ihm noch mehr zu weh zu tun. Mr. Hammond bleibt bei einem winzigen Park stehen, einem Fleckchen Grün mit ein paar Bänken und einem Weg, der ihn mit der nächsten Straße verbindet. Er führt Ellie zu einer Bank, sie setzen sich, und ich höre ihn sagen, dass er mit ihr reden muss.

Danach höre ich nicht mehr zu. Ich bleibe wachsam und konzentriere mich auf die Umgebung. Ich behalte die beiden im Blickfeld, aber ich blende die Unterhaltung aus, weil das auch zu meinem Job gehört. Ohne die Leute völlig verrückt zu machen, funktioniert das hier nur, wenn es immer noch ein kleines Stückchen Privatsphäre gibt. Ganz gleich, wie nah und persönlich wir an ihnen dran sein müssen, manche Dinge gehen uns einfach verdammt noch mal nichts an.

Nach einer Weile steht Ellie auf, während Mr. Hammond sitzen bleibt.

«Ich habe schon deine Schwester verloren. Ich will nicht auch noch dich verlieren», sagt er kummervoll und schaut zu ihr auf.

Tränen sickern Ellie aus den Augen, als sie ihn umarmt und fleht: «Nicht weinen, Daddy. Du hast Olivia nicht verloren, und du wirst auch mich nicht verlieren. Wir lieben dich, und wir wissen, wie schwer es ist ... wie traurig du bist.»

Und dann höre ich Eric Hammonds tiefe Stimme, als er sich mit einem Taschentuch das Gesicht wischt und Ellie den Arm tätschelt. «Ich werde es versuchen, Kleines. Ich verspreche, von jetzt an wird alles anders.»

Ich würde mich nicht drauf verlassen. Das ist ein Versprechen, das oft gegeben wird, aber noch öfter wieder gebrochen.

Sie gehen zurück auf den Bürgersteig, Seite an Seite, und das ist mein Stichwort, ihnen wieder zu folgen. Als sie ihren Heimweg fortsetzen, schaut sich Ellie zu mir um, aber ich nehme keinen Augenkontakt auf, sondern richte den Blick auf die Straße. Weil ich nicht will, dass sie glaubt, ich interessierte mich für das, was gerade zwischen ihr und ihrem Vater vorging.

Als sie sich dem Amelia's nähern, fährt ein knallrotes VW Beetle Cabrio mit Ellies Freundin Marlow am Steuer vor und parkt in zweiter Reihe, mitten auf der Straße. Sie drückt auf die Hupe und legt sich die Hände trichterförmig um die Lippen, die denselben Rotton haben wie das Auto.

«Auf geht's! Wochenende bei Bernie!»

Nach allem, was ich zufällig aufgeschnappt habe, schmeißt ihr Klassenkamerad Bernie Folger eine Abschlussparty im

Strandhaus seiner Eltern in Wildwood, New Jersey. Bevor sie fragen kann, sage ich: «Du kannst nicht allein da hin.»

In diesem Moment tritt Tommy aus der Tür des Amelia's.

«Tommy kann mit uns kommen!», ruft Marlow. «Ich lasse ihn sogar fahren, weil ich so ein verdammt liebes Ding bin.»

Tommy sieht mir in die Augen, und wir nicken beide. Ellie umarmt ihren Dad zum Abschied, dann dreht sie sich zu mir um und scharrt schüchtern mit diesen weißen Riemchensandalen.

«Also ... Wir sehen uns morgen, Logan.»

Dann flitzt sie zum Wagen und klettert auf den Rücksitz. Auf seinem Weg zum Auto geht Tommy an mir vorbei und klopft mir auf den Arm. «Mr. Hammond hat Besuch. Drinnen.»

Er rutscht auf den Fahrersitz, und die drei brausen davon.

Ich öffne Mr. Hammond die Tür und folge ihm in den Coffee Shop. Und da erblicke ich den Besucher, den Tommy erwähnt hat.

Der vierte Graf von Ellington erhebt sich von seinem Stuhl. Er lächelt auf die einzige Weise, die er kennt, herzlich, und streckt seine Hand aus. «Mr. Hammond, mein Name ist Simon Barrister. Es ist mir ein Vergnügen, Sie kennenzulernen. Ich würde mit Ihnen gern über ein geschäftliches Vorhaben sprechen, das für uns beide lukrativ sein könnte.»

Eric Hammond schüttelt dem Grafen die Hand. «Worum geht es bei Ihrem Geschäft, Simon?»

Und Lord Ellingtons blaue Augen funkeln. «Ich hoffe ... um Kuchen.»

6

LOGAN

Zehn Monate später

Eine königliche Hochzeit ist immer ein Ereignis. Aber wenn das Mitglied der königlichen Familie, das heiratet, der ehemalige Kronprinz ist, der seinen Thron für ein amerikanisches Mädchen aufgegeben hat, ohne das er nicht leben kann? Dann ist die Hochzeit quasi ein Irrenhaus.

Für Männer wie mich ist das äußerst anstrengend. Meine Sinne sind geschärft, in höchster Alarmbereitschaft. Es wimmelt nur so vor Presse, Adeligen, Würdenträgern, Berühmtheiten. Das hier sind die Momente, auf die uns unsere harte Ausbildung vorbereitet.

Schon Monate im Voraus wird unsere Strategie in einer Einsatzzentrale geplant – als würden wir uns auf eine Schlacht vorbereiten. Jeder kennt seine Rolle, jeder hat einen Posten. Heute Abend liegt mein Fokus auf Prinz Nicholas. Obwohl er Olivia nie von der Seite weicht, ist ihr ein weiterer Mann zugeteilt, Tommy. Olivia, jetzt eine Prinzessin und eine Herzogin, schimmert ganz in weißer Seide und Juwelen. Und Nicholas' Lächeln strahlt heller als das Diadem in ihrem Haar. Beim Dinner zu Ehren seiner königlichen Hochzeit ist der Prinz völlig verzückt.

Obwohl mein Blick ständig den Raum absucht, weiß ich immer, wo sich das Paar befindet. Als Nicholas also die Hand hebt und mich zu sich winkt, reagiere ich sofort.

«Sir?» Ich verbeuge mich.

«Wir werden uns in Kürze in unsere Gemächer zurückziehen, aber Olivia macht sich Sorgen wegen Ellie.»

Sie habe ich auch im Auge behalten, den ganzen Abend lang.

Im Moment ist sie an der Bar, unbestreitbar reizend in einem champagnerfarbenen Seidenkleid, das sich an all den richtigen Stellen an ihren Leib schmiegt. Oder ... den verdammt noch mal falschen, aus Sicht der Security. Ein eifriger Schnösel nach dem anderen bietet ihr Drinks an, bittet sie um einen Tanz oder versucht, sie mit seinem vornehmen Stammbaum zu beeindrucken. *Verdammte Scheißkerle.*

Und sie nutzt schamlos aus, dass man in Wessco schon mit achtzehn offiziell Alkohol trinken darf. Marty ist da, er lacht und bechert an ihrer Seite, und ihr Vater auch, obwohl der nichts trinkt. Entgegen meinen Zweifeln hat er seit zehn Monaten keinen Tropfen mehr angerührt, seit Ellies Abschlussfeier nicht mehr. Er zieht sein Programm durch, indem er sogar hier in Wessco zu Treffen der Anonymen Alkoholiker geht und nüchtern bleibt. Gut für ihn ... und für sie alle.

«Ellie wurde Security zugeteilt, die Männer werden dafür sorgen, dass ihr nichts passiert.» Ich habe nachgesehen, wer heute Abend für sie zuständig ist, um mich persönlich zu vergewissern, dass die Männer erstklassig sind.

Olivia wirft einen Blick zu ihrer Schwester hinüber. «Aber du kennst sie am besten, auf dich wird sie hören. Falls sie später noch ausgeht, würde ich mich besser fühlen, wenn du bei ihr wärst.»

Ich suche Nicholas' Blick. «Wir werden unsere Zimmer den ganzen Abend lang nicht verlassen ...» Er zwinkert seiner Braut zu, «womöglich tagelang nicht. Wir wären beide beruhigt, wenn du auf Ellie aufpasst.»

Ich hebe eine Hand. «Ich kümmere mich darum. Verschwenden Sie keinen weiteren Gedanken daran.»

«Sag mal, Ellie Hammond», sagt Henry, «sind wir eigentlich schon volljährig?»

Grinsend hebt Ellie ihr Martiniglas. «Achtzehn, offiziell.»

Prinz Henry, Nicholas' jüngerer Bruder und nun Thronfolger von Wessco, seufzt theatralisch. «Schade, dass du jetzt praktisch mit mir verwandt bist. Und obwohl viele meiner Vorfahren sich davon nicht hätten abhalten lassen, ist Inzest wirklich nicht mein Fall.»

Ellie nickt. «So ein Mist.»

«Aber», Henry hebt einen Finger, «das heißt nicht, dass wir nicht jede Menge Spaß haben können. Ich werde dir die besten Fleckchen von Wessco zeigen. Die guten, die unanständigen und alles dazwischen auch. Was sagst du dazu?»

Sie sprudelt über vor Begeisterung. «Ich sage, ich bin dabei.»

«Nichts da.» Ich trete zu ihnen. «Deine Schwester möchte, dass du direkt auf dein Zimmer gehst», sage ich zu Ellie.

«Sie wird mit mir zusammen sein», sagt Henry.

Genau deshalb soll sie ja auf ihr Zimmer. «Ihr Bruder sagte ausdrücklich, dass ich Ellie nicht bei Ihnen lassen soll.»

Henry sieht beleidigt aus und sucht den Raum nach seinem königlichen Bruder ab. «Der Bastard ... kein Vertrauen mehr.» Er schüttelt den Kopf. «Zum Glück für uns werden mein Bruder und ihre Schwester vollauf mit ihrer eigenen Unterhaltung beschäftigt sein. Was sie nicht wissen, macht sie nicht heiß.»

Das ist eine knifflige Situation. Auf der einen Seite ist Prinz Henry mein Boss, er steht jetzt rangmäßig über Nicholas. Auf der anderen Seite ist er rücksichtslos, selbstzerstörerisch und unverantwortlich, und sein glänzender neuer Titel hat diese Charakterzüge nicht gemindert. Also werde ich die süße Ellie auf gar keinen verdammten Fall in seiner Obhut lassen.

«Da bin ich anderer Meinung, Hoheit.»

Und ein ziemlich interessanter Ausdruck legt sich auf sein Gesicht: ein leichter Schock darüber, dass ihm jemand widerspricht, gemischt mit einem Schatten von Respekt. Denn Henry mag viele moralische Defizite haben, mangelnde Selbsteinschätzung in Bezug auf seine Schwächen gehört nicht dazu. Er ist königlich verkorkst, aber er steht dazu.

«Ich gehe mit ihr ins Horny Goat, Agent St. James, ich ziehe nicht mit ihr in die Schlacht. Sie und der Rest des Security-Teams können uns gern begleiten. Wir werden ein paar Drinks nehmen, oder auch ein paar Dutzend, ein paar Lieder singen, und das war's.»

«Oh, das klingt nach so viel Spaß!» Ellie klatscht in die Hände. Und sie richtet diese herzzerreißenden Augen auf mich. «Können wir gehen? Bitte?»

Belustigung schwelt in Prinz Henrys Miene, während sie auf meine Antwort warten. Weil er gern Dreck aufwirbelt. Das ist es, was er tut und wofür er lebt: jede Menge Dreck aufwirbeln und sich dann zurücklehnen und dabei zusehen, wie alle anderen darin ausrutschen.

«Komm schon, Logan», fleht Ellie.

Mit einem spöttischen Grinsen legt Henry den Arm um ihre Schultern. «Ja, kommen Sie schon, Logan.»

Bastard.

Zwei Stunden später stehen Ellie Hammond, die jüngere Schwester der neuen Herzogin von Fairstone, und der zukünftige König von Wessco auf einer Karaokebühne im Pub The Horny Goat. Gemeinsam. Herumhüpfend und *I Wanna Be Sedated* von den Ramones singend.

Da geht es hin, das verdammte Königreich.

Zum Glück hat Evan Macalister, der Besitzer des Goat, es wie immer geschafft, die Presse draußen zu halten. Nachdem der Song zu Ende ist, kehren die zwei an die Bar zurück, bejubelt von Henrys Kumpeln. Eine große, kurvige Brünette klebt schon den ganzen Abend an der Seite des Prinzen. Sie klammert sich an ihn und flüstert ihm etwas ins Ohr.

Ich behalte im Auge, wie viel Ellie trinkt: drei Martinis beim Dinner und vier Whiskey pur im Pub. Sie kippt einen fünften runter wie Wasser. «Du bist ja wie eine Wikingerin!», ermutigt Henry sie.

«Wikingerin!», schreit Ellie.

Als der Prinz dem Barkeeper zuruft, er soll noch einen einschenken, dränge ich mich durch die Menge zu Henry.

«Sie hat genug», sage ich leise zu ihm.

«Es geht ihr gut», winkt er mit einer Handbewegung ab.

«Sie ist noch ein Mädchen», beharre ich.

Das nimmt Ellie mir übel und bohrt mir lallend den Finger

in den Arm. «Hey! Das ärgert mich. Ich bin eine vollmünderjährige Erwachsene. Voll mün... mündig. Volljährig.» Sie neigt den Kopf schief und schnappt nach Luft. «Oh mein Gott, ich hab grad gemerkt, wenn man die Wörter verwechselt, kommt das Gegenteil dabei raus! Das ist so schräg.»

Mit hochgezogenen Augenbrauen wende ich mich wieder zu Prinz Henry um. «Wie ich schon sagte ... mehr als genug.»

Er beugt sich über die Bar zu Ellie und hält zwei Finger hoch. «Ellie, wie viele Finger siehst du?»

Ellie kneift angestrengt die Augen zusammen, bis sie schließlich Henrys Hand packt und sie stillhält. «Vier.»

«Ausgezeichnete Antwort!»

«Hab ich recht gehabt?», fragt Ellie hoffnungsvoll.

«Nein. Wenn du recht gehabt hättest, würde ich mir wirklich Sorgen machen.» Dann schlägt er mit der flachen Hand auf den Tresen. «Noch eine Runde!»

Das ist der Moment, in dem Ellie von ihrem Barhocker rutscht. Ich fange sie auf, bevor sie auf dem Boden aufschlägt, aber nur knapp. Und dann starre ich Henry finster an.

«Hm ... vielleicht haben wir unser Pensum für den Abend doch schon erreicht.» Er legt Ellie die Hand auf den Arm, hebt das Kinn und sagt: «Es ist wichtig, den Pub noch auf den eigenen zwei Beinen verlassen zu können. Von wegen Würde und so.»

Ellies Kopf rollt herum, bis sie ihn auf meine Schulter legt und ihre Atemzüge meinen Hals streifen. «M'kay.»

Der Palast ist still, als das Dreiergrüppchen, Henry, Ellie und Henrys weibliche Begleitung, flüsternd und kichernd die Flure entlang zu Ellies Suite stolpert. Ich mache ihnen die Tür auf, und sie lassen sich auf die Sessel und das Sofa im Wohnzimmer plumpsen.

Henry betrachtet Ellie, und seine Augen wirken klarer, als sie es im Pub waren. «Wer hat Lust auf Kartenspielen?», fragt er, während er seine Taschen absucht. «Ich hab hier irgendwo noch ein Päckchen.»

Seine Brünette schmollt unzufrieden. «Ich werde müde, Henry.»

Das klingt, als wolle seine Bettgefährtin in spe abspringen.

Er deutet auf Ellie. «Ich kann sie nicht einfach allein lassen. Sie könnte im Schlaf einen auf Janis Joplin machen. Nicholas würde mich umbringen.»

Ellie schüttelt traurig den Kopf. «Janis Joplin ... Was für eine Stimme.» Und sie fängt zu weinen an. «Es ist einfach zu traurig.» Schluchzend hält sie sich die Hände vors Gesicht. «Sie hat Bobby McGee so geliebt!»

Verdammt.

Wenn ich mit Henry fertig bin, wird für Nicholas nicht mehr viel übrig sein, das er umbringen kann. Um mich davon abzuhalten, ein Kapitalverbrechen zu begehen, biete ich freiwillig an: «Ich werde auf sie aufpassen, Hoheit. Ich bin die ganze Nacht im Dienst, und Prinz Nicholas hat angeordnet, dass ich besonders auf Ellie achte.»

Sein Blick zuckt zu mir und dann zurück zu Ellie. «Ich weiß nicht ...»

Ellie hebt den Kopf. Ihr Heulkrampf ist fürs Erste beendet, und sie stolpert zu mir und wickelt sich um meinen Arm – um seufzend an ihm zu schnuppern und sich praktisch an ihm zu reiben. «Du kannst mich bei Logan lassen, Henry. Er ist mein Held.»

Argwöhnisch legt Henry den Kopf schief. «Ist das so?»

«Total.» Seufzend streichelt Ellie meinen Arm. «Mein wunderschöner, stinksaurer Schutzengel.»

Herr im Himmel.

Der blonde Prinz sieht mir in die Augen, um mich einzuschätzen, wie Männer das eben tun. Ich weiche seinem Blick nicht aus, ich blinzle nicht. Nach einem Moment nickt Henry, schlägt mit den Handflächen auf die Armlehnen des Sessels und stemmt sich hoch.

«In Ordnung.»

Ellie klatscht in die Hände.

«Yay!»

Und fällt beinahe in den Kamin. Ich führe sie zu einem schnörkeligen Sofa.

Henry verbeugt sich mit großer Geste vor Ellie, nimmt ihre Hand und gibt ihr einen Handkuss. Sie kichert. «Danke für den heutigen Abend.»

Er sinkt nieder auf sein Knie. «Hattest du Spaß? Die beste Zeit deines ganzen Lebens? Ich habe einen Ruf zu verlieren, weißt du?»

Ellie nickt, schwindlig und mit weichen Gliedern. «Die allerbeste! Ich liebe es hier, und du wirst ein phantastischer König werden.»

Ein seltsamer Ausdruck legt sich auf Henrys Gesicht. Traurig, wehmütig. «Du hast ein gutes Herz, Ellie. Du solltest diesen Ort hier verlassen, so schnell du kannst.»

Er blinzelt, der Moment ist vorbei, und sein freches Grinsen hat alles Sanfte aus seinem Gesicht gewischt. Henry hält ihr die Ghettofaust hin. «Willkommen in der Familie, Süße.»

Ellie will mit ihrer Faust dagegenstoßen ... verfehlt sie aber und hätte Henry beinahe mitten auf die Nase getroffen. Lachend hält Henry Ellies Handgelenk fest und tippt ihre Fäuste aneinander.

Dann steht er auf, nickt in meine Richtung, legt den Arm um seine Lady und schlendert mit ihr aus dem Zimmer.

♛

«Du, Logan?»

«Ja?»

«Wann hast du Geburtstag?»

«Am siebten Juni.»

«Oh.»

«Du, Logan?»

«Hm?»

«Wie alt bist du?»

Ich antworte, ohne nachzudenken. «Dreiundzwanzig.»

«Hm. Du, Logan?»

So geht es schon seit einer halben Stunde. Ellie sitzt auf dem schnörkeligen Sofa und starrt in den leeren Kamin, mit mir neben sich. Ich habe ihr vor einer Weile die Schuhe ausgezogen, aber sie macht nach wie vor keine Anstalten, ins Bett zu gehen. Es ist ohnehin besser für sie, wenn sie aufrecht sitzt.

«Was ist deine Lieblingsfarbe?»

«Ich habe keine.»

«Jeder hat eine.»

«Blau.»

«Hell- oder Dunkelblau?»

Wieder antworte ich, ohne nachzudenken. «Hellblau.»

Benommen dreht Ellie den Kopf zu mir und blinzelt unter ihren langen Wimpern hervor.

«Meine Augen sind hellblau.»

Mein Verstand kommt kurz ins Stolpern. «Das sind sie.»

Seit ich Ellie Hammond kenne, in ihrer Nähe bin, sehe ich überall hin, außer auf sie. Das ist mein Job. Aber in diesem Moment, nur wenige Zentimeter entfernt, gibt es nichts anderes zu sehen als sie.

Also sehe ich hin.

Ihr Hals ist elegant, ihre Schultern sind gerade und feingliedrig. Ihre Haut ist glatt und ebenmäßig, mit einem rosigen Schimmer auf den Wangen. Ihre Brauen sind hell und geschwungen, ihre Augen rund und klar, intelligent mit einer Spur Verschmitztheit. Und sie hat Sommersprossen ... Reizende Sprenkel heller Sommersprossen küssen ihren zierlichen Nasenrücken.

«Du, Logan?»

«Ja?»

«Ich fühle mich nicht so gut.»

Und jetzt kommt es. Damit habe ich gerechnet.

«Ja. Keine Sorge. Sobald du dich übergeben hast, wirst du dich viel besser fühlen.»

Ihre Gesichtszüge verziehen sich. «Das hört sich nicht lustig an.»

«Nein.»

Ein paar Minuten lang ist das einzige Geräusch im Raum Ellies schneller, heftiger Atem.

Und dann: «Du, Logan?»

«Ja?»

«Wo ist das Bad?»

Sie hält sich die Hand vor den Mund, und ihr ganzer Körper krampft sich zusammen. Schnell greife ich ihr unter die Arme, helfe ihr aufstehen und führe sie zum Klo. Sobald sie die Schwelle überquert hat, stürzt sie zur offenen Toilette, stützt die Hände auf die Klobrille, und ein Schwall abgestoßenen Alkohols schießt aus ihrem Magen herauf.

Ich nehme ihre langen Haare zusammen und halte sie zurück, dabei streichle ich sie mit sanften Kreisen zwischen den Schulterblättern und murmle tröstende Worte. Obwohl ich keine Gewohnheit daraus mache, war ich auch schon mal an ihrer Stelle, mehr als einmal, und es ist absolut furchtbar.

Nach ein paar weiteren Runden scheint ihr Magen endlich leer zu sein. Ich reiche Ellie ein paar Taschentücher, und sie wischt sich hustend den Mund und lehnt sich gegen die Wand.

Als ich den Arm über sie hinweg ausstrecke, um die Klospülung zu drücken, stöhnt Ellie auf.

«Nicht, das ist so eklig. Ich bin so eklig.»

«Ach was, hör auf», schelte ich sie.

Nach einer Weile dreht sie den Kopf zu mir, die Taschentücher immer noch vor den Mund gepresst. «Kannst du mir bitte meine Zahnbürste und Zahnpasta geben? Und ein Glas Wasser?»

Ich nicke und bringe ihr alles. Ellies Zahnbürste ist rosa, derselbe Farbton wie der Lack auf ihren Zehen und Fingernägeln. Nachdem sie sich die Zähne geputzt und den Mund ausgespült hat, stelle ich die Sachen neben das Waschbecken.

«Schaffst du es allein zum Bett, oder willst du, dass ich dich trage?»

Mit einer Grimasse schließt sie die Augen. «Das schaffe ich.»

Ich helfe ihr vom Boden hoch und stütze sie, während sie durchs Zimmer schwankt. «Es ist heiß.» Sie stöhnt. «Mir ist so heiß.»

Dann macht sie einen Schritt rückwärts, windet sich aus dem enganliegenden Seidenkleid und lässt es in einem Haufen um ihre Füße fallen, sodass sie in nichts als einem winzigen cremefarbenen Höschen und passendem Spitzen-BH dasteht. Ich wende den Blick ab, aber nicht bevor sich das Bild von glatten Beinen, flachem Bauch, einem knackigen, herzförmigen Hintern und straffen, perfekten Brüsten dauerhaft in mein Gehirn eingebrannt hat.

Ellies Brustwarzen sind dunkelrosa, ein erlesener tiefer Mauve-Ton, und ein Teil von mir fühlt sich wie ein schmutziger Bastard, weil ich das weiß.

Ein anderer Teil ... fühlt etwas völlig anderes.

Meine Kehle krampft sich zusammen, denn zum ersten Mal wirkt Ellie Hammond überhaupt nicht wie ein kleines Mädchen auf mich.

Sie kriecht auf das große Bett, das tolle Hinterteil in der Luft, und bricht mitten auf der Matratze zusammen. Ich nehme den Rand der am Fußende aufgeschlagenen Decke und decke sie zu, um unserer beider willen.

«Du, Logan?»

«Ja?»

«Legst du dich zu mir?»

Mich zu einer halbnackten Frau legen, die mich mehr als einmal angesehen hat, als wäre ich eine Eistüte, bei der sie es gar nicht erwarten kann, sie von oben bis unten abzulecken? Was soll da schon schiefgehen?

«Ich glaube nicht …»

«Bitte, halt einfach meine Hand», bettelt sie, und ihre Stimme ist so leise. «Wenn du mich festhältst, dann wird alles aufhören, sich zu drehen.»

Und es ist, als würde ich entzweigerissen, in zwei unterschiedliche Richtungen gezerrt. Meine gefühllose, abgebrühte, harte Seite sagt mir, ich soll nein sagen, weil das hier verdammt gefährlich und außerdem sinnlos wäre. Aber ein jüngeres Ich, das zärtlich und verträumt ist, will diesem Mädchen alles geben, worum es bittet.

Ellie stöhnt leise, und sie sieht so hübsch und elend aus, dass ich es ihr nicht abschlagen kann.

Ich rutsche aufs Bett und starre, auf dem Rücken liegend, auf die goldenen Schnörkel des Baldachins über uns, während ich Schäfchen zähle und die Arbeitsschritte durchgehe, wie man ein Gewehr zusammenbaut – egal was, um mich von der verführerischen verbotenen Frucht neben mir abzulenken.

Ellie zieht ihren Arm unter der Bettdecke hervor und tastet nach mir, und ich zögere nicht, ihre kleine, weiche Hand in meine raue zu nehmen.

«Danke.» Sie seufzt und rückt mit geschlossenen Augen näher, legt unsere verschränkten Hände auf meinen Bauch und schmiegt ihren weichen, geschmeidigen kleinen Körper an meinen. Mein Schwanz regt sich, wird steif.

Runter, Junge, befehle ich dem wilden Tier lautlos.

«Schlaf jetzt, Liebes», flüstere ich. «Es wird alles gut. Ich bin ja da.»

«Und du würdest nie zulassen, dass mir etwas Schlimmes passiert, nicht wahr?»

Ich schließe die Augen und schlucke erneut, dabei spüre ich, wie sich etwas Ungewohntes und Namenloses in meiner Brust zusammenzieht. «Niemals.»

Aber eine Minute später, als ich zu Ellie hinübersehe, sind ihre Augen offen und beobachten mich. Ihre blaue Farbe ist dunkler, tiefer in diesem Licht.

«Das machst du immer», flüstert sie.

«Was?»

«Mich retten.»

Ich lächle, nur ein bisschen. «Das macht mir nichts aus.»

«Weil es dein Job ist?», fragt sie.

«Ja.»

«Und weil du mich vielleicht irgendwie auch magst? Nur ein bisschen?»

Ein Lachen kratzt in meiner Kehle. «Nur ein bisschen.»

Sie befeuchtet sich die Lippen, dabei halten mich diese Augen immer noch fest.

«Und vielleicht, weil es sich, wenn du mich rettest, so anfühlt, als würde ich ... dir gehören? Wenn auch nur ein winziges bisschen?»

Ich weiß, was ich sagen sollte, aber ich kann mich nicht dazu überwinden. Sie wird sich sowieso nicht an das hier erinnern. Also lasse ich stattdessen langsam eine Fingerspitze über ihr Gesicht gleiten, von ihrer Schläfe bis zu ihrem Kiefer. Als hätte ich das Recht, sie zu berühren. Als würde sie mir gehören. «Das stimmt, Ellie.»

Mit einem Seufzen schließt sie die Augen. Und sie bleiben so lange geschlossen, dass ich glaube, sie ist eingeschlafen. Bis ihre süße Stimme wieder erklingt. «Du, Logan?»

«Ja?»

«Eines Tages ... werde ich dich auch retten.»

7

LOGAN

Sieben Monate später

Ich parke den SUV vor der Adresse, die Ellie mir gegeben hat. *Neues Semester, neue Wohnung*, hat sie gesagt.

Nach der Hochzeit hat der Ruhm von Prinz Nicholas und Olivia mächtig auf Ellie abgefärbt. Sie hat jetzt eine eigene hingebungsvolle Gruppe von Fanboys, und ihre Brüste haben ihren eigenen Twitter-Namen: @Elliesweettits. Nicht besonders kreativ. Die widerlichen Paparazzi geben sich größte Mühe, diese besonderen Vorzüge ranzuzoomen, wann immer es geht. Das macht mich wütend. Sehr. Mehr als einmal musste ich mich zurückhalten, nicht dem einen oder anderen der Fotografen sein Teleobjektiv in den Arsch zu schieben.

Sie lebt seit deren Hochzeit bei ihrer Schwester und ihrem Schwager, im Penthouse eines exklusiven Hochhauses, was es der Security einfacher macht. Warum Ellie da wegziehen will, ist mir schleierhaft, und warum sie im November umziehen will, wenn es kälter ist als am Sack eines Schneemanns, ist mir ein absolutes Rätsel.

Offenbar denkt Tommy das Gleiche. «Die Wohnung von Prinz Nicholas und deiner Schwester ist so schick, wie es nur geht. Sag mir noch mal, warum genau willst du da weg?»

Ellie seufzt. «Ob du es glaubst oder nicht, bei Nicholas und Olivia zu wohnen, ist nicht gerade einfach. Sie sind frisch verheiratet und abscheulich verliebt. Ihre Romanze ist wie ein Märchen, Schneewittchen plus Prinz, und wenn sie nicht gestorben sind, küssen sie sich noch heute ... Ich aber werde allein sterben. Das ist deprimierend.»

«Macht uns das zu Zwergen?», fragt Tommy.

Ich hebe die Hand. «Dann bin ich Cocky.»

Ellie lacht und öffnet die Tür, ohne darauf zu warten, dass ich um den Wagen herumgehe und es für sie tue. Ich hasse es, wenn sie das tut. Ich trete auf dem Bürgersteig zu ihr, während Tommy aussteigt und sich auf ihre andere Seite stellt. Dann schauen wir drei an dem großen, quadratischen Gebäude empor, das Ellies neues Home sweet Home sein wird.

Es ist grotesk. Potthässlich. Eine Bruchbude. Wenn es noch nicht für abbruchreif erklärt wurde, dann wird es verdammt noch mal höchste Zeit.

«Bist du sicher, dass das hier das richtige Haus ist?», frage ich.

Ellie quietscht vor Begeisterung. «Das ist es! Der perfekte Ort, um mich zu verwirklichen.»

«Sieht eher aus wie der perfekte Ort, um sich aufzuhängen.»

Sie wedelt mit der Hand in meine Richtung. «Ach, hör auf rumzualbern. Kommt schon, holt die Kisten.»

Wir schnappen uns die Umzugskartons aus dem SUV und gehen hinein. Drinnen ist es sogar noch schlimmer. Im Flur riecht es nach nassem Hund, und die Wohnung ist ein trister Raum mit nachlässig gemalerten Betonwänden. Die Fußböden sind an einigen Stellen vermodert, und in der Küchenecke fehlen an den meisten Schränken die Türen. Die Geräte sind uralt und mit Fett verkrustet, ein Küchenbrand ist hier geradezu vorprogrammiert.

Und ich weiß, dass Ellie nicht gerade verantwortungsvoll mit ihren Kerzen ist.

Ich stelle meine Kiste ab und sage leise zu Tommy: «Ich werde mit dem Prinzen reden.»

Er nickt. «Du nimmst mir die Worte aus dem Mund.»

Ich zeige auf Ellie. «Lass sie nicht allein.»

Tommy lacht. «In dieser Gegend? Da werde ich nicht mal blinzeln, Bruder.»

Kurz darauf bin ich im Penthouse und sitze Nicholas in der Bibliothek gegenüber. «Es geht um Ellies neue Wohnung. Haben Sie die gesehen?»

Er grinst. «Sie hat gestern beim Abendessen von nichts anderem geredet. Sie wirkt sehr begeistert darüber, endlich auf eigenen Beinen zu stehen.»

«Aber Sie haben die Wohnung nicht wirklich mit eigenen Augen gesehen?», bohre ich nach.

Und seine Hände hören auf, Papiere zu sortieren. «Nein. Aber Ihrem Tonfall nach zu urteilen, sollte ich das wohl, schätze ich.»

«Je schneller, desto besser.»

Er steht aus seinem Sessel auf, und ich folge ihm hinaus ins Wohnzimmer, wo Olivia den Papierkram für ihr neues gemeinsames Wohltätigkeitsprojekt durchgeht. Seit Lord Ellington die Kuchenrezepte von Ellies Mutter gekauft hat und die Pies so schnell verkauft, wie sie liefern können, bietet das Amelia's sie nicht mehr an. Stattdessen gibt es da warme, nahrhafte Mahlzeiten, Sandwiches und heißen Kaffee. Und man muss nur so viel bezahlen, wie man kann.

Nicholas streckt ihr die Hand hin. «Wir machen einen Ausflug.»

Sie steht auf und gibt ihm einen Schmatz auf die Lippen. «Wo fahren wir hin?»

«Ellie zieht heute in ihre neue Wohnung. Lass uns sie besuchen.»

«Sie sagte, sie will, dass wir warten, bis sie alles eingerichtet hat.»

Über den hübschen dunklen Kopf seiner Frau hinweg begegnet Nicholas meinem Blick.

«Überraschen wir sie. Deine Schwester mag Überraschungen.»

Als Olivia durch die Tür tritt, mit Augen so groß wie Vierteldollarmünzen, wird deutlich, dass Ellie nicht die Einzige ist, die überrascht wurde.

Ein Knallen ist von draußen zu hören, ein paar Blocks entfernt.

«Hey, Leute!», begrüßt Ellie ihre Schwester und ihren Schwager. «Ich wollte doch, dass ihr erst vorbeikommt, wenn ich alles fertig habe. Wie findet ihr die Wohnung? Ist sie nicht toll?»

Nicholas, ein Mann, der für sein Geschick mit Worten bekannt ist, hat Schwierigkeiten, welche zu finden. «Sie ist … mal was anderes.»

Und alles, was Olivia herausbringt, ist: «Wow.»

Das Knallen ist erneut zu hören. Bevor ich eine Bemerkung machen kann, fragt Nicholas: «Waren das …?»

«Schüsse?», beendet Tommy den Satz. «*Aye.* Die gehen ungefähr alle zwanzig Minuten los. Wie Big Ben für Arme.»

Ein zottiger, bärtiger Penner, nackt bis auf einen schmutzigen, abgetragenen Trenchcoat, späht zum Fenster herein und winkt.

Ich deute auf ihn. «Die Nachbarn sind schon mal freundlich.»

Olivia geht zum Fenster und zieht die Jalousie runter … und die ganze verdammte Schiene kracht ihr entgegen.

Habe ich gesagt, die Bude sollte für abbruchreif erklärt werden? Sie sollte zerbombt werden.

«Warum ist es so kalt?», fragt Nicholas.

Ellie legt die Stirn in Falten. «Ja, da gibt es ein kleines Problem mit der Heizung.»

«Was für ein Problem?»

«Es gibt keine.» Sie hebt den Finger. «Aber das ist okay. Ich habe einen Plan.»

Nicholas kratzt sich die Stirn. «Kann's nicht erwarten, ihn zu hören.»

«Ich dachte, ich besorge mir eine dieser Outdoor-Feuerschalen und stelle sie ans Fenster, damit der Rauch rausziehen kann.»

«Eine Feuerschale?», wiederholt Nicholas.

«Ja», fährt Ellie fort. «Ihr wisst schon, die amerikanischen Ureinwohner hatten Feuer in ihren Tipis, und der Rauch zog durch ein Loch oben raus», erklärt sie.

«Tipis?», wiederholt Tommy wie ein Papagei.

«Genau.» Nicholas nickt. «Okay. Äh, Tommy, könnten Sie bitte diese Kisten nehmen? Logan, nehmen Sie die da an der Seite, und ich trage die hier», sagt er und hievt zwei große Kartons neben seinen Füßen hoch.

«Was machst du da?», fragt Ellie.

«Du bleibst nicht hier», sagt Nicholas zu ihr.

«Ich weiß, die Wohnung ist nicht perfekt … aber ich liebe sie», beteuert Ellie.

«Wir finden eine neue Wohnung für dich, die du lieben kannst. Ich werde sogar den Besitzer bitten, tropfende Wasserhähne einzubauen, wenn dich das glücklich macht, aber hier kannst du nicht bleiben. Auf gar keinen Fall.»

«Aber …»

«Heilige Scheiße!», kreischt Olivia. Und springt zur Seite. «Da ist eine Ratte! Eine riesige Ratte!»

«Tu ihm nichts!», sagt Ellie. «Den kenne ich. Ich wollte versuchen, ihn zu füttern, und hab ihn schon Remy getauft, nach der Ratte aus *Ratatouille*. Er ist süß.»

«Remy wird nicht mehr so süß sein, wenn er dir im Schlaf die Zehen anknabbert», sage ich zu ihr.

Sie zeigt mit dem Finger auf mich, niedlich und stinksauer. «Du bist keine Hilfe.»

Olivia fängt an, Kisten wieder einzupacken.

Ellie tritt zu ihr und legt ihr die Hand auf den Arm. «Warte, Liv! Du musst mich unterstützen! Schwestern-Kodex.»

«Du kannst nicht hierbleiben, Ellie. Auf gar keinen Fall.»

«Aber der Wohnung steht *Charakter* an die Wände geschrieben», jammert Ellie.

«Ich glaube, du verwechselst Charakter mit der Botschaft, die der Serienkiller mit Blut an die Wand schreibt, nachdem er die Leichen hier abgeladen hat.»

Mit finsterer Miene sieht Ellie ihre Schwester an und schüttelt den Kopf. «Einen Prinzen zu heiraten hat dich weich gemacht, Liv.»

Olivia lacht. «Ich war noch nie hart genug für Remy. Noch

nie.» Die frischgebackene Prinzessin schnippt mit den Fingern. «Gehen wir.» Dann folgt sie ihrem Mann und Tommy schnurstracks zur Tür hinaus.

Während ich eine Kiste zu meinen Füßen schließe und hochhebe, steht Ellie mitten im Zimmer und dreht sich im Kreis. Sie ist still und wirkt ... winzig in der leeren Wohnung. Niedergeschlagen.

Ich trete hinter sie. «Es gibt noch andere Wohnungen, Ellie.»

Ihr blondes Haar mit den lila Strähnen wippt über ihren Rücken, als sie den Kopf schüttelt. «Keine wie die hier.»

«Nein, besser. Schöne, sichere Wohnungen. Du verdienst was Besseres.»

Wütend fährt sie herum und baut sich vor mir auf. Ihre kleinen Ohren färben sich rosig, und auch ihre Wangen sind gerötet vor Zorn.

«Du hast mich an Nicholas verraten», zischt sie.

Und da ist ein Teufelchen in mir, das sie necken will, mit ihr spielen will, wie ein kleiner Junge, der ein Mädchen an den Zöpfen zieht, nur um zu sehen, wie sie darauf reagiert.

«Ja, habe ich.»

Ellie verschränkt die Arme, nichts als bezaubernde brodelnde Wut, ein hübsches Kätzchen, das gerade seine Krallen entdeckt hat. «Ich hätte dich nicht für einen Spitzel gehalten, Logan.»

Ich zucke mit den Schultern. «Jetzt weißt du's.»

Sie rammt mir einen Finger in die Brust. «Du stehst von nun an dauerhaft auf meiner Schwarzen Liste, Kumpel. Das werde ich dir nie verzeihen. Niemals.»

Ich lehne mich dicht zu ihr und senke die Stimme. «Da du,

während du mir nicht verzeihst, tatsächlich am Leben sein wirst, verbuche ich das als Sieg.»

Sie streckt mir die Zunge raus, dann wirbelt sie herum und stampft davon.

Und Gott, sogar ihre Zunge ist süß.

Jemand sollte mir verdammt noch mal eine reinhauen, damit ich wieder klar denken kann.

8

LOGAN

Sechs Monate später

In den nächsten paar Monaten bleibt Ellie, wo sie ist, im gut gesicherten Penthouse, zusammen mit Prinz Nicholas und Olivia. Ihr Leben geht weiter. Es gibt private Veranstaltungen und die gelegentliche königliche Pflicht. Den Rest ihrer Zeit verbringen sie damit, die Wohltätigkeits-Diner des Amelia's zu betreuen. Eric Hammond, inzwischen fast zwei Jahre trocken, hat sich ganz in das Unternehmen gestürzt und arbeitet jeden Tag in einer der zwei Filialen, die dritte ist im Entstehen. Er kocht, spült Geschirr, kümmert sich um die Angestellten und die Gäste – was immer nötig ist, um die Läden reibungslos laufen zu lassen.

Die Presse belagert das königliche Paar immer noch wie ein Nest nervender Läuse und veröffentlicht Artikel, in denen kein Körnchen Wahrheit steckt. Aber Nicholas fügt sich glücklich ins Eheleben und seine größtenteils bürgerliche amerikanische Existenz. Während Lady Olivia, ihr Vater und Ellie sich voll und ganz mit ihrem neuen Promistatus arrangieren.

Und Ellie hat gelegentlich ... Dates.

Das ist ein heikles Thema. Hauptsächlich, weil es mich unglaublich ärgert. Sie scheint dürre, aufgeblasene Deppen zu bevorzugen. Ellie Hammond ist ein Hauptgewinn, hat so viel zu bieten, aber sie verkauft sich so verdammt weit unter Wert. Meine Stimmung wird düster, wann immer ein Neuer auf der Bildfläche auftaucht, und noch düsterer in den wenigen Wochen, die sie dann zusammen abhängen. Tommy fragt mich dann immer, ob ich meine Tage habe, und ich sage ihm, er soll sich verpissen.

Er genießt es, den Spaßvogel zu spielen, aber er ist scharfsichtig, er bemerkt, was Sache ist.

Dann, eines Nachts kommt Ellie von einer Verabredung mit ihrem aktuellen Schwachkopf zurück, und als ich sie sehe, weicht die fast schon normale leichte Verärgerung rasender Wut.

«Dieser elende Wichser!»

Und ich bin nicht allein.

Nicholas, Tommy und ich stürzen ins Wohnzimmer, wo Olivia wutentbrannt nach dem Butler ruft.

«Wo ist mein Baseballschläger?», schreit sie, bevor sie die Schranktür aufreißt und hineinbrüllt: «Wo ist mein gottverdammter Baseballschläger?»

«Olivia?» Nicholas geht zu ihr. «Was um alles ...»

«Jesus, Maria und Josef», zischt Tommy, als er Ellies Gesicht sieht. Und den Bluterguss, der sich gerade auf der glatten Rundung ihrer rechten Wange ausbreitet. Ich war schon an genug Kämpfen beteiligt, um zu wissen, was ich da vor mir sehe.

Jemand hat sie geschlagen.

Ellie.

Jemand hat Hand an sie gelegt, und jetzt wird er seine Hände verdammt noch mal verlieren. Das schwöre ich sofort und stumm bei jedem Heiligen, den ich kenne.

«Olivia, bitte beruhige dich», beschwört Ellie sie.

«David», sagt Nicholas zu dem Butler, «bringen Sie bitte eine kalte Kompresse.»

Mein Blick fliegt zu Liam, der hinter Ellie steht. Er war ihre Security für heute Abend. «Was ist passiert?»

«Ich war im Flur, vor der Wohnung. Sie kam rausgerannt», erklärt Liam. «Der Typ ist ihr gefolgt, und ich habe ihn wieder reingestoßen, sie in den Wagen verfrachtet und hierhergebracht. Die Schwellung habe ich erst gesehen, als wir schon unterwegs waren.»

Nicholas geht zu Ellie und hebt langsam die Hände. «Darf ich?»

Ellie nickt, worauf Nicholas sanft ihre Verletzung untersucht, indem er mit den Daumen an ihrer Wange entlang nach einem Knochenbruch tastet.

«Ich bin okay», erklärt Ellie ruhig. «Mitchell hatte ein paar Bier, wir haben das Spiel angesehen. Er hatte Geld auf die Mets gesetzt. Und ich hasse die Mets. Als die Cardinals einen Homerun schlugen, habe ich gelacht. Es war nur ein Scherz. Und er ... *Woosh ...*»

Sie schwingt den Arm zu einer Rückhand, und mein Bauch verkrampft sich.

«Er hat mich geschlagen.» Tränen steigen ihr in die Kehle und ersticken ihre Stimme. «Ich war einfach nur ... wie betäubt, wisst ihr? Aber ich habe bloß eine Sekunde gewartet, dann habe ich mir mein Handy geschnappt ... und dann nichts wie raus da. Mit dem bin ich fertig. Ich glaube, ich bin fertig mit Männern im Allgemeinen.»

Und dann ist Olivia da. Sie zieht ihre kleine Schwester in die Arme, hält sie fest und streicht ihr über das Haar mit den bunten Strähnen.

«Es scheint nichts gebrochen zu sein.» Nicholas' Tonfall ist die unterdrückte Wut deutlich anzuhören. «Aber du solltest trotzdem zum Arzt gehen, Ellie.»

Sie schüttelt in Olivias Armen den Kopf. «Nein, mir geht es gut.»

«Ich lasse einen Arzt herkommen», bietet Nicholas an.

«Nein. Ich will nur ... Ich will ein Bad nehmen und vergessen, dass es passiert ist.» Sie schnieft. «Es geht mir gut, wirklich.»

«Was ist mit der Polizei?», fragt Olivia hart und schroff. «Das ist Körperverletzung, und dieser Typ gehört ins Gefängnis.»

Abwehrend hebt Ellie die Hände. «Bitte, Liv. Wenn wir Anzeige erstatten, dann steht es in den Zeitungen. Überall im Internet ...»

«Scheiß aufs Internet!», zischt Olivia.

Aber Ellie sieht ihr in die Augen. «Ich will es gut sein lassen. Und ich bitte dich, es auch gut sein zu lassen. Bitte.»

Olivia sagt eine Weile nichts, schüttelt nur unzufrieden den Kopf. «Wenn es das ist, was du willst ...»

«Ja, das will ich.» Ellie seufzt und streicht sich das Haar zurück. «Und jetzt gehe ich ins Bett, okay?»

«Okay. Möchtest du, dass ich dir eine Tasse Tee bringe?»

Ellie lächelt kläglich. «Nein, ich will keinen Tee. Ich will einfach nur schlafen.»

Und dann geht sie aus dem Zimmer und den Flur hinunter.

♛

Während Liam mit Tommy redet und auch Nicholas und Olivia die Köpfe zusammenstecken, schlüpfe ich hinaus in den Flur und hinter Ellie her. Vor ihrer Tür hole ich sie ein.

«Geht es dir gut?», frage ich und höre selbst, dass meine Stimme gequält und schuldbewusst klingt.

Ihr Rücken strafft sich, und ihre Hände verharren auf dem Türgriff, als sie sich umdreht. Ihre blauen Augen glänzen vor ungeweinten Tränen.

«Du musst mich für dumm halten», flüstert sie, was dafür sorgt, dass sich meine Brust schmerzhaft zusammenzieht.

«Nein, niemals, niemals würde ich das.»

Sie blinzelt, und eine Träne rollt über ihre zerschundene Wange. «Ich treffe schlechte Entscheidungen. Ich muss erwachsen werden. Weil so was passiert, wenn ...»

Ich schüttle bereits wieder den Kopf. «Hör mir zu, Ellie. Mistkerle wie der, der dir heute Abend weh getan hat – die sind wie giftige Schlangen, die sich geschickt tarnen. Es ist nicht deine Schuld. Du hast das nicht ahnen können.»

«Du hättest es geahnt.»

Ich senke den Kopf. «Ich habe es mir zur Regel gemacht, jedem zu misstrauen, also kannst du dich nach mir nicht richten.»

Sie lacht, obwohl sie immer noch schnieft. Und das zerrt an meinem verdammten Herzen. Weil sie nicht nur der Typ Mädchen ist, der von einer Klippe springen würde, ohne runterzusehen; sie würde auch noch Anlauf nehmen und hinunterhechten. Mit ausgestreckten Armen, den Kopf zurückgelegt. Frei und lebendig.

Niemand wird ihr das wegnehmen, das werde ich nicht zulassen.

«Du siehst das Gute in den Menschen, Ellie. Du vertraust. Das ist eine gute Art zu sein, eine tapfere Art. Ich werde von jetzt an besser auf dich aufpassen, ich werde dafür sorgen, dass so etwas nie wieder passiert. Du bist einfach, wer du bist. Überlass den Rest mir.»

Sie wischt sich die Augen trocken. «Also ist es so wie … *wenn du springst, spring ich auch,* so wie bei Jack und Rose in *Titanic*?»

«Nein.» Ich nehme ihre Hand in meine und streichle mit dem Daumen über ihre Knöchel. «Du springst … und ich werde da sein, um dich aufzufangen.»

Langsam beuge ich mich vor und hauche einen sanften Kuss auf ihre Stirn, als wäre es das Natürlichste der Welt. Meine Lippen verharren auf ihrer zarten Haut, während ich den Duft von Orangenblüten und einem Hauch Jasmin einatme.

Dann drehe ich mich um und gehe den Flur zurück.

♛

Die nächste Schicht ist wie immer um elf Uhr abends da, um Tommy und mich abzulösen. Wir fahren mit dem Aufzug nach unten, aber anstatt wie üblich sofort nach Hause zu fahren, gehen wir um das Gebäude herum und warten in der Gasse beim Hinterausgang. Tommy zündet sich eine Zigarette an und lehnt sich an die Wand.

Ich sehe auf meine Uhr und zähle: *vier, drei, zwei …*

Die Tür öffnet sich, und Nicholas Pembrook taucht auf. Missbilligend verschränke ich die Arme, während Tommy die Kippe aus dem Mund nimmt.

«Nein.»

«Daraus wird nichts, Hoheit.»

Nicholas' Züge frieren ein. «Ich weiß nicht, wovon Sie beide reden. Ich wollte nur einen kleinen Spaziergang machen.»

«Ja.» Tommy lacht. «Einen Spaziergang rüber zu dem Arschgesicht, das Ellie geschlagen hat.»

Der Prinz beißt die Zähne zusammen, und ich deute zwischen Tommy und mir hin und her. «Deswegen haben Sie uns hier.»

«Damit wir Sie aus Schwierigkeiten raushalten», fügt Tommy hinzu. «Uns wird niemand verklagen. Bei uns armen Schluckern ist nichts zu holen.»

Ich zucke mit den Schultern. «Außerdem sehen wir in diesen Klamotten sowieso alle gleich aus. Uns kann keiner auseinanderhalten.» Nicholas versucht zu widersprechen, aber ich fahre fort. «Und außerdem haben Sie Wichtigeres zu erledigen.»

«Wichtigeres?»

Die Tür oben an der Treppe öffnet sich, und Lady Olivia kommt heraus. Mit ihrem Baseballschläger.

«Zum Beispiel dafür zu sorgen, dass Ihre Herzogin brav bleibt, wo sie ist.»

Der Prinz wirft seiner Frau einen genervten Blick zu. Aber sie zeigt keine Reue.

«Als ob du nicht ganz genau dasselbe dachtest.»

«Offenbar denkt ihr alle dasselbe.» Die Stimme kommt vom Treppenabsatz. Ellies Stimme. Mit verschränkten Armen kommt sie heruntermarschiert und streckt mit ernster Miene die Hand in Richtung ihrer Schwester aus. «Na los, Negan, rück Lucille raus.»

Olivia verdreht die Augen und gibt ihre Mordwaffe ab.

«Ich hab euch doch gesagt, dass ich es gut sein lassen will. Jetzt will ich, dass ihr mir auf der Stelle versprecht, dass ihr nichts unternehmen werdet.» Zuerst sieht sie ihre Schwester an. «Liv?»

Sie ist nicht begeistert, aber sie gibt nach. «Na schön. Ich verspreche, dass ich nichts unternehmen werde.»

Dann richtet Ellie den Blick auf ihren Schwager. Ein Mann, der weiß, wann er nicht gewinnen kann. «Du hast mein Wort, Ellie.»

Und sie lässt auch mich und Tommy nicht aus.

«Ich verspreche es, Mädel», sagt Tommy, dabei bekreuzigt er sich und küsst seine Fingerknöchel in einer religiösen Geste.

Ich sehe Ellie direkt ins Gesicht. «Ich werde es gut sein lassen.»

«Du musst es versprechen», drängt Ellie.

«Ich verspreche es.»

Manchmal lüge ich.

Sobald wir sicher sind, dass Prinz Nicholas, Lady Olivia und Ellie wieder unter Verschluss sind, kommt Tommy an meine Seite, und wir marschieren die Straße runter.

Ich klopfe an, dann lehne ich mich seitlich gegen die Wand, damit er uns durch den Türspion nicht sehen kann. Und weil Tommy einmal zu oft *Tommy Boy – Durch dick und dünn* gesehen hat, sagt er mit hoher, quietschender Stimme: «Zimmerservice».

Und der dumme Wichser öffnet die Tür, nur einen Spalt, aber das reicht. Sobald er mich sieht, reißt er die Augen auf und versucht, mir die Tür vor der Nase zuzuschlagen. Aber ich dränge mich rein und drücke ihn am Hals gegen die Wand. Sein Puls flattert an meiner Handfläche wie das Herz eines Hasen.

«Du hast dir das falsche Mädchen ausgesucht, um handgreiflich zu werden.»

«Wartet!», stottert er. «Ich wollte nicht … Ihr könnt das nicht tun. Ich werde euch anzeigen. Sie werden euch feuern, euch den Job wegnehmen.»

Lachend drücke ich fester zu, dabei klinge ich sogar für meine Ohren verrückt. «Du? Du willst mir den Job wegnehmen?» Dann höre ich auf zu lachen. «Ich werde dir den Schwanz abschneiden und ihn dir in den Hals stopfen. Dann werde ich dich Stück für Stück an die Schweine verfüttern, bis nichts mehr von dir übrig ist als ein stinkender Haufen Schweinemist.»

Beinahe fängt er an zu weinen.

Tommy schließt die Tür ab, dann schaltet er den Fernseher ein und dreht die Lautstärke hoch. Nicht so laut, dass die Nachbarn sich beschweren könnten, aber laut genug, um das Winseln zu übertönen, das dieser Arsch gleich von sich geben wird.

Ihn immer noch an der Kehle festhaltend, schubse ich ihn zu Tommy, der ihn wieder zu mir zurückschubst, während wir ihn beide immer enger umkreisen. Der Volltrottel dreht den Kopf, und seine Blicke huschen zwischen uns hin und her. «Kommt schon, Leute, es war ein Versehen. Das ist nicht fair, ihr seid zwei gegen einen. Ich habe doch gar keine Chance.»

«Das ist nicht fair», äfft Tommy seine weinerliche Stimme nach. «Weißt du, warum man uns ausgewählt hat, um die königliche Familie zu beschützen? Zwei junge Nobodys von nirgendwo?»

«Warum?»

Beinahe mitleidig schüttelt Tommy den Kopf. «Weil wir nicht annähernd so zivilisiert sind, wie wir aussehen.»

Und der Kerl ist tatsächlich kurz davor, sich vor Angst zu bepissen. Was eine ziemliche Schweinerei wäre, also gebe ich ihm einen kleinen Funken Hoffnung. «Ich lasse dir den ersten Schlag.»

Seine Pupillen sind riesig, die Augen eines Beutetiers. Er hebt nicht die Hände, holt nicht aus. Und Geduld ist nicht meine Stärke. «Das Angebot hat ein Ablaufdatum, in ungefähr drei Sekunden ab jetzt. Drei ... zwei ...»

In Panik holt er mit der Faust aus und trifft mich am Kinn, ein Schlag, der kaum meinen Kopf bewegt. Ich lache. «Verdammt, kein Wunder, dass du gern kleine Mädchen schlägst. Du schlägst selbst wie eins.» Ich schaue zu Tommy hinüber. «Da hat ja deine Schwester einen härteren Schlag.»

Tommy schnaubt spöttisch. «Das ist nicht fair. Janey ist tough.»

Ich wende mich wieder dem Verlierer zu.

«Du machst das völlig falsch. Du musst dich mit Hüfte und Schulter in den Schlag reinlegen. Die Wucht deines ganzen Körpers nutzen. Nicht nur mit den Knöcheln zuhauen.» Ich demonstriere es an seinem Gesicht. Schnell. Hart. Erbarmungslos. Und ein Zahn springt über den Fußboden. «So. Hast du gesehen, wie ich das gemacht habe?»

Er klappt zusammen und hält sich mit beiden Händen den Mund. Blut sickert durch seine Finger. Aber alles, was ich vor meinem inneren Auge sehe, ist Ellies hübsches Gesicht, mit einem riesigen hässlichen Bluterguss von der Hand dieses Bastards.

«Ich glaube nicht, dass er es kapiert hat, Lo», sagt Tommy. «Du zeigst es ihm besser noch mal.»

Bin ganz seiner Meinung.

♛

Fünfzehn Minuten später ist er nichts als ein stöhnender Haufen blutiger Klamotten.

«Verdammter Mist», flucht Tommy und betastet einen Blutfleck auf seinem hellgrauen Hemd. «Hast du Sodawasser?», fragt er den Haufen.

Als er keine Antwort bekommt, stupst er ihn mit dem Fuß an. «Hey! Hast du Sodawasser da?»

Der Haufen verneint stöhnend, worauf Tommy angewidert den Kopf schüttelt.

«Nutzloser Bastard.» Dann spuckt er auf ihn.

«Im Ernst jetzt?», frage ich Tommy.

«Was denn? Das ist mein Lieblingshemd.»

Tommy hat womöglich eine Spur Psychopath in sich.

Ich gehe in die Hocke und ziehe den Verlierer am Kragen hoch, dabei ist mein Tonfall leise und ernst. «Wenn du noch einmal in Ellie Hammonds Nähe kommst, wenn sie dich nur von weitem auf der Straße sieht … bringe ich dich mit bloßen Händen um.»

Dann schlendern Tommy und ich zur Tür hinaus.

Draußen auf dem Bürgersteig, auf dem Nachhauseweg, löst Tommy den Blick von der Tragödie seines beschmutzten Hemds und schaut mich an. «Du hast da am Schluss ziemlich dick aufgetragen.»

«Wie meinst du das?»

Wir gehen die Treppe zur U-Bahn hinunter.

«Ich meine, wenn er blöd genug ist, noch mal um Ellie herumzuschnüffeln, dann würden wir ihn aufmischen, das ist sicher, aber wir würden ihn doch weiter atmen lassen, oder nicht?»

Ich nehme mir einen Moment Zeit, um nachzudenken, bevor ich antworte.

«Ja. Sicher würden wir das. Ich wollte nur meinen Standpunkt klarmachen.»

Wie ich schon sagte … Manchmal lüge ich.

9

ELLIE

Logan beobachtet mich. Das macht er in letzter Zeit oft. Sogar wenn ich ihn nicht direkt dabei erwische, spüre ich es, wie das Streicheln einer Hand über meine Haut. Es fühlt sich warm an ... kribbelnd. Und die Stelle auf meiner Stirn, wo er mich in jener Nacht geküsst hat ... Die kann ich auch immer noch spüren.

Ich habe mit Olivia über Momente gesprochen, die unser Leben verändern. Dass es wichtig, aber auch schwer ist, sie zu erkennen, wenn sie passieren. Dinge, die uns verändern, für immer. Logan war besorgt, dass das, was Mitchell getan hat, mich verändert hätte. Das ist nicht passiert.

Aber es hat verändert, wie ich andere Leute sehe. Dagegen kann ich nichts tun. Es schien aus dem Nichts zu kommen, ohne Vorwarnung oder irgendwelche Anzeichen. Aber vielleicht gab es Anzeichen, und ich habe sie übersehen.

Jetzt weiß ich, dass ich unter die Oberfläche sehen, schlauer sein muss, dass ich das Äußere in Frage stellen muss. Die Worte, die Leute sagen, und die Dinge, die sie tun, könnten sich völlig von dem unterscheiden, was wirklich in ihnen los ist, innen drin.

Ich habe auch mit Logan darüber gesprochen, ein paar Tage später. Über Menschen, die lügen und aus allen möglichen Gründen die Wahrheit verdrehen.

Er hat zwei Finger seiner rechten Hand gehoben und mit

dieser starken, ruhigen Stimme zu mir gesagt: «Zwei garantierte Anzeichen, dass jemand lügt: Er zappelt oder er erstarrt. Er bewegt sich entweder zu viel oder strengt sich zu sehr an, sich überhaupt nicht zu bewegen. Du wirst es wahrnehmen, wenn du darauf achtest. Etwas an ihm wird unnatürlich wirken ... eigenartig. Jedes Mal, wenn jemand Mühe in seine Worte legen muss, dann kannst du davon ausgehen, dass das, was er sagt, gequirlte Scheiße ist.»

Fade Into You, von Mazzy Star läuft auf meinem Handy, als ich den Pinsel in den Farbeimer tauche. Ein guter Song, um zu streichen. Langsam und rhythmisch.

Ich bin in der neuesten Amelia's-Filiale. Olivia und Nicholas wollen den Coffee Shop zu einer Kette gemeinnütziger Diner in der ganzen Stadt machen, in denen man bezahlt, so viel man kann. Das hier wird der dritte, die große Eröffnung ist in ein paar Wochen, deshalb helfe ich aus. Nicholas und Livvy sind in der Küche, um alles aufzubauen – und sich verliebt anzuhimmeln.

Logan lehnt mit verschränkten Armen hinter mir an der Wand und beobachtet mich. Sobald die erste Schicht Farbe fertig ist, lege ich den Pinsel ab und drehe mich zu ihm um.

«Was?»

Er richtet den Blick vom vorderen Fenster, wo er vor einer Sekunde noch nicht hingesehen hat, wieder auf mich.

«Was *was*?»

«Hab ich Farbe in den Haaren?» Ich verrenke mich, um auf meinen Hintern zu starren. «Hab ich mich in was reingesetzt?»

Logan schnaubt spöttisch. «Nein.»

«Warum dann die gedankenversunkenen Blicke? Ich kann dich bis hier denken hören.»

Er neigt den Kopf und reibt sich das Kinn. «Du solltest lernen, wie man kämpft.»

«Wie Ronda Rousey? Wenn Gott gewollt hätte, dass ich eine Mixed-Martial-Arts-Kämpferin werde, denkst du nicht, dass er mich dann größer gemacht hätte?»

«Nicht wie Ronda Rousey.» Logan schüttelt den Kopf. «Zur Selbstverteidigung. Du solltest wissen, wie du dich schützen kannst.»

«Ich dachte, es ist dein Job, mich zu beschützen.»

«Ist es auch. Und mein Vorschlag gehört dazu.»

Logan verschränkt die Arme, sodass sich seine Muskeln unter den Ärmeln seines Hemds wölben, und wartet auf meine Antwort.

«Okay.»

«Gut.» Er kommt zu mir, nah genug, dass ich ihn riechen kann. Logan riecht immer gut ... nach frischer, kalter Luft, Holz und Herbstlaub.

Er hebt die Handfläche. «Schlag gegen meine Hand. Lass sehen, womit wir hier arbeiten.»

Ich mache einen Schritt rückwärts, suche sicheren Stand und hebe die Fäuste, tänzelnd wie ein Boxer. Dann gebe ich alles, was ich habe; ich schlage mit der Faust, so fest ich kann, in Logans offene Handfläche. Ziemlich knallhart, wenn ich das so sagen darf.

«Das war erbärmlich», sagt Logan.

Kritisieren kann jeder. Ich schneide ihm eine Grimasse.

«Hast du dich je mit jemandem geprügelt?»

«Ich hab Liv mal an den Haaren gezogen, als ich sieben war. Sie wollte mich verpetzen, weil ich Moms schöne Kuchenplatte zerbrochen hatte, und als sie mich auch an den Haaren ziehen wollte, hab ich mich im Bad eingeschlossen, bis Dad nach Hause kam.»

«Wow.» Logan zieht eine Augenbraue hoch. «Okay.» Er reibt sich die großen Hände. Dann macht er einen Schritt zurück, spreizt die Beine und sieht mir ins Gesicht.

«Augen und Eier.»

«Wie bitte?»

«Die verwundbarsten Stellen eines Mannes sind seine Augen und sein Schwanz.»

Durch die Macht der Suggestion fällt mein Blick sofort auf Logans ... Letzteren.

Und in seiner perfekt enganliegenden Anzughose ist Letzterer ... umwerfend. Ich habe ihn schon früher heimlich gemustert, er ist beeindruckend.

Er bemerkt, wo ich hinsehe, und ein kurzes, tiefes Lachen poltert in seiner Brust.

«Bleiben wir fürs Erste bei den Augen», sagt er amüsiert. «Den Schwanz bearbeiten wir später.»

Den Schwanz bearbeiten ... Wird es heiß hier drin?

Wir räumen die Malersachen beiseite, und in der nächsten halben Stunde zeigt Logan mir, wie ich meine Daumen in gefährliche, augenausstechende Waffen verwandeln kann. Wie ich mich ducke und blocke und mein Körpergewicht nutze, um von einem Angreifer wegzukommen. Wie ich meine Beine, den stärksten Teil meines Körpers, gebrauchen kann, um jemanden außer Gefecht zu setzen und zu entkommen. Er demonstriert, wie ich meine Fäuste zu Felsbrocken balle – die Daumen immer außen, Leute! – und einem Kerl die Eier bis zu den Mandeln hochboxe.

Als wir fertig sind, sind seine Schultern lockerer, weniger

angespannt, sein Gesicht ist weniger finster, und es liegt Stolz in seiner Stimme.

«Das war gut, Ellie», sagt er leise nach der letzten Übung. «Gut gemacht.»

«Danke.» Ich nicke.

Aber dann verändert sich die Stimmung, als wäre die Luft dunkler geworden, schwerer ... schwüler.

Denn langsam geht Logan vor mir auf ein Knie runter und sieht mir dabei die ganze Zeit über in die Augen. In dieser Position könnte ich seine Schultern berühren, mit den Fingern durch sein dichtes Haar kämmen. Er ist auf der perfekten Höhe, dass ich mich hinunterbeugen und ihn auf den Mund küssen könnte. Auf der perfekten Höhe, dass er mich ebenfalls küssen könnte ... an vielen Stellen.

Ich frage mich, ob er es auch spürt.

Das Aufreißen eines Klettverschlusses ist zu hören, mein Atem stockt, und dann nimmt Logan etwas von seinem Knöchel: ein Halfter mit einem kleinen silbernen Messer, ungefähr acht Zentimeter lang. Immer noch auf Knien, zieht er das Messer heraus, und Licht funkelt auf der Klinge.

«Trag das ständig bei dir», sagt er ernst. «Nur für den Fall. Wenn du einen Rock anziehst, passt der Riemen um deinen Oberschenkel.»

Und ich muss beinahe lachen. Die meisten Mädchen bekommen einen Ring, wenn ein Kerl vor ihnen auf die Knie sinkt. Ich bekomme eine Mordwaffe. Trotzdem, es gibt mir das Gefühl, als wäre ich etwas Kostbares, das es verdient, beschützt zu werden.

Ich nehme das Messer von ihm entgegen und wiege prüfend sein überraschend festes, schweres Gewicht in der Hand.

Als ich den Zeigefinger auf die Spitze lege, packt Logan fest mein Handgelenk. «Vorsicht. Es ist scharf.»

Da ist ein kleiner, schmerzloser Schnitt, ein winziger Blutstropfen, also stecke ich meinen Finger in den Mund und sauge daran.

Und wieder beobachtet Logan mich.

Beobachtet meinen Mund.

Seine Brust scheint sich ein klein wenig schneller zu heben, und seine Kehle bewegt sich, als er schluckt. Er senkt den Kopf, beugt den starken Rücken, und dann spüre ich seine Hände an meinem Knöchel, als er das Messerhalfter befestigt. Seine Berührung ist warm und sicher. So wie er sich immer bewegt, selbstbewusst und erfahren.

Logan kennt seinen Körper, und er weiß ihn zu benutzen, in jeder Hinsicht.

Beinahe stöhne ich auf. Der Laut steigt mir in die Kehle, aber ich halte ihn gefangen. Ich hatte keine Ahnung, dass der Knöchel eine erogene Zone sein kann, aber jetzt ist er es auf jeden Fall. Ein heißes, sinnliches Kribbeln breitet sich von Logans Fingern auf meiner nackten Haut aus, wandert an meinem Oberschenkel empor, zwischen meine Beine.

Und ich pulsiere dort, heiß und dunkel, während seine Hände weiter auf mir sind.

Kann er es spüren? Weiß er es? Er ist immer so wachsam, so aufmerksam, dass ich mich frage, ob er meine Erregung spüren ... sie in der Luft zwischen uns riechen kann.

Logan zieht den Saum meines Hosenbeins runter und über das Messer, das es nun verbirgt. Und als er wieder aufsteht, ist der Zauber gebrochen. Die Luft verliert ihr Flirren ... und alles kehrt wieder zur Normalität zurück.

Wir kehren auch wieder zur Normalität zurück, der loyale Bodyguard und die Schwester der Prinzessin.

Obwohl es mein zwanzigster Geburtstag ist und ich jetzt ganz hochoffiziell eine Erwachsene bin – mit der zwei vorn sind die Teen-Jahre vorbei –, besteht Livvy darauf, mir einen Kuchen zu backen. Und unseren Dad und alle Security-Jungs, die praktisch zur Familie gehören, ins Penthouse einzuladen, um im schicken, formellen Esszimmer zu feiern. Sie weiß, dass ich solche Sachen liebe, egal wie alt ich werde.

Luftschlangen und Ballons und Blumen, zwanzig Kerzen und eine zusätzliche als Glücksbringer, die ich alle auf einmal auspusten muss, aber erst nachdem ich mir etwas gewünscht habe. Und erst nachdem sie alle *Happy Birthday* für mich gesungen haben. Tommy singt am lautesten, weil er einfach so ist.

Dann, während David, der Butler, die Teller abräumt, möchte mein Dad mir mein Geschenk geben. Aber so einfach ist das nicht.

«Du musst die Augen zumachen», sagt er. «Nicht schummeln.»

Und in seinem Gesicht ist eine Leichtigkeit, eine Zufriedenheit und Begeisterung, wie ich sie seit Jahren nicht mehr an ihm gesehen habe. Seit einem Jahrzehnt. Ich kann mir nicht vorstellen, was er mir schenken möchte; die drei Jahre Abstinenz sind schon das wunderbarste Geschenk, das er mir machen konnte.

Aber … wenn er das Wunderbare noch aufstocken möchte, wer bin ich, dass ich dazu nein sagen würde?

Die ganze Gang kommt mit, als er mich aus der Wohnung hinausführt, die Hände über meinen Augen, denn ja, ich bin eine Schummlerin. Ohne nachzusehen, weiß ich, dass wir in den Aufzug steigen, und als wir wieder aussteigen, fühlt sich die Luft kühler an, und es hallt dumpf.

Wir bleiben stehen, und dann nimmt er die Hände fort. Ich mache die Augen auf. Und starre auf ein wunderschönes buttergelbes BMW-Cabrio mit brauner Innenausstattung und einer riesigen roten Schleife auf der Motorhaube. Ich weiß weder, welches Model es ist oder wie viel PS es hat oder so was – ich weiß nur, dass es so verdammt hübsch ist.

Ich kreische. So laut, dass es mir selbst in den Ohren weh tut. Aber das ist mir egal. Ich falle meinem Dad um den Hals. «Danke! Vielen, vielen Dank!»

«Dad ...», fragt Olivia mit einer Spur Sorge in der Stimme, die mir verrät, dass sie von diesem Geschenk nichts wusste. Und sie macht sich Sorgen um mich. Immer.

Mein Dad küsst mich auf die Wange und setzt mich wieder ab. «Mein Deal mit Simon war gut. Sie ist jetzt zwanzig Jahre alt, Liv. Sie ist hervorragend in der Schule, sie hat es sich verdient.» Dann sieht er wieder mich an, und seine dunkelblauen Augen, genau wie die meiner Schwester, funkeln. «Das Auto ist von mir, aber den Privatparkplatz hast du Nicholas zu verdanken.»

Ich springe rüber zu meinem Schwager und umarme ihn auch. Umarmungen für alle!

«Ist dein Führerschein noch gültig, Ellie?», fragt Olivia.

«Darauf kannst du deinen süßen Popo verwetten, Liv.» Und ich tänzele herum, als müsste ich pinkeln. «Also, darf ich damit fahren? Jetzt?»

«Natürlich darfst du», sagt mein Dad lächelnd und hält mir den glänzenden Schlüssel hin. «Er gehört dir, Liebling.» Er küsst mich auf die Wange. «Ich hab dich lieb, Ellie.»

Ich umarme ihn erneut. «Ich hab dich auch lieb, Dad.»

Als ich um den Wagen herumgehe, um einzusteigen, schlägt mein Schwager vor: «Äh, vielleicht nimmst du einen der Jungs mit? Nur für den Fall, dass es Schwierigkeiten gibt. Logan, wären Sie so nett?»

Logan nickt. «Sicher.»

Und ich hüpfe vor ihm auf und ab. «Das wird so toll!»

Er sieht aus, als wäre ihm ein bisschen übel.

«Ja. Super.» Er hält die Faust hoch und gibt ein jämmerliches «Juhu» von sich.

Ich verdrehe die Augen und rutsche auf den Fahrersitz. Er ist wie für meinen Hintern gemacht.

Tommy macht vor Logan ein Kreuzzeichen. Und segnet ihn. Auf Lateinisch.

Logan schubst ihn scherzhaft. «Blödmann.»

Er setzt sich auf den Beifahrersitz, und mit einem Hupen und erhobenem Daumen brausen wir los.

♛

Ich fahre aus der Tiefgarage in die enge Einbahnstraße und bahne mir meinen Weg durch die Innenstadt.

Langsam. Weil es dem Verkehr scheißegal ist, ob man Geburtstag hat.

Sobald wir durch den Tunnel und auf dem Highway sind, wird es besser. Ich krame in meiner Handtasche nach einem Vierteldollar und gebe ihn Logan.

«Was soll ich damit?», fragt er.

Ich hebe das Kinn, um den Wind in meinem Haar und die Wärme auf meinem Gesicht zu genießen, und atme die sonnengetränkte Luft ein, während *Fast Car* von Tracy Chapman aus den Lautsprechern kommt. Ohne aktive Erinnerungstechniken vergessen menschliche Wesen ungefähr siebzig Prozent ihres Lebens. Das hat etwas mit der Speicherkapazität des Gehirns zu tun. Es kann nur eine begrenzte Menge ins Langzeitgedächtnis speichern.

Aber dieser Tag, genau dieser Moment hier, an den will ich mich erinnern.

«Das ist unser Navi. Wirf sie. Kopf, wir fahren links, Zahl, rechts.»

Er schüttelt den Kopf. «Du bist so ein komischer Vogel.»

«Nein, ich bin frei wie ein Vogel. Du warst dabei, als ich mir mein Tattoo habe stechen lassen. Ich werde die Zitrone des Lebens bis auf den letzten Tropfen auslutschen, mit Kernen und allem Drum und Dran. Und jetzt wirf, schnell.»

Er verdreht die Augen und wirft dann die Münze. Es ist Zahl.

Mit quietschenden Reifen und begleitet von wütendem Gehupe ziehe ich über drei Spuren nach rechts, um es zu der Abfahrt zu schaffen, die rasch näher kommt.

Wir landen an einem Outdoor-Paintballpark in Jersey. Ein waldiger, ländlicher Ort, an dem es vor Mücken und wahrscheinlich Lyme-Borreliose nur so wimmelt. Als ich herausfinde, dass Logan noch nie Paintball gespielt hat, trage ich uns beide ein. Das muss einfach sein.

Und unser Timing ist perfekt: Es geht gerade eine neue Runde los. Der Angestellte versammelt alle Spieler auf einem Feld und teilt uns in zwei Teams auf, indem er dünne blaue und gelbe Westen verteilt, damit wir Freund von Feind unterscheiden können.

Da Logan und ich die ältesten Spieler sind, werden wir beide die Teamkapitäne. Logans Truppe folgt ihm mit großen Augen, als er vor ihnen auf und ab marschiert und ihnen einen Vortrag hält wie ein heißer, moderner Winston Churchill.

«Wir bekämpfen sie von den Hügeln aus, wir bekämpfen sie in den Bäumen. Wir kauern uns in den Fluss und schalten sie scharfschützenmäßig aus. Spart eure Munition; feuert erst, wenn ihr das Weiße in ihren Augen seht. Benutzt euren Kopf.»

Ich wende mich an meinen eigenen zusammengewürfelten Haufen.

«Benutzt euer Herz. Wir werden alles geben, was wir haben. Wisst ihr, wie man eine Schlacht gewinnt? Mit Willen! Mit Mut! Heute werden wir alle wie Rudy sein!»

«Wer ist Rudy?», flüstert ein blonder Junge seinem Freund zu.

Der Kleine zuckt mit den Schultern.

Und ein anderer hebt die Hand. «Können wir jetzt anfangen? Ich hab Geburtstag, und ich will meine Torte haben.»

«Ich hab heute auch Geburtstag.» Ich gebe ihm High-five. «Zwillinge!»

Dann hebe ich meine Waffe. «Und ja, Geburtstagstorte wird unsere Kriegsbeute sein! Die Sache wird so laufen.» Ich zeige auf den Riesen auf der anderen Seite des Feldes. «Seht ihr den da, den Großen? Auf den stürzen wir uns zuerst. Wir arbeiten zusammen, um ihn auszuschalten. Schneid den Kopf ab», ich fahre mir mit dem Finger am Hals entlang, als würde ich mich selbst enthaupten, «und der alte Hund stirbt.»

Ein dünnes Kind mit Brille macht ein angewidertes Gesicht. «Warum willst du einen Hund umbringen? Warum willst du ihm den Kopf abschneiden?»

Und ein kleines Mädchen mit Zöpfen quäkt: «Mommy! Mommy, ich mag nicht mehr spielen.»

«Nein», versuche ich sie zu beruhigen. «So hab ich das nicht ...»

Aber sie rennt bereits in die Arme ihrer Mutter. Die Frau hebt sie hoch, dabei funkelt sie mich finster an, als wäre ich ein Dämon, und trägt sie weg.

«Verflixt.»

Dann flüstert eine leise Stimme direkt an meinem Ohr:

«Desertieren sie dir etwa schon, Kleine? Du bist am Arsch.»

Ich drehe mich zu dem frechen, toughen Wessconier um ... und er ist mir so nah, dass ich die Wärme seines muskulösen Körpers spüren, die kleinen Bartstoppeln auf diesem perfekten, herrlichen Kiefer sehen kann. Mein Verstand gerät ins Stocken, aber ich bringe die Entschlossenheit auf, ihn zu necken.

«Du lieber Gott, Logan, lächelst du etwa? Vorsicht, du könntest dir einen Gesichtsmuskel zerren.»

Und dann macht Logan etwas, das mein Herz zu Himbeersoße und meine Knie zu Wackelpudding werden lässt.

Er lacht.

Und es ist wunderschön.

Es ist ein Verbrechen, dass er das nicht öfter tut. Oder vielleicht auch ein Segen. Denn Logan St. James ist immer umwerfend und sexy. Aber wenn er lacht ...

Dann bleibt einem das Herz stehen.

Selbstsicher stolziert er zurück zu seiner Seite, und ich sehe ihm schnaubend hinterher. Der uniformierte Paintball-Mitarbeiter bläst in eine Pfeife und erklärt die Regeln. Zuerst bekommen wir sieben Minuten, um uns zu verstecken. Ich spanne meine Paintballwaffe mit einer Hand wie Charlize Theron in *Mad Max: Fury Road* und führe mein Team in die Wildnis.

«Los, Kinder. Lasst uns Helden sein.»

Es war ein Massaker.

Wir hatten keine Chance.

Wir versuchten, sie im Sturmangriff zu überwältigen, aber am Ende rannten wir nur in einen Kugelhagel, und unsere mutigen Herzen wurden mit blauer Farbe bespritzt.

Aber wir haben es versucht. Ich glaube, Rudy und Charlize wären stolz auf uns.

Eine der Geburtstags-Moms gab Logan und mir eine übriggebliebene Pizza, also setzten wir uns an einen Picknicktisch, um zusammen zu essen.

«Ich glaube, du hast geschummelt», sage ich mürrisch kauend zu ihm.

«Brauchte ich gar nicht.» Wieder lächelt er und sieht dabei so jungenhaft aus, dass es mich nicht wundern würde, wenn Zeichentrickherzen um meinen Kopf herumschweben. «Obwohl ich mir nicht zu schade dafür bin, wenn nötig mit schmutzigen Tricks zu spielen.»

Wie Logan *schmutzig* sagt, mit seinem Akzent und diesem herrlichen Mund, lässt meinen Magen zappeln wie einen

Fisch. Ich lege den Rest meiner Pizza auf den Pappteller und schiebe ihn weg.

«Du gewinnst gern.»

Er nickt. «Stimmt. Aber du überraschst mich, Ellie. Du hast dich gut geschlagen. Du bist eine Kämpferin. Das ist etwas Gutes.»

Ich pule an der abblätternden grünen Farbe des Picknicktisches und fühle mich merkwürdig scheu. «Danke.»

Und Logans Stimme wird leise, heiser. Beinahe ... intim. «Hattest du Spaß, Ellie-Girl? War es ein guter Geburtstag?»

Ich schaue hoch und begegne seinem Blick. «Er war perfekt. Ich werde ihn nie vergessen.» Und ich spüre seine dunklen Augen auf mir, mich lesend.

«Das freut mich.» Nach einem Moment deutet er auf seine Wange. «Du hast Schlamm im Gesicht.»

Ich fahre mir mit der Hand über die Wange. «Weg?»

«Nein.»

Ich versuche es ein zweites Mal, aber das wird nichts ohne Spiegel. Da streckt Logan langsam die Hand aus und streicht mir mit den Fingern über die Wange, hoch zu meiner Schläfe und zärtlich hinunter zu meinem Kiefer. Wie von selbst schließen sich meine Augen. Es fühlt sich wie eine Liebkosung an.

Und ich könnte es mir absolut nur einbilden, aber was soll's, ich habe Geburtstag, da werde ich doch wohl träumen dürfen: Es fühlt sich an, als würde seine Berührung ein klein wenig länger anhalten als nötig.

Als ich die Augen öffne, sieht er mich mit Nachdenklichkeit an, einer Intensität, einer Hitze in seinen dunkelbraunen Augen, die ich mir ganz sicher *nicht* einbilde.

Bester. Geburtstag. *Aller. Zeiten.*

10

LOGAN

Zwei Jahre später

Ich bin aufgeschmissen. So was von aufgeschmissen.

Das habe ich schon eine Weile geahnt ... aber jetzt bin ich mir sicher.

«Zwölf Zentimeter kürzer! Dämliche impulsive Entscheidung. Was hab ich mir nur dabei gedacht?»

Ellie ist nicht mehr Ellie. Nicht mehr das Mädchen, das ich kannte, mit diesem Funkeln in den Augen und dem perlenden Lachen. Sie ist nicht mehr das Mädchen, auf das ich genau achtgeben musste, damit sie nicht vor ein Auto lief, weil sie so damit beschäftigt war, herumzuhüpfen oder eine Geschichte zu erzählen.

«Was meinst du, Liv?»

Oder vielleicht war sie nie wirklich dieses Mädchen. Vielleicht habe ich mir das nur eingeredet, mich darauf konzentriert, damit ich mich von ihr fernhalte.

Olivia lächelt. «Ich finde, du siehst wunderschön aus.»

Heutzutage kann ich nicht anders, als diese Dinge zu bemerken: den reizenden Schwung ihrer Hüften, die süße Rundung ihrer Brüste, diesen wunderschönen Hintern, den ich beinahe an mir spüren kann, und einen Duft, der mich verrückt macht.

Ellie schnaubt spöttisch. «Du hast auch gesagt, dass ich wunderschön aussehe, als ich zwölf war, mit einem Mund voller Metall, in dem jeden Tag nach dem Mittagessen Brot steckte.»

«Da warst du auch wunderschön – trotz Brot in der Zahnspange.»

Ellie verdreht die Augen. «Du hast keine Street Credibility.»

Ich sehe sie jetzt in meinen Träumen. Manchmal sind wir in meinem Zimmer, auf meinem Bett, ich über ihr, wie ich mich tief in ihr bewege. Ein anderes Mal sind wir am Strand, in den Wellen, ihr Leib um meinen geschlungen. Und einmal waren wir im verdammten Thronsaal im Palast. Aber am meisten träume ich von diesem Picknicktisch an ihrem zwanzigsten Geburtstag. Und in diesem Traum küsse ich sie, wie ich es wollte. Wie ich weiß, dass sie es wollte. Und dann hebe ich sie hoch, pflanze sie auf diesen Picknicktisch, entledige sie langsam all ihrer Kleidungsstücke ... und mache verdammt viel mehr, als sie nur zu küssen.

«Nicholas, was denkst du?»

Aber das darf nicht geschehen. Es würde alles verändern. Alles, was ich mir aufgebaut habe. Meine Kumpel, mein Job, mein ganzes Leben. Ich wollte immer Teil von etwas Größerem sein, etwas Edlem und Dauerhaftem, und jetzt bin ich es. Mich mit Ellie einzulassen würde das zerstören.

Und das Mädchen ist noch jung. Sie hüpft von Typ zu Typ, von Interesse zu Interesse, wie ein Frosch von einem Seerosenblatt zum nächsten.

«Du siehst umwerfend aus. Sehr süß.»

Falls zwischen uns je etwas passieren würde, dann würde es nicht halten, aber das Chaos, das es mit sich bringen würde, das wäre für immer.

«Süß? Oh Gott!» Ellie schlägt sich die Hände vors Gesicht.

Mein Bauch sagt mir, dass es das Risiko nicht wert ist.

«Ist süß schlecht?», flüstert Nicholas seiner Frau zu.

Also habe ich beschlossen, dass ich einen Riegel zwischen mich und den Magnetismus dieser Frau, die eine Nummer zu groß für mich ist, schieben werde. Einer Frau, die auch nur zweimal anzusehen ich kein Recht habe, geschweige denn ein Dutzend Mal am Tag.

«Natürlich ist süß schlecht!», schreit Ellie. «Mäuse sind süß.» Sie zeigt auf den kleinen Hund, der auf Olivias Schoß sitzt. «Bosco ist süß!»

Weil ich immer auf meinen Bauch höre und der sich nie irrt.

Nicholas schaut auf den temperamentvollen Köter runter. «Nein. Nein, ist er nicht.»

Olivia hält dem Hund die Ohren zu und wirft ihrem Mann einen strengen Blick zu. Er zwinkert zurück.

Und dieser Plan hat die ganze Zeit super funktioniert, bis heute. Bis zu diesem Moment. Als Ellie durch die Tür hereingestürmt kam wie die Verrückte, die im Park immer die Tauben anbrüllt.

Olivia sagt, sie will Bosco baden, und sie und ihr Mann verlassen beide das Zimmer.

Ellie sieht Tommy an. «Also? Was denkst du?»

Sie redet von ihrem Haar. Sie hat es sich für ihren großen Tag machen lassen, eine Typveränderung zum College-Abschluss, hat sie gesagt.

Tommy zwinkert ihr zu. «Ich würd's mit dir treiben.»

Ich muss ihn womöglich heute Nacht im Schlaf ersticken.

Die bunten Strähnen in Ellies blondem Haar sind verschwunden. Zurückgeblieben sind Schattierungen von sattem

Honigblond und glänzendem Gold, dicht und weich. Die Art von Haar, die darum bettelt, dass man es berührt und um den Finger wickelt ... mit der Faust hineingreift und daran zieht.

Ellie schnalzt mit der Zunge. «Das muss nichts heißen. Du würdest es auch mit einer Leiche treiben.»

Es ist jetzt nur noch schulterlang und umrahmt ihr Gesicht, macht es markanter, fraulicher – umwerfender. Ihre Haut wirkt gebräunter, ihre Schultern zarter, ihre Brüste voller, ihre Augen lieblicher blau.

Schelmisch wackelt Tommy mit dem Zeigefinger. «Nur wenn es eine hübsche Leiche ist. Ich habe meine Maßstäbe.»

Und dann, endlich, wendet sie sich an mich, und ihr Blick ist hoffnungsvoll, aber zögernd. Ihre rosige Zunge spitzt hervor und gleitet über ihre volle Unterlippe. Und ich spüre es an meinem schmerzend harten Schwanz, das Gleiten dieser Zunge, das Knabbern und Saugen ihrer feuchten Lippen.

In meinen Träumen tun wir das auch auf dem Picknicktisch. Oft.

«Logan?»

Ich bin so abgelenkt, dass ich gar nicht mitbekomme, dass sie meinen Namen sagt, und eine Weile lang weiß ich nicht, was ich erwidern soll.

«Ach, na ja, das wächst wieder nach», sagt sie mit vor Verlegenheit geröteten Wangen. «Für die nächsten sechs Monate einen Hut zu tragen wird nicht so schlimm sein.»

Ich räuspere mich. «Wunderschön», sage ich mit kratziger Stimme.

Ellies Augen zucken zurück zu mir. «Was?»

«Du siehst wunderschön aus, Ellie.»

Ihr Lächeln ist klein und scheu. «Wirklich?»

Ich nehme den Blick nicht von ihr. Das würde ich nicht, nicht einmal, wenn ich könnte.

«Das hübscheste Mädchen, das ich je gesehen habe.»

Ich bin so was von aufgeschmissen.

Die Abschlussparty findet auf dem Dachgarten des Penthouse statt, mit Kellnern und Champagner und einem Streichertrio. Ich stehe steif an der Wand gegenüber den Musikern, Sonnenbrille auf der Nase, die ganze Gruppe erfassend. Es sind nicht viele Leute: gute Freunde, Ellies Mitstudenten, ihr Vater und ein paar Freunde der Familie sowie ein paar Geschäftspartner von Nicholas' und Olivias Wohltätigkeitsunternehmen, die Ellie im Lauf der Jahre kennengelernt hat.

Marlow, ihre immer noch wilde Freundin aus der Highschool, kommt auf mich zu, einen Strohhalm zwischen den kirschroten Lippen, durch den sie einen orangefarbenen Cocktail schlürft. Ihr Blick wandert hinüber zu Ellie und dann wieder zurück zu mir.

Sie droht mir mit dem Finger. «Du bist gut, Costner. Sehr gut. Aber ich sehe dich.»

Mein Nacken wird heiß, doch mein Gesicht bleibt unbeteiligt. «Verzieh dich, Marlow.»

Sie ist keine üble Type, aber sie ist eine Unruhestifterin. Sie und Prinz Henry würden gut zueinander passen, wenn er noch Single wäre.

Sie lächelt, wie eine Katze mit einer saftigen Maus unter der Pfote, und gleitet dicht neben mich. «Das muss dich wahnsinnig machen.»

Und als wäre ich hypnotisiert oder verflucht, folgt mein Blick dem ihren … direkt zu Ellie. Lachend über etwas, das jemand gerade zu ihr gesagt hat, legt sie den Kopf zurück, und ihre Augen sind so strahlend wie der Himmel über ihr. Der Sonnenschein küsst ihr Haar und schenkt ihm einen goldenen Glanz. Einen Heiligenschein.

«Nicht, dass du sie nicht haben könntest», flüstert Marlow leise direkt in mein Ohr. Ellie trägt einen winzigen weißen Rock über diesen geschmeidigen Beinen, mit einer verführerischen Spur Po, die hervorlugt, wenn sie sich genau richtig bewegt und jemand wie ich genau genug hinsieht. Ihre reizenden Brüste locken unter einem fließenden schwarzen Oberteil; diese Brüste, von denen ich träume, an die ich die Lippen legen möchte, um an ihnen zu saugen, bis ihre Brustwarzen zwei straffe, schmerzende kleine Knospen sind und sie heiser meinen Namen stöhnt.

«Nein, nach all der Zeit, nach all diesen Jahren», fährt Marlow fort, «kannst du sie endlich haben.»

Meine Kehle fühlt sich wie mit Sandpapier aufgeraut an. «Sag es ihr nicht.» Das ist ein Befehl, keine Bitte.

Das Mädchen lacht leise und sinnlich. «Oh, Costner, sie würde mir nicht glauben, selbst wenn ich mich anstrengen würde.»

♛

Es ist gegen Ende der Party, die Sonne versinkt hinter der Skyline von New York, als Olivia die große Neuigkeit herausrutscht. Als ihr Vater ihr ein Glas Champagner zu einem Trinkspruch reicht und sie antwortet: «Ich kann nicht, Dad.»

Sie wissen es seit zwei Monaten. Weil es zu meinem Job gehört, solche Dinge zu wissen, und weil ich derjenige war, der sie zu ihrem ersten Arzttermin gefahren hat, weiß ich es auch. Ellie weiß es noch nicht, aber ich freue mich schon darauf, ihre Reaktion zu sehen. Ich bin sicher, die wird was Besonderes.

Sie hatten geplant, es für sich zu behalten, solange sie können. Denn sobald das nicht mehr möglich ist, wird es auf der ganzen Welt zu hören sein. Und zwar laut.

«Natürlich kannst du.» Ellie lächelt. «Heute ist ein Tag für Champagner. Um das Leben zu feiern, komm schon!»

Olivias glänzende Augen begegnen denen von Nicholas, und sie lächelt strahlend. Wenn Rache am besten kalt serviert wird, dann sind freudige Neuigkeiten eine Mahlzeit, die geteilt werden will. Der Prinz nickt sanft.

Olivia sieht ihre kleine Schwester an, dann hoch in die dunkelblauen Augen ihres Dads und legt die Hand auf ihren Bauch. «Nein ... Ich meine, ich *kann nicht.*»

Erkenntnis dämmert. Und dann Freude. Tränen quellen in den Augen des älteren Mannes hoch, als er seine Tochter umarmt. Und Ellie enttäuscht mich nicht. Sie quietscht und hüpft und jubelt so sehr, dass ich mir ein kleines Lachen nicht verkneifen kann. Dann streckt sie die Arme aus und versucht, ihre Schwester und ihren Schwager gleichzeitig zu umarmen.

Es ist eine wunderschöne Szene. Eine Familienszene.

Drei Monate später ist es verdammtes Chaos.

Chaos, wohin man sieht. Draußen vor dem Penthousegebäude, um jede Amelia's-Filiale herum, überall, wo Nicholas und Olivia waren, sind oder vielleicht hingehen, sammeln sich Journalisten, Paparazzi und rasende Fans. Amerikaner haben keine Royals, aber sie spielen liebend gern die Pflegefamilie für unsere. Nun sind sie mit dem königlichen Babyfieber infiziert, und es macht sie alle verdammt noch mal verrückt.

Wir verdoppeln die Security.

Nachdem die Nachricht rausgekommen ist, dass Olivia Zwillinge erwartet, verdreifachen wir sie. Und immer noch fühlt es sich an wie nicht zu beherrschen. Außer Kontrolle. Verdammt gefährlich.

Denn wenn ein oder zwei Leute deine Hand schütteln wollen, dann ist das eine nette Geste. Wenn Hunderte deine Hand schütteln wollen, dann ist es eine wilde Meute. Und im Moment ist die ganze verdammte Welt entschlossen, Olivia und Nicholas die Hände zu schütteln.

Weshalb ich eines späten Abends an die Tür der Bibliothek klopfe, als ich weiß, dass Nicholas dort ist.

«Herein.»

Ich setze mich ihm gegenüber, und einen Moment lang sehen wir einander nur an. Weil er weiß, was ich sagen werde. Er will es nicht hören, aber er weiß es.

«Ich kann sie hier nicht länger schützen. Nicht so, wie ich es will. Nicht so, wie sie es braucht. Es ist zu öffentlich, zu offen. Ich kann die Leute daran hindern, mit ihr im Aufzug zu fahren, aber ich kann sie nicht aus der Eingangshalle raushalten. Es gibt keine Grundstücksgrenze, man lässt uns nicht die Straße abriegeln. Und je größer ihr Bauch wird, desto schlimmer wird es werden.»

Der Prinz lehnt sich in seinem Sessel zurück und seufzt. «Was schlagen Sie vor?»

«Umzug auf ein Anwesen außerhalb der Stadt. Ein Grundstück, das wir sichern können. Lady Olivia bleibt dort, niemand geht ohne unser Wissen rein oder raus. Die Journalisten, Fotografen und Verrückten werden auf Abstand gehalten.»

Nicholas klopft mit einem Füller auf den Schreibtisch, während er laut nachdenkt. «Sie wird isoliert sein.»

«Sie wird in Sicherheit sein», kontere ich.

«Und absolut unglücklich.»

«Sie kann ein paar Monate lang die Füße hochlegen. Netflix und Chillen. Das können Sie beide.»

Nicholas lacht. «Was tatsächlich wunderbar wäre, ein paar Tage lang ... und dann würden wir langsam, aber sicher den Verstand verlieren. Bieten Sie mir eine andere Möglichkeit an.»

Ich zucke mit den Schultern. «Nun ... da wäre das Offensichtliche. Ich meine, der Palast wurde nicht nur erbaut, um schick in der Landschaft rumzustehen. Er ist eine Festung. Er ist Ihr Zuhause, der Ort, wo Royals normalerweise leben und sich vermehren. Bevor Sie losgezogen sind und dieser Tradition in den Arsch getreten haben. Die Wachen sind ausgebildet, die Menschen in der Stadt sind daran gewöhnt, dass die königliche Familie in der Nähe ist. Man wird Sie und Lady Olivia und Ihre Sprösslinge dort mit offenen Armen willkommen heißen.»

«Der Palast ist nicht Olivias Lieblingsort. Und die ‹Sprösslinge› machen sie emotionaler als sonst. Ich will nicht, dass sie sich aufregt.»

Das verstehe ich. Im Palast befinden sich einige der widerlichsten, versnobtesten Menschen des ganzen Planeten, und Olivia hat ihn einmal einen goldenen Käfig genannt.

«Es muss ja nicht für immer sein», sage ich ihm, «aber es muss für den Moment sein.»

Nicholas nickt zögerlich. «Ich werde es in Erwägung ziehen. Danke, Logan.»

Ich verbeuge mich. «Gute Nacht, Sir.»

Er braucht zwei Wochen, um es zu erwägen, zwei Wochen, um seine hübsche, schwangere Frau davon zu überzeugen, was für sie und ihre zukünftigen Kinder am besten ist.

Und dann packen wir unsere Sachen … und fahren heim nach Wessco.

11

LOGAN

Wieder in der Hauptstadt von Wessco zu sein, im Palast mit Prinz Nicholas, ist, als schlüpfe man in ein altes, ausgetretenes Paar Stiefel. Es fühlt sich gut an, vertraut, bequem – die bekannten Abläufe, Leute und Straßen.

Mit einer Neuerung. Da ist ein blondes, die ganze Zeit *singendes* Steinchen im Schuh, das mir ungewollte Gedanken und schmutzige Phantasien beschert, und sein Name ist Ellie Hammond.

Als Nicholas beschloss, für die Dauer von Olivias Schwangerschaft nach Hause zu kommen, entschied Mr. Hammond sich zurückzubleiben, um das Wohltätigkeitsunternehmen weiterzuführen. Ich wusste nicht, wie Ellie entscheiden würde. Aber die Vorstellung, ohne sie fortzugehen, war … aufwühlend.

Ich werde nichts in Bezug auf sie unternehmen, aber ich fühle mich verdammt viel besser, wenn ich sie da habe, wo ich sie sehen kann. In meiner Nähe. Zu ihrer eigenen Sicherheit natürlich.

Olivia, brillante Frau, die sie ist, hat vorgeschlagen, dass es der perfekte Zeitpunkt für ein Brückenjahr für Ellie wäre, bevor sie ihr Graduiertenprogramm in Psychologie beginnt. Also kam sie mit und wird das nächste Jahr hier in Wessco verbringen.

«Do you want to build a snowman …» Und jetzt sind wir im Speisezimmer der privaten Gemächer von Prinz Nicholas, wo er, Olivia und Prinz Henry am Tag nach unserer Ankunft früh-

stücken. Ich stehe neben der Tür, und der Klang von Ellies dynamischer Singstimme schwebt ins Zimmer, was mich dazu bringt, ständig ein Grinsen unterdrücken zu müssen.

«Sie hat gestern Abend *Frozen* gesehen», erklärt Olivia, während sie an einem Stück trockenem Toast knabbert. «Sie hat sich schon immer mit Anna identifiziert, was mich zu Elsa macht, schätze ich.» Ihre Brauen ziehen sich zusammen. «Ich weiß nicht wirklich, ob ich das gut finde.»

Das ist der Moment, in dem «Anna» zur Tür hereinplatzt. Mein Blick gleitet an ihr entlang, ihr blondes, zu einem Pferdeschwanz gebundenes Haar, das Schimmern auf ihren Lippen, den süßen Körper in ein schlichtes dunkelblaues Kleid gehüllt, das um ihre Taille gewickelt und an der Seite gebunden ist.

Dieses Kleid wird heute Nacht in meinen Träumen sein. Weil das ganze Ding mit nur einem einzigen kräftigen Zug am Knoten aufgehen und von ihr heruntergleiten wird. Und sie darunter völlig nackt ist. Höschen sind in meinen Ellie-Träumen nicht erlaubt.

«Guten Morgen, Leute!» Sie küsst Olivia auf die Wange, dann setzt sie sich an den Tisch, und ein Diener schenkt ihr Tee ein. «Wie haben wir gestern Nacht geschlafen? Das war der beste Schlaf, den ich in meinem ganzen Leben je hatte!»

Das möchte ich wetten. Sie muss erschöpft gewesen sein, nachdem sie gestern Abend kilometerweit durch die Flure und über das Gelände des Palastes gewandert ist. Ellie ist seit der Hochzeit nicht mehr hier gewesen, und da waren sie so mit den Vorbereitungen beschäftigt, dass sie keine Zeit für Erkundungstouren hatte. Jetzt will sie überall hingehen, alles auf einmal sehen. «Die Wessco-Zitrone auslutschen», hat sie es genannt.

«Diese alten Matratzen sind phantastisch», schwärmt Ellie, während sie von ihrem Croissant abbeißt. «So werden die heutzutage gar nicht mehr gemacht.»

In Henrys Augen liegt ein verwegenes, jungenhaftes Funkeln. Das kann nichts Gutes bedeuten.

«Willst du etwas wirklich Phantastisches ausprobieren?»

«Henry ...», warnt Nicholas.

«Klar!», willigt Ellie ein.

Das ist übel. Ich habe ein schlechtes Gefühl bei der Sache. Das Gefühl wächst, als Nicholas zu wissen scheint, was sein Bruder vorschlägt.

«Das war schon nicht sicher, als wir zehn waren, und jetzt ist es wahrscheinlich noch gefährlicher. Sie könnte sich den Hals brechen.»

Henry zuckt mit den Schultern. «Nur wenn sie runterfällt.» Er hält Ellie seine Hand hin. «Komm mit!»

Sie rennen aus dem Zimmer. Und obwohl jeder Muskel meines Körpers darauf drängt, ihnen zu folgen, muss ich auf Nicholas warten.

«Was ist los?», fragt Olivia.

Er legt seine Hand auf die seiner Frau. «Es wird besser sein, wenn du nicht zusiehst.»

Ellies spitzer, aber glücklicher Schrei – aus dem Hauptflur – schallt ins Zimmer.

Scheiß aufs Warten. Ich sprinte aus dem Zimmer, dicht gefolgt von Olivia und dem Prinzen.

Entsetzt bleiben wir am Fuß der langen, hohen, geschwungenen Doppeltreppe stehen. Ellie sitzt rittlings oben auf dem dicken Geländer aus dunklem Holz, mit dem Gesicht nach vorne, bereit, herunterzurutschen.

«Oh mein Gott!», schreit Olivia.

Nicholas schüttelt den Kopf. «Ich hab dir gesagt, du sollst nicht zusehen.»

Ellie stößt sich ab, und schneller, als ich sie erreichen kann, rutscht sie herunter. Es wäre ein Sturz von fast fünf Metern, wenn sie das Gleichgewicht verliert. Wenn sie das Gewicht nur ein bisschen zu sehr nach rechts verlagert, fällt sie runter.

So fühlt sich also ein Herzanfall an.

Ellie fliegt vom Ende des Geländers und landet sicher wie eine Katze auf den Füßen. Ich reiche ihr meine Hände, um ihr zu helfen, aufrecht stehen zu bleiben.

Sie lacht. «Das war ... Wahnsinn!»

«Hab ich dir doch gesagt!» Henry grinst stolz.

«Was war Wahnsinn?», fragt Lady Sarah Van Titebottum, Prinz Henrys Verlobte, als sie in die Eingangshalle und an Henrys Seite tritt.

Henry legt ihr den Arm um die Schultern und küsst sie rasch. «Ich habe Ellie nur die beste Rutsche des ganzen Palasts gezeigt.»

«Du solltest es auch mal versuchen, Sarah», sagt Ellie.

«Nein.» Henry macht ein ernstes Gesicht und streichelt besitzergreifend Sarahs langes dunkles Haar. «Nein, sie darf es nicht versuchen. Auf gar keinen Fall.»

Sarah lugt durch die schwarze, runde Fassung ihrer Brille zu ihm hoch. «Warum nicht?»

«Weil du dir den verdammten Hals ...» Mitten im Satz bricht er ab, als ihm die Erkenntnis dämmert. Er schnippt mit den Fingern und zeigt erst auf Nicholas und dann auf seinen eigenen Kopf. «Ohhh ... Jetzt versteh ich. Du hattest recht.»

«Ich habe immer recht», antwortet Nicholas.

Henry sieht Ellie ernst an und sagt streng: «Ich hätte dir das nicht zeigen dürfen. Und du solltest es niemals, niemals wieder tun.»

«Aber ...», setzt Ellie zum Widerspruch an.

«Nein, nein, einmal ist genug. Du hast den Tod herausgefordert ... Nur Narren strapazieren ihr Glück über. Sei kein Narr.» Er zieht Sarah an der Hand. «Wir haben bald unseren Balkon-Auftritt. Lass uns raufgehen. Wenn wir zu spät kommen, wird Granny uns allen die Hölle heiß machen.»

♛

«Ich kann das nicht.»

Wir warten in dem großen, in Rot und Beige gehaltenen Ballsaal, an den der Hauptbalkon an der Nordseite des Palastes grenzt. Da alle wichtigen Mitglieder der königlichen Familie, die Queen, Prinz Henry, Prinz Nicholas und Prinzessin Olivia, jetzt hier wohnen, hielt die Presseabteilung einen Fototermin für angebracht. Sie sollen alle gemeinsam auf dem Balkon erscheinen und der gewaltigen Menge zuwinken, die sich draußen versammelt hat.

Und die Menge ist es, die Lady Sarah weiß wie Alabaster macht. Man könnte sagen, dass sie ein bisschen schüchtern ist.

Henry sitzt in einem antiken Polstersessel und liest die Zeitung. «Macht nichts.» Er blättert um und wechselt das Thema. «Möchtest du ins Kino gehen und den neuen Vin-Diesel-Film sehen? Die Premiere ist heute Abend, und wir sind eingeladen. Der scheint nicht schlecht zu sein.»

Lady Sarah verschränkt die Arme. «*Macht nichts*? Das ist alles, was du zu sagen hast? Da rauszugehen ist eine deiner Pflichten,

Henry.» Lady Sarah zeigt auf sich selbst. «Es wird auch eine meiner Pflichten sein, wenn wir verheiratet sind.»

Henry faltet die Zeitung zusammen und steht auf. «Wir werden erst in vier langen Monaten verheiratet sein. Und heute bist du noch nicht bereit, und *das macht überhaupt gar nichts.*»

Lady Sarah nagt an ihrer Unterlippe. «Was ist, wenn ich nie bereit dafür bin?»

«Lass uns einfach jeden Tag so nehmen, wie er kommt.» Henry legt ihr die Hände auf die Schultern. «Du hast dich so gut bei der Verkündung der Verlobung gemacht, bei den Interviews ...»

«Ein Interview nach dem anderen. Weil ich nicht wusste, ob ich mich einer ganzen Gruppe Journalisten würde stellen können, ohne zu hyperventilieren oder in Ohnmacht zu fallen.»

Je panischer Sarah wird, desto ruhiger wird Henry; diese Wirkung hat sie auf ihn.

«Aber du hast es durchgestanden. Jedes einzelne Interview. Und du warst charmant und perfekt. Also werden Granny, Nicholas, Olivia und ich heute diejenigen sein, die wie Tiere im Zoo vorgeführt werden. Während du hierbleibst ... und Ellie Gesellschaft leistest.» Als Henry zu Ellie rübersieht, springt sie herbei.

«Dafür wäre ich dir sehr dankbar, Sarah. Ich wäre nur ungern hier ganz allein. Das wäre unbehaglich.»

Lügnerin. Sie fühlt sich wohl in ihrer hübschen Haut, egal ob sie allein ist oder in einem ganzen Stadion voller Leute; so ist sie einfach. Aber es ist lieb von ihr, dass sie versucht zu helfen.

Mit bekümmerter Miene schaut Lady Sarah auf Henrys glänzende Schuhspitzen. «Fragst du dich manchmal ... ob du vielleicht lieber mit jema...»

«*Denk* nicht mal dran, diesen verdammten Satz zu Ende zu sprechen», warnt Henry.

«Warum nicht?» Sie hebt das Kinn. «Es ist die Wahrheit.»

«Die Wahrheit?», spottet Henry. «Die Wahrheit ist, dass ich ohne dich nicht einmal hier wäre. Ich weiß nicht, wo ich wäre oder was ich tun würde, aber ich weiß, es wäre nichts Gutes.»

«Er hat recht, weißt du, Sarah.» Prinz Nicholas geht zu ihnen rüber. «Vor dir war Henry eine absolute Katastrophe. Rücksichtslos, verzogen, selbstzerstörerisch und ...»

«Danke, Nicholas», unterbricht Henry ihn. «Ich glaube, sie hat verstanden.»

Nicholas klopft seinem Bruder auf den Rücken und grinst frech. «Ich helfe doch gern.»

Henry schiebt die Hände in die Taschen und wippt auf den Fersen. «Ich könnte dasselbe sagen, weißt du», sagt er zu Sarah. «Denkst du nicht, ich weiß, dass du mit einem anderen besser dran wärst, dessen Alltag dich nicht ständig an die Grenze einer Panikattacke bringt?»

Sarah schüttelt den Kopf. «Nein, das ist nicht wahr. Mit keinem anderen könnte ich glücklicher sein. Das würde ich nie wollen. Du gehörst mir, Henry, und ich gebe dich nicht mehr her.»

Ihnen zuzusehen wäre eine Tortur, wenn sie es nicht so verdammt ernst meinen würden.

Sarah fummelt an dem diamantbesetzten Verlobungsring an ihrem Finger herum. «Ich habe nur Angst, dass ich es nicht schaffe. Dass ich euch alle blamiere.»

Und wieder springt Prinz Nicholas ein. «Du kapierst es immer noch nicht. Es gibt nichts, das du tun könntest – buchstäblich nichts –, was Henry nicht schon getan hat, um uns zu blamieren.» Er zuckt mit den Schultern. «Wir sind unsterblich, wir sind immun.»

Henry sieht seinen Bruder an. «Du genießt das hier ein bisschen zu sehr.»

Nicholas' grüne Augen funkeln. «Ja, ich weiß. Ich sollte damit aufzuhören, aber ich kann einfach nicht.»

«Okay, schau.» Ellie tritt neben den schweren roten Vorhang und zeigt aus dem Fenster, auf den Balkon. «Siehst du diese Topfpflanze da in der Ecke? Wenn du kotzen musst, Sarah, dann da rein. Liv wird dich mit ihrem tollen, unaufhörlich wachsenden Bauch abschirmen, und niemand wird was mitkriegen.»

«Höchstwahrscheinlich», Olivia hebt den Saum ihres langen fließenden Pünktchenkleids, «werde ich gleich mit dir mitreihern. Wer auch immer es morgendliche Übelkeit genannt hat, hatte keinen blassen Schimmer, weil sie mich nämlich den ganzen Tag lang quält. Wahrscheinlich werden sie mich in der Presse die Kotzprinzessin nennen ...»

Sarah lacht mit ihnen und hat schon etwas weniger die Farbe einer toten Auster.

Die Queen rauscht in den Saal, gekleidet in einen beigen Rock und passenden Blazer mit einer mächtigen Rubinbrosche am Aufschlag. Ihr großer, blonder persönlicher Sekretär Christopher ist hinter ihr, ein Klemmbrett in der Hand. Und alles kommt zum Stillstand. Die Männer im Saal, mich eingeschlossen, verbeugen sich, und die Damen knicksen, wie es das Protokoll bei der ersten Begegnung des Tages mit Ihrer Majestät verlangt.

Ellie beugt die Knie und sinkt anmutig, mit gesenktem Kopf nieder. *Gutes Mädchen.* Sie hat sich darüber geärgert, dass sie zu Nicholas' und Olivias Hochzeit ihren ersten Eindruck bei Ihrer

Majestät verpatzt hat. Ein paar der Bediensteten reden immer noch darüber: die Legende von der winzigen Blondine, die über die Queen herfiel.

«Sind wir so weit?», fragt die Queen niemanden im Speziellen.

Henry tritt vor. «Majestät, Sarah ...»

«Wird ihr Bestes versuchen», beendet Sarah den Satz für ihn.

Henry wirft ihr einen fragenden Blick zu, aber Lady Sarah nickt beschwichtigend. «Ich will es versuchen. Es wird schon gutgehen.»

«Natürlich wird es gutgehen», bestätigt die Queen, als würden die Umstände nicht wagen, sich ihr zu widersetzen. «Es gibt keinen Grund, sich Sorgen zu machen. Niemand wird dich ansehen. Es wird so sein, als wäre der Rest von uns nicht mal da. Sie werden alle Olivias Babybauch mustern.»

«Das öffentliche Interesse ist extrem», erklärt Christopher. «In der ganzen Stadt laufen Wetten, wie viel Herzogin Olivia pro Woche zunimmt.»

Olivia schaut hinunter auf ihren Bauch. «Na toll.»

«Achte gar nicht darauf, meine Liebe.» Wohlwollend lächelnd tritt die Queen vor sie. «Du siehst wunderschön aus. Sehr gesund. Ich freue mich für dich.» Sie lächelt auch Nicholas an. «Für euch beide.»

«Danke, Queen Lenora.» Olivia nimmt die Hand ihres Mannes. «Wir könnten nicht glücklicher sein.»

«Obwohl», fährt die Queen fort, «dein berechneter Geburtstermin fürchterlich nah an Henrys und Sarahs Hochzeitstag liegt. Es ist wichtig, solche Ereignisse zu verteilen, weißt du. Um die positive Berichterstattung zu maximieren.»

Olivia reibt sich den Bauch. «Ich werde mein Bestes geben.»

Die Queen tätschelt ihren Unterarm. «Das weiß ich.»

«Und in Zukunft», fügt Nicholas hinzu, «werden wir darauf achten, die ehelichen Beziehungen einem Terminplan anzupassen, der Majestät eher behagt.»

Er ist sarkastisch. Aber entweder bemerkt Queen Lenora es nicht, oder sie zahlt es ihm mit gleicher Münze zurück. Gleichen sich wie ein verdammtes Ei dem anderen, diese zwei.

«Das wäre willkommen.» Sie nickt. «Also, wollen wir?» Die Queen macht ein paar Schritte auf den Balkon zu, dann bleibt sie stehen und dreht sich um, weil sie Ellie zum ersten Mal bemerkt. Eine dünne Augenbraue hebt sich, als Ihre Majestät im Kreis um das Mädchen herumgeht und sie aus allen Blickwinkeln mustert.

Ellie hebt den Kopf. «Ich bin Ellie Hammond, Eure Majestät. Es ist mir eine Ehre, Sie wiederzusehen.»

«Ja, ich erinnere mich an dich. Du bist inzwischen erwachsen, nicht wahr? Sehr reizend.»

«Danke. Ja, ich habe gerade das College abgeschlossen, mit einem BA in Psychologie.»

«Wie schön.» Queen Lenora denkt einen Moment lang nach, bevor sie zum Balkon und dann wieder zurück zu Ellie blickt. «Du darfst neben deiner Schwester auf dem Balkon stehen, um die Menge mit uns zu begrüßen. Du bist verschwägerte Verwandtschaft, was dir gewisse Privilegien gewährt. Daran sollten wir alle erinnern.»

Nicholas runzelt die Stirn.

Und Ellies Augen weiten sich. «Heilige Sch…» Aber sie fängt sich gerade noch. «Ich meine … Ja, Majestät.» Sie knickst erneut.

Sobald die Queen ihr den Rücken kehrt, reißt Ellie Mund und Augen auf, sieht mich an und zeigt mir, aufgeregt in den Schuhen wippend, beide Daumen.

Ich lächle und nicke ihr zu.

Und dann gehen sie hinaus auf den Balkon. Während ich drinnen bleibe und zusehe, wie Ellie ihren Platz an der Seite der königlichen Familie einnimmt. Wo sie hingehört.

Am nächsten Tag sitzen Prinz Nicholas und die Queen im Salon und spielen Schach. Ich stehe im Flur, die Hände hinter dem Rücken. Die Tür ist gerade weit genug offen, dass ich ihre Unterhaltung hören kann, und obwohl ich normalerweise nicht auf Geplauder achte, lässt mich die Erwähnung eines bestimmten Mädchens wie ein altes Klatschweib auf jedes einzelne Wort lauschen.

«Welche Pläne hast du für Eleanor?», will die Queen wissen.

«Eleanor wer?», fragt Prinz Nicholas abwesend.

«Olivias Schwester natürlich.»

Es folgt eine Pause, und ich stelle mir vor, wie er mit fragendem Blick vom Schachbrett hochsieht.

«Ihr Name ist nicht Eleanor.»

«Nicht?», wundert sich Ihre Majestät. «Eloise? Elizabeth?»

«Nein, und nein. Ellie ist ihr voller Name. Einfach nur Ellie.»

Soweit es mich betrifft, ist er perfekt für sie. Ein süßes, fröhlich klingendes Wort. Wie geschaffen für Flüstern und Verehrung.

Die Queen ist anderer Meinung. «Hm. Wie bedauerlich.»

Ein Klicken von Marmor auf Holz erklingt, als einer von ihnen eine Figur auf dem Brett bewegt. «Wie dem auch sei», fährt Queen Lenora fort. «Welche Pläne hast du für *Ellie*?»

Nicholas seufzt. «Ich habe keine. Sie nimmt sich ein Brückenjahr. Sie wird Olivia helfen, sobald die Babys da sind.»

«Es wurden bereits zwei Fachkräfte zur Betreuung der Säuglinge eingestellt, und der Palast führt eben in diesem Moment

Bewerbungsgespräche mit Kindermädchen. Wie viel Hilfe glaubt Olivia zu benötigen?»

Es klingt, als nehme Nicholas einen Schluck von etwas. Das Glas macht ein klirrendes Geräusch, als es wieder auf den Tisch gestellt wird.

«Olivia will keine Kindermädchen einstellen.»

Es folgt eine kurze Pause, und dann kommt ein einziges Wort von der Queen, das alles sagt. «*Nicholas.*»

«Ich weiß.»

«Das Kindermädchen ist die erste Erzieherin eines Kindes. Die erste Ebene der Unterweisung darin, wer es ist, was seine Verantwortung ist, wie es sich benehmen muss.»

«Dieser Tatsache bin ich mir deutlich bewusst.»

«Von euren Kindern wird erwartet, dass sie schon in jungem Alter an öffentlichen Veranstaltungen teilnehmen. Wie kleine Heiden herumzurennen mag vielleicht in Amerika akzeptabel sein, aber das ist es hier ganz gewiss nicht.»

Nicholas lacht. «Lass sie erst einmal auf die Welt kommen. Um ihr Heidentum können wir uns später Gedanken machen.»

Aber die Queen ist nicht amüsiert. «Du musst mit ihr sprechen, Nicholas.»

«Olivia und ich werden eine Lösung finden», erwidert der Prinz entschieden. «In unserem eigenen Tempo. Du solltest dich mehr auf das Spiel vor dir konzentrieren. Schach.»

Es folgt eine gewichtige Pause, begleitet von einem kurzen Schnauben. «Zurück zu ... Ellie. Es gibt einen neuen Bürgermeister von Averdeen.»

Averdeen ist im Süden, die zweitgrößte Stadt Wesscos.

«George Fulton. Er ist jung, attraktiv, ein fesselnder Redner, wie mir gesagt wurde. Er hat eine glänzende Zukunft vor sich.

Es wäre hilfreich, in den kommenden Jahren seine Unterstützung zu haben, ihn auf unserer Seite zu wissen. Ich dachte daran, ihn in den Palast einzuladen, zum Tee. Und ihn mit Ellie bekannt zu machen.»

Meine Eingeweide krampfen sich brennend zusammen.

«Wir befinden uns nicht im sechzehnten Jahrhundert, Großmutter», erwidert Nicholas trocken. «Wir bilden keine politischen Bündnisse mehr durch Heirat. Schach.»

«Ja, danke, Nicholas, mir ist bewusst, welches Jahr wir haben. Du und dein Bruder habt mir nicht völlig den Verstand geraubt. *Noch nicht.* Wie dem auch sei, er ist ein feiner junger Mann, soweit ich höre», fährt die Queen fort. «Aus guter Familie. Respektiert. Erfolgreich. Es würde nicht schaden, sie einander vorzustellen.»

Das Anwesen des Bürgermeisters in Averdeen ist praktisch ein Palast. Die Art von Palast, in die Ellie gehört, mit Personal, um sie zu bedienen, einer regelrechten Armee, um sie zu beschützen und einem angesehenen Mann, der sie vergöttern würde. Wie könnte irgendein Mann das nicht?

Nicholas seufzt. «Na schön.»

«Ausgezeichnet.»

Das Klicken weiterer Schachfiguren erklingt, und mehrere schnelle Züge später verkündet die Queen triumphierend: «Schachmatt.»

Es folgt eine stumme, schockierte Pause, und dann stottert Nicholas: «Wie ... hast du das gemacht?»

«Du wirst zu aggressiv, wenn der Sieg zum Greifen nah liegt. Du verlierst die Übersicht. Das macht dich verwundbar.» Mit einem Rascheln von Stoff erhebt sich die Queen. «Arbeite an deiner langfristigen Strategie, mein Junge.»

12

ELLIE

Einen Monat später

Es ist toll, in einem Palast zu wohnen. Die Zimmer: ein riesiger, historischer, herrlich glamouröser Raum nach dem anderen, besser als jedes Museum. Die Blumen: kilometerweit blühende Gärten in Farben, von denen ich nicht einmal wusste, dass es sie gibt, und riesige Vasen voll frisch geschnittener Blüten jeglicher Art in den Fluren und auf Tischen. Die Diener: ein Tablett mit Tee wartet jeden Morgen in meinem Wohnzimmer auf mich, wenn ich aufwache, mein Bett wird für mich gemacht, meine Wäsche wird gewaschen und gefaltet, ohne dass ich darum bitten muss, und mein Zimmer wird zweimal am Tag aufgeräumt.

Das nenn ich definitiv Leben.

Aber es gibt auch eine Kehrseite: nicht am Leben im Palast selbst, sondern daran, zu der Elite zu gehören, die im Palast lebt.

«Ein Stalker? Wie meinen Sie das, ich habe einen Stalker?», fragt Livvy.

Wir sind in Winstons Büro. Er ist Chef der Palast-Security, und soweit ich weiß, hat er, wie Cher, nur diesen einen Namen.

Wir, Olivia, Nicholas, Henry, Sarah und ich, wurden zu einem Security-Briefing hierhergerufen. Logan ist auch da und steht an der Wand, hinter Winstons Schreibtisch. Und mein Herz kommt mit einem wilden, flatternden Klopfen aus dem Takt. Weil ich in letzter Zeit nicht viel von Logan gesehen habe. Wenn ich paranoid wäre, würde ich denken, er geht mir aus dem Weg.

«Stalker ist nicht direkt die Bezeichnung, die ich benutzen würde», sagt Logan. «Man könnte eher sagen ... da ist jemand, der Sie nicht besonders mag.»

Nicholas sitzt im Sessel neben Olivia und hält ihre Hand.

«Aber warum ich?», fragt sie.

«Königliche Schwangerschaften bringen die Verrückten gern mal in Wallung», antwortet Winston, ein grauhaariger, aber kräftig wirkender Mann.

«Wie viele Briefe sind geschickt worden?», fragt Nicholas.

«Der hier ist der dritte» antwortet ihm Winston.

«Von welchem Postamt kommen sie?», will mein Schwager wissen.

«Jedes Mal von einem anderen. West Rothshire, Averdeen, Bailey Glen. Keine Fingerabdrücke, keine DNA. Jeder Brief ist drohend und richtet sich an Lady Olivia und die Kinder.»

«Was genau steht in den Briefen?», frage ich mit einem flauen Gefühl im Bauch.

Logan antwortet, bevor Winston es tun kann.

«Die Einzelheiten sind unwichtig. Wir überwachen die Situation. Wir haben Sie alle informiert, damit Sie sich der Sache bewusst sind, aber ... keine Sorge. Es wird nichts passieren.»

«Keine Sorge?», echoe ich. «Das ist ja wie so ein Mist aus *Game of Thrones.* Wie zum Teufel sollen wir uns da keine Sorgen machen?»

«Es ist nicht so, als würden wir nie irgendwelche Hassbriefe bekommen», erklärt Henry. «Oder Online-Drohungen. Das kommt ständig vor. Ich hatte schon fünf Stalker, bevor ich sechzehn war.» Schulterzuckend sieht Henry meine Schwester an. «Man ist erst wirklich ein Royal, wenn man einen Stalker hat. Willkommen im Club, Olive.»

Nö. Dadurch fühle ich mich kein bisschen besser.

♛

Trotz der Nachricht, dass ein Psycho Olivia und Nicholas stalkt, geht die Show anscheinend weiter. Das ist es, was es heißt, eine Figur des öffentlichen Lebens, ein Royal zu sein. Da es nur noch wenige Monate bis zu Henrys und Sarahs *Big Fat Royal Wedding* sind, reihen sich jede Menge Lunches und Brunches und andere Events aneinander, um das kommende Ereignis zu feiern. Weshalb ich am nächsten Abend in einer Limousine sitze und mich in meinem herrlichen, glänzenden silbernen Cocktailkleid wie ein Filmstar fühle, während Nicholas und Olivia durch und durch wie ein Königspaar aus dem Märchen aussehen. Wir sind unterwegs zur Starlight Hall, wo Freunde von Henry und Sarah ihnen zu Ehren eine Party schmeißen.

Draußen warten Fotografen und Fans in mit Seilen abgesperrten Bereichen hinter einer Mauer aus Security. Ich erschaudere bei dem Gedanken, dass der Mann, der von meiner Schwester besessen ist, in dieser Menge sein könnte. Aber dann öffnet sich die Tür, und Logan hält mir seine Hand hin.

Als ich ihn berühre, als ich meine Hand in seine schiebe und spüre, wie sich seine Finger um meine legen, durchzuckt mich eine Mischung aus erregender Elektrizität und warmem

Trost. Ihn zu berühren ist meine Droge, meine Sucht, obwohl ich mich bemühe, deswegen nicht auszuflippen. Doch zu wissen, dass er da ist und wie ein mächtiger, unbesiegbarer Schutzengel über uns wacht, beruhigt meine Nerven und gibt mir wie immer das Gefühl, sicher und umsorgt zu sein. Denn Logan würde nie zulassen, dass irgendeinem von uns etwas zustößt.

Ich glaube von ganzem Herzen, dass es nichts gibt, was er nicht kann.

Die Starlight Hall trägt ihren Namen zu Recht. Es ist ein wunderschöner Saal mit Malereien üppiger, ausgedehnter Landschaften an den Wänden und einer gewölbten Decke aus Tausenden kleinen weißen Fensterscheiben in eisernen Rahmen. Die Gäste sind wie bei anderen Events, an denen ich mit Olivia teilgenommen habe: eine Mischung aus jungen, vornehmen Blaublütern und älteren Lords und Ladys mit protzigen Juwelen und großen, aufwendigen Hüten.

Olivia und ich sitzen an einem Tisch und plaudern mit Simon Barrister und seiner Frau Franny. Ich bin dem Paar im Lauf der Jahre schon ein paarmal begegnet, durch Simons Geschäftsbeziehung mit meinem Vater und weil er Nicholas' engster Freund ist. Liv hat Franny bei ihrer ersten Reise nach Wessco kennengelernt, und sie war ihr eine gute Freundin, unerschütterlich und ehrlich, als meine Schwester wirklich eine Freundin brauchen konnte. Franny ist die schönste Frau, die ich je gesehen habe, mit perfektem Porzellanteint, funkelnden Onyx-Augen und mahagonifarbenem Haar. Sie ist außerdem eine der witzigsten. Weil sie so direkt ist. Praktisch brutal.

«Tod», sagt Franny gerade nachdrücklich zu meiner Schwester. «Kinderkriegen ist wie der Tod. Du denkst, du stirbst, und der Schmerz ist so verdammt schlimm, dass du dir wünschst, du wärst schon tot.»

Simon und Franny haben einen dreijährigen Sohn, Jack, mit funkelnden blauen Augen und roten Haaren, genau wie sein Dad.

«Du sagst also, es ist ... gar nicht so schlimm?», scherzt Liv.

Franny lacht, und Simon schaut sie an, als wäre ihr Lachen das Zauberhafteste, was er je gehört hat.

«Ich versuche nur, dich darauf vorzubereiten», beharrt Franny. «Ich wünschte, jemand hätte mich darauf vorbereitet.» Dann schaut sie bewundernd zu ihrem Mann hinüber und streichelt ihm über den Arm. «Aber hinterher, wenn du nicht gestorben bist und sie dir dieses kleine Bündel in die Arme legen, dann fühlst du dich wie neugeboren. Als hättest du gerade die vollkommenste, wichtigste, wunderbarste Sache vollbracht, die du je vollbringen wirst. Und du willst es immer wieder tun.»

Später wechselt das Gesprächsthema zu Kindermädchen.

Liv hält Nicholas' Hand und spielt mit dem Ehering an seinem Finger. «Ich weiß nicht so recht ... in Sachen Kindermädchen, ich glaube nicht, dass ich eins möchte.»

«Eins?», ruft Franny aus. «Du bekommst Zwillinge. Du brauchst eine ganze Armee von denen.»

Nicht überzeugt, wiegt meine Schwester den Kopf.

«Sei keine amerikanische Zicke, Olivia. Kindermädchen sind Teil unserer Kultur, besonders für dich und Nicholas. Ich kann mir nicht vorstellen, was aus mir geworden wäre, wenn man es meiner Mutter überlassen hätte, mich großzuziehen. Das wäre eine Katastrophe gewesen.»

Simon nickt Nicholas zu. «Hoffentlich habt ihr mehr Glück darin, sie zu halten. Unsere kündigen ständig, eine nach der anderen.»

Franny schmunzelt, schön und teuflisch. «Ich kann mir gar nicht vorstellen, warum.»

Und Simon grinst, entzückt über sie. «Weil du ihnen drohst, Darling.» Er wendet sich zu uns. «Bevor sie mit Jack in den Park gehen, erinnert Franny sie daran, dass sie ihnen bei ihrer Rückkehr die Kehle durchschneiden wird, falls ihm irgendetwas passiert.»

Franny zuckt mit den Schultern und lächelt süß. «Ich bin einfach nur ehrlich. Sie sollten vorgewarnt sein.»

Später sitze ich allein am Tisch und nippe an einem Wodka-Cranberry, während meine Schwester und Nicholas auf der Tanzfläche sind und einander schmachtend in die Augen sehen. Simon und Franny sind auch dort, aneinandergeschmiegt, und wiegen sich im Takt der Musik. Ich sehe Henry am anderen Ende des Saales in angeregter Unterhaltung; er ist umgeben von einer Gruppe von Leuten, die lachend an seinen Lippen hängen. Sarah plaudert ein paar Schritte entfernt mit ihrer Schwester Penelope. Sie ist Schauspielerin in L. A. und nur für ein paar Tage zu Besuch hier, aber zur Hochzeit wird sie wieder da sein.

Die Band spielt ein neues Lied, eine Instrumentalversion

von *Play That Song* von Train. Ich beobachte, wie Henry die Gruppe verlässt und zu Sarah rübergeht, um sie schwungvoll in die Arme zu nehmen und an den Hüften hochzuheben. Beide lachen verliebt. Ich muss einfach lächeln, als er sie zur Tanzfläche trägt und dort langsam an seinem Körper heruntergleiten lässt, bis ihre Füße den Boden berühren.

Wenn ich jemanden finden kann, der mich auch nur halb so bewundernd ansieht, wie Henry Pembrook Sarah Van Titebottum, dann werde ich für den Rest meines Lebens glücklich sein.

Ich seufze. Überall um mich herum ist Liebe. Und ich bin Miss Einsam. Und dann geht mein Blick auf Wanderschaft … Ich brauche den Saal nicht abzusuchen, um Logan zu finden. Ich weiß ganz genau, wo er ist, als hätte mein Gehirn rund um die Uhr seine GPS-Daten.

Aber das Verrückte, Phantastische, Wunderbare, das mein Herz so laut klopfen lässt, dass es die Musik übertönt, ist: Als ich quer durch den Saal zu Logan St. James hinübersehe, sucht er die Menge nicht etwa nach irgendwelchen Bedrohungen ab. Er schaut nicht geradeaus, um auf alles vorbereitet zu sein.

Stattdessen schaut er, als ich mir meine tägliche Dosis Logan-Augenschmaus gönne … direkt zu mir zurück.

♛

Eine Stunde später nippe ich an meinem zweiten Drink und arbeite an einem herrlichen Schwips, während ich mit Sarah über ihre Wohltätigkeitsarbeit bei den Wessco Blue Coats plaudere. Sie hat vor ein paar Jahren ein Leseförderungsprogramm ins Leben gerufen, und obwohl sie nicht mehr mit ihnen umherreist, seit sie mit Henry verlobt ist, organisiert sie immer noch Bücherspenden und Benefizveranstaltungen. Der Gedanke ist unwirklich, dass sie eines Tages Königin sein wird. Verrückt. Weil sie so ... normal ist. Aber sie ist auch gütig, intelligent und aufrichtig, all die Eigenschaften, die sich ein Land von seiner Königin wünschen würde.

Kichernd erzählt sie mir eine Geschichte über ihren Freund Willard und seine Frau Laura, als sie plötzlich mitten im Satz verstummt. Und die Farbe weicht ihr aus dem Gesicht. Sogar ihre Lippen werden kreidebleich.

Ich lege ihr eine Hand auf den Arm. «Sarah? Geht es dir gut?»

Sie antwortet nicht.

Ich bin mir nicht sicher, was ich tun soll. Ich weiß, dass Sarah quälend schüchtern ist, und ich will sie nicht in Verlegenheit bringen. Also drehe ich mich um und winke Logan herüber. Er kommt sofort.

«Lady Sarah? Was ist los?» Logan folgt ihrem Blick, der wie festgefroren an einem großen, grauhaarigen Mann auf der anderen Seite des Saals klebt. «Er? Der Mann an der Tür?»

Logan macht einen Schritt, doch Sarah hält ihn panisch am Arm fest. «Nicht! Gehen Sie nicht in seine Nähe. Er ist ... gefährlich.»

Ich nehme Sarahs andere Hand in meine; sie ist eiskalt. «Ist schon gut. Er kann uns nicht weh tun. Das würde Logan nie zulassen. Wir sind hier bei dir. Du bist okay.»

Sie blinzelt weder, noch wendet sie den Blick von dem Mann ab, und ich bin mir nicht sicher, ob sie mich gehört hat.

«Hol Henry», befiehlt Logan mir. «Sofort.»

Rasch drücke ich Sarahs Hand und lasse sie mit Logan zurück. Ich schlängle mich zwischen den Gästen hindurch, bis ich den blonden Prinzen an der Bar finde, wo er sich gerade mit einer kleinen Gruppe von Freunden unterhält. Ich hake mich bei ihm unter, lächle breit und sage mit übertriebenem Cockney-Akzent: «Wenn'se entschuldigen, Gentlemen. Muss den Guvnah hier ma' für ne Minute entführen.»

Als ich ihn fortführe, fragt Henry leise: «Was ist los?»

«Es geht um Sarah. Komm.»

Wir durchqueren den Saal geschmeidig und ruhig, um nicht zu viel Aufmerksamkeit auf uns zu ziehen. Henry lächelt und nickt dabei, aber in seinen Zügen liegt Anspannung, bis er Sarahs Seite erreicht.

«Der Gentleman an der Tür», sagt Logan zu ihm. «Wissen Sie, wer das ist?»

Henry wendet sich um, und sein ganzer Körper versteift sich. «St. James, bringen Sie Lady Sarah ins Nebenzimmer.»

«Er ist kleiner, als ich ihn in Erinnerung habe», flüstert Sarah mit rauer Stimme.

«Sarah ...», versucht Henry es erneut.

«Denkst du, das kommt daher, weil ich noch ein Kind war, als ich ihn zum letzten Mal gesehen habe?», fragt sie. «Oder vielleicht habe ich ihn in meinem Kopf zu einem Monster aufgebaut, obwohl er in Wirklichkeit nur ein Mensch ist. Ein schrecklicher Mensch.»

Sarah schlägt sich die Hand vor den Mund. «Meine Mutter ist hier und ... Penny auch ... Sie dürfen ihn nicht sehen, sie werden ...»

Henry schiebt die Hand in ihr Haar und dreht ihr Gesicht zu seinem. «Geh mit Logan und Ellie nach hinten. Ich kümmere mich darum.»

Sarah blinzelt und atmet tief ein. Dann schüttelt sie den Kopf. «Nein. Nein, ich schaffe das. Das muss ich, denke ich. Nur … bleib einfach bei mir, ja?»

Henry streicht ihr das Haar zurück. «Immer.»

Auf ein Nicken von Sarah hin geht das zukünftige Königspaar Hand in Hand auf den Mann an der Tür zu, gefolgt von Logan und mir. Ein paar Schritte vor ihm bleiben sie stehen. Er verbeugt sich vor Henry und mustert Sarah auf distanzierte, gleichgültige Weise.

«Sarah. Du siehst gut aus.»

Sarah drückt Henrys Hand so fest, dass ihre Knöchel weiß werden.

«Du bist nicht eingeladen», sagt sie mit Kraft in der Stimme.

Der Mann zupft seine Manschetten zurecht. «Ich bin der Vater der Braut. Ich brauche keine Einladung. Ich habe immer noch Bekannte in der Stadt, wie würde es aussehen, wenn ich nicht teilnehmen würde?»

Sarahs Lachen ist schroff. «Vater? Nein.» Sie schüttelt den Kopf. «Nein, dieses Privileg hast du in dem Moment verloren, in dem du Hand an meine Mutter gelegt hast. Und an mich.»

Bei diesem Geständnis fährt mein Kopf herum. *Oh, Sarah.*

Logans Gesicht ist unbeweglich, und seine Aufmerksamkeit bleibt unerschütterlich auf Sarahs Vater gerichtet.

«Du bist *nichts* für mich», sagt sie zu ihm. «Du bist nicht mal ein Schatten im entferntesten Winkel meines Verstandes. Ich habe dich hinter mir gelassen. Das haben wir alle. Und dort wirst du auch bleiben. Ich möchte, dass du augenblicklich gehst. Du musst gehen.»

Der Mann zögert unbehaglich. «Jetzt hör mal …»

Henry macht einen Schritt vorwärts, und seine Stimme ist

scharf wie eine Klinge. «Gehen Sie nicht – *laufen Sie.* Solange Sie noch können. Wenn Sie mit der Presse oder irgendjemandem sonst reden, wenn Sie auch nur Sarahs Namen flüstern, dann werde ich es erfahren. Und ich schwöre Ihnen bei meiner Mutter, ich werde Sie bei lebendigem Leib unter dem Palast verscharren, damit Sarah jeden Tag ihres Lebens über Ihr Grab laufen kann.»

Der Mann starrt Henry ein paar angespannte Sekunden lang an. Und dann, ohne auch nur einen flüchtigen Blick in Sarahs Richtung zu werfen, dreht er sich um und geht hinaus.

«Ich denke ...», keucht Sarah beinahe pfeifend, mit leiser Stimme. «Ich denke, ich würde jetzt gern nach hinten gehen.»

Henry nickt und führt sie fort. Logan geht vor ihnen her, um einen Weg zwischen den Gästen hindurch zu bahnen, und ich folge ihnen. Der Raum ist klein, ein schmaler Sitzbereich mit nur einem einzigen Tisch und einem Krug Wasser und einer Chaiselongue. «Ohnmachtssofa» wurde das Möbelstück früher genannt, und ich frage mich, ob das hier der Raum ist, in den man die Damen brachte, um ihnen Riechsalz zu verabreichen, wenn ihre Korsetts zu eng geschnürt waren.

Sobald Logan die Tür hinter uns schließt, schlägt Sarah schluchzend die Hände vors Gesicht. Henry setzt sich aufs Sofa und zieht sie auf seinen Schoß, um sie fest im Arm zu halten und sanft hin- und herzuwiegen. Ich schenke ein Glas Wasser aus dem Krug ein und stelle es in seine Reichweite.

«Ich weiß noch nicht mal, warum ich weine», stottert sie. «Es ist einfach ... zu viel.»

Henry streichelt ihren Kiefer und küsst sie auf die Stirn. «Das hast du so gut gemacht, mein Liebes», flüstert er. «Du warst so mutig. Ich bin so stolz auf dich.»

«Das ist das letzte Mal, Henry.» Sarah sieht ihm in die Augen. «Das ist das letzte Mal, dass ich je wegen ihm weine.»

Henry nickt und drückt Sarah an sich.

Logan und ich schlüpfen diskret zur Tür hinaus und schließen sie leise. Ich bleibe bei ihm, während er die Tür bewacht, um sicherzustellen, dass Henry und Sarah nicht gestört werden. Denn obwohl die Party nicht aufgehört hat, ist der einzige Ort, an dem ich sein will, neben Logan.

13

ELLIE

Im Lauf der nächsten zwei Wochen nimmt mich Queen Lenora «unter ihre Fittiche». Sie sagt, ich habe «Potenzial» und dass sie sehen möchte, wie ich es erreiche. Es ist wirklich aufregend, ihre Aufmerksamkeit zu haben, in ihrer Gegenwart zu sein, und ich habe angefangen, mir die kleinen Perlen der Weisheit, die sie von sich gibt, auf meinem Handy zu notieren. Sie ist so elegant, so mächtig; ich bin noch nie einer Frau mit solch gebieterischer Haltung und Selbstbeherrschung begegnet. Und sie hat es total drauf, die unterschiedlichsten Rollen einzunehmen. Königin, Großmutter, Diplomatin, weibliche Version eines verdammten Generals.

Ich weiß nicht, was ihre Vorstellung von meinem Potenzial ist, aber wenn sie in mir die zukünftige Palast-Psychologin sieht, bin ich dabei. Ich könnte mich in den Problemen der königlichen Familie wirklich verbeißen: Beziehungsprobleme, politische Konflikte, passiv-aggressiver innerer Groll in Hülle und Fülle. Das wäre ein Traumjob, besser als der von Dr. Melfi, die immerhin Mafiaboss Tony Soprano analysiert.

Nichts verdeutlicht das mehr als dieser Nachmittag, an dem wir Tee im östlichen Garten trinken: Queen Lenora, Livvy, ich und ein Freund der Queen, Bürgermeister George Fulton. Wir sitzen, umgeben von Tulpen und Glockenblumen, an einem weißen Korbtisch, während Schmetterlinge an uns vorbeiflattern, wie direkt aus einer Seite von *Alice im Wunderland* entsprungen.

«Erzählen Sie uns von der neuen Nahverkehrsinitiative, an der Sie arbeiten, George», sagt die Queen.

George Fulton wirkt jung für einen Bürgermeister, er ist vielleicht sieben- oder achtundzwanzig. Er ist süß auf eine große, blonde, schlaksige, JFK-artige Weise. Sein Akzent ist nett, und er lächelt oft.

Er erklärt uns die innovative Technologie, die sie in der U-Bahn installieren. Züge werden mit Magnetkraft anstatt Elektrizität angetrieben.

«Das ist brillant», sagt die Queen. «Ist das nicht brillant, Eleanor?»

Ich korrigiere sie nicht, was meinen Namen betrifft. Ich bin keine Expertin in Sachen Etikette, aber ich habe das Gefühl, wenn es unhöflich ist, seine Gastgeberin zu korrigieren, dann ist die Königin von Wessco zu korrigieren ein absolutes No-Go.

Also nicke ich und lächle. «Das ist wirklich interessant.»

«Wir planen, die erste modernisierte Station in Margaret-Ana umzubenennen, nach Eurer Mutter, Eure Majestät.»

«Das wäre reizend», antwortet Queen Lenora. «Mutter war eine Vordenkerin, ihrer Zeit voraus.» Dann wendet sie sich an meine Schwester und deutet auf ihren Babybauch. «Und wo wir gerade von Namen sprechen, Olivia, ich hatte die Absicht, die Namen der Kinder mit dir zu besprechen.»

Liv stellt ihre Teetasse ab. «Ihre Namen?»

«Ja. Obwohl wir noch nicht wissen, ob es zwei Jungen, zwei Mädchen oder je eins von beidem werden, ist es äußerst wichtig, dass die Namen gut durchdacht sind. Symbolisch und repräsentativ. Auf Nicholas' großväterlicher Seite der Familie war man in den letzten Jahren nachlässig, also wird von dir und ihm erwartet, das wiedergutzumachen.»

«Oh. Äh ... Nun, woran hatten Sie denn gedacht?»

«Ernstwhile.»

Eine Pause entsteht, sogar die Bienen hören auf zu summen, und das Wort hängt einfach nur in der Luft, wie ein übler Geruch.

Meine Schwester ist sich nicht sicher, ob sie richtig gehört hat. «Ernstwhile?»

Sie hat richtig gehört.

«Ja. Ein guter, starker Name mit Geschichte. Und für den Jungen ...»

«Ernstwhile ist der Name des *Mädchens*?», fragt Liv mit vor Entsetzen aufgerissenen Augen.

«Ja, natürlich. Nicholas' Urgroßtante Ernstwhile, sie war eine sehr widerstandsfähige Frau.»

Bei so einem Namen, denke ich, musste sie das auch sein.

«Und für den Jungen: Damien», verkündet die Queen.

Tada: Einsatz, die Titelmusik von *Das Omen*. Übrigens das Einzige auf der ganzen Welt, wovor Olivia sich wirklich fürchtet. Sie hat den Film eines Nachts heimlich geschaut, als sie neun war, und das hat sie fürs Leben gezeichnet. Ich erinnere mich noch, dass sie mir das Haar durchkämmt hat, um auf meinem vierjährigen Kopf nach einer tätowierten 6-6-6 zu suchen – nur um sicherzugehen.

«Nicholas und ich dachten eher an etwas ... gebräuchlichere Namen.»

Die Queen schüttelt den Kopf. «Wenn du deine Kinder Bob und Tina nennen wolltest, dann hättest du einen Klempner heiraten sollen. Du hast einen Prinzen geheiratet. Den Enkel einer Königin. Damit gehen Verpflichtungen einher.»

Meine Schwester ist normalerweise temperamentvoll und lebhaft; Mumm haben sowieso alle in unserer Familie. Aber die Schwangerschaft, der Umzug, der Druck, die nächste Generation von Pembrooks zu gebären, die erbarmungslos fiese Presse, die immer noch nicht darüber hinweggekommen ist, dass sie sich Wesscos Lieblingssohn geangelt hat – das alles war hart für sie. Es hat wohl etwas von ihrer Zähigkeit aufgezehrt. Deshalb … sinkt Olivia vor meinen Augen in sich zusammen, statt Widerworte zu geben.

«Ich denke, ich werde mich ein Weilchen hinlegen.»

«Möchtest du, dass ich mitkomme?», frage ich.

«Nein.» Ihre Stimme ist zittrig. «Ich komme allein zurecht.»

Ohne ein weiteres Wort erhebt sie sich schwer aus ihrem Korbsessel und watschelt den Weg zum Palast empor.

Und es dauert nur ungefähr zehn Minuten, bis mein Schwager, der oben geblieben war, um zu arbeiten, heruntergestürmt kommt, die Augen strahlend grün und funkensprühend.

George verbeugt sich. «Eure Hoheit.»

«Fulton.» Nicholas nickt ihm zu, während er weiter hart seine Großmutter anstarrt. «Ellie, George, würdet ihr uns bitte entschuldigen?»

Wir machen Anstalten aufzustehen, aber die Queen hebt die Hand.

«Nein. Wir trinken gerade Tee. Ich bin sicher, was du zu sagen hast, kann vor ihnen gesagt werden.»

«Also gut. Hör auf damit.»

Die Queen sieht verblüfft aus. «Womit?»

«Du weißt, *womit*. Wir sind keine Schachfiguren. Hör auf zu versuchen, das Brett zu kontrollieren.»

Queen Lenora verschränkt die Hände. «Geht es um Olivia?»

Nicholas deutet mit ausgestrecktem Arm zum Palast. «Sie ist gerade in unserem Zimmer und weint sich die Augen aus.»

Die Queen schnaubt verärgert. «Also das ist doch lächerlich. Sie ist viel zu empfindlich.»

Nicholas wirft die Hände in die Luft. «Natürlich ist sie empfindlich. Sie ist im siebten Monat schwanger mit Zwillingen! Sie fühlt sich ständig unwohl. Sie kann nicht schlafen. Sie bekommt kaum Luft! Die Paparazzi klettern an den Palastmauern hoch, die Presse zerreißt sie in der Luft, und es gibt verdammt noch mal nichts, was ich dagegen tun kann. Zu allem Überfluss hinterlässt auch noch ein Psychopath sadistische, an sie adressierte Briefe auf unserer Türschwelle. Und jetzt kommst *du* ...»

Die Worte der Queen zerschneiden die Luft wie der Knall einer Peitsche. «Hüte. Deine. Zunge.»

Mein Schwager hält inne und holt tief Luft. Er fährt sich mit der Hand übers Gesicht und schaut zum Horizont. Als er den Blick wieder auf seine Großmutter richtet, ist er ruhiger, aber kalt.

«Ich habe sie hierhergebracht, damit sie sich in Sicherheit ausruhen kann. Damit sie sich entspannen kann. Wenn du das unmöglich machst, dann werde ich sie woanders hinbringen. Und wenn du eine Beziehung zu deinen Urenkeln haben willst, Großmutter, dann sage ich dir jetzt: Hör auf damit.» Er macht eine Pause, um die Worte wirken zu lassen, dann fügt er hinzu: «Wir werden diese Unterhaltung nicht noch einmal führen. Ich hoffe, das ist dir klar.»

Die Queen antwortet nicht mit Worten, sie schnaubt nur – wie ein Drache, der einem Prinzen den Hintern versengen will.

Nicholas wartet darauf, dass sie nickt, und als sie es tut, verbeugt er sich und geht davon.

«Bekommen Sie niemals Kinder, Eleanor», sagt sie steif zu mir. «Undankbar bis ins Mark, der ganze Haufen. Schreiben Sie sich das auf.»

Pflichtbewusst tippe ich es in mein Handy.

Dann sitzen George, Queen Lenora und ich in unbehaglichem Schweigen da.

Ich versuche, die Sache wieder hinzubiegen. «Ich finde Ernstwhile irgendwie süß. Vielleicht können wir sie ... Ernie nennen.»

Ihrer Majestät entschlüpft kein Lächeln.

«Ich muss Ihnen zustimmen, Majestät», sagt George grinsend. «Namen wollen sorgfältig überlegt sein. Die erste Liebe meines Bruders hieß Beatrice Isadora Theresa Constance Harriet. Wie sich herausstellte, ein treffendes Akronym.»

Die Mundwinkel der Queen heben sich kaum merklich, ich lache laut los. «Bitch! Oh mein Gott!»

Die Queen nippt ungerührt an ihrem Tee und nimmt die ursprüngliche Unterhaltung wieder auf. «Das Nationalmuseum eröffnet heute Abend eine Monet-Ausstellung, George. Werden Sie sie besuchen, während Sie in der Stadt sind?»

George lächelt. «Das hatte ich vor, Majestät, ja.»

«Dann sollten Sie Eleanor mitnehmen.» Sie sieht mich an. «Du warst noch nicht im Museum, nicht wahr?»

«Nein, noch nicht.»

Queen Lenora nickt. «Dann ist das geklärt. Ihr geht heute zusammen zur Eröffnung und verbringt einen wunderbaren Abend miteinander.»

George begegnet meinem Blick über den Rand seiner Teetasse hinweg, und seine Wangen färben sich rosa.

Weil er dasselbe merkt wie ich: Wir wurden gerade königlich verkuppelt.

Nicht cool, Lenora ... gar nicht cool.

Kurze Zeit später gehe ich den Flur entlang zur Suite von Nicholas und Olivia, um nach meiner Schwester zu sehen. Und ich bemerke Logan am anderen Ende des Flurs. Ich hatte nicht gedacht, dass er arbeitet, da ich ihn den ganzen Tag noch nicht gesehen habe, und mein Körper reagiert wie immer in Logans Nähe. Mein Puls beschleunigt sich, mein Atem geht schneller, Hoffnung und Zuneigung wirbeln in meinem Bauch umher, was ein flaues Gefühl verursacht, aber nicht auf schlechte Weise.

Seine Schritte wirken entschlossen, und sie sind direkt auf mich gerichtet. Wir treffen uns vor Olivias Zimmertür. Seine Augen sind dunkel, beinahe schwarz vor Intensität, und ich frage mich, was er sagen wird.

«Gehst du heute Abend mit diesem Typen aus?»

Nicht gerade das, was ich mir erhofft hatte. Aber er lehnt sich so dicht zu mir herunter, dass es trotzdem einen funkensprühenden Kurzschluss in meinem Gehirn gibt.

«Mit welchem *Typen*?»

«George Fulton. Dem Bürgermeister.»

«Äh ... ja. Ich hab ihn heute beim Tee kennengelernt. Die Queen hat vorgeschlagen, dass wir zusammen was machen ... du weißt schon ... als Freunde.»

Ich weiß nicht, warum ich den letzten Teil hinzugefügt habe. Das ist Logan ja wohl völlig egal. Aber als er nun die Zähne zusammenbeißt und zur Seite blickt, fühlt es sich irgendwie an, als würde es ihn doch kümmern.

«Es gibt schließlich keinen Grund, warum ich nicht gehen sollte, oder?» Die Hoffnung in meiner Stimme ist erbärmlich laut.

«Nein», sagt er leise. «Überhaupt keinen guten Grund.»

Einen Moment lang regt sich keiner von uns. Nicht mal ein Blinzeln.

«Hey, Lo!», ruft ein Security-Mann vom Ende des Flurs her. «Heute Abend bei Katy, ja?»

Logan nickt ihm zu, und mein Magen sackt nach unten weg.

«Katy?», frage ich.

«Das ist ein Pub. Die Royals hängen gern im Goat ab, und ich und die Jungs gehen ins Katy's.»

«Oh. Nun, ich schätze, dann haben wir heute Abend beide etwas vor.»

«Sieht so aus.» Er berührt meinen Arm und drückt ihn leicht, worauf wieder dieses vertraute, elektrisierende Kribbeln durch mich hindurchzuckt. Ehe er weitergeht, beugt er sich zu mir runter und flüstert mir ins Ohr: «Viel Spaß, Ellie.»

Dann sehe ich ihm nach, wie er davongeht, mit langen Schritten, geradem Rücken ... und diesem Hintern, bei dem einem das Wasser im Mund zusammenläuft.

Und einfach so löst sich der Reiz, heute Abend ins Museum zu gehen, irgendwohin zu gehen, wo Logan nicht ist, auf wie eine Brausetablette.

Die Eröffnung der Monet-Ausstellung im Nationalmuseum von Wessco ist eine große Sache – stellt euch die Met Gala vor, nur ohne die spacigen Outfits. Die Stylistin hat mich in ein herrliches königsblaues trägerloses Cocktailkleid und silberne Plateau-Heels gesteckt. Der enganliegende Schnitt des Oberteils umschmeichelt sexy meine Brüste, und der ausgestellte Rock macht es kokett, aber nicht billig. Mit meinem offenen, in Wellen fallenden blonden Haar fühle ich mich selbstbewusst, schön – und erwachsen. Eine Frau, die ein kultiviertes gesellschaftliches Ereignis besucht, nicht ein Mädchen, das zum Abschlussball geht. Das ist neu für mich.

Am Eingang sind Presseleute und Fotografen. Sie schreien uns Fragen entgegen und rangeln sich um die besten Plätze, alle wollen den Knüller über den vielversprechenden Politiker und die Schwester der Prinzessin. Das wird eine ziemlich gute Schlagzeile. Seit der Hochzeit sind sie an mir interessiert – und an meinen Brüsten –, obwohl an beidem nicht wirklich viel dran ist. Es war lustig, ein Trip, eine wilde Fahrt, ein bisschen Rampenlicht mit Nicholas und Olivia zu teilen. Aber in den grellen Blitzen der Kameras habe ich eine Erleuchtung: Das hier könnte mein Leben sein.

Ich habe jetzt Beziehungen zu reichen, bekannten Leuten, zu solchen, die Gesetze machen und Städte und Länder regieren. Das ist es, was die Queen die ganze Zeit über mit meinem

Potenzial gemeint hat. Ich habe das Potenzial, das Leben meiner Schwester zu führen.

Wenn ich das will.

Und das ist immer die Frage, nicht wahr? Wo siehst du dich in fünf Jahren? Wer wirst du sein? Was willst du?

♛

George Fulton ist ein Traum-Date. Er ist witzig, charmant, klug und aufmerksam. Wir diskutieren über die Kunstwerke und Monets Leben, während wir langsam von einem Gemälde zum nächsten schlendern. Ich mag George. Es ist leicht, ihn zu mögen. Ich mag ihn, wie ich Tommy Sullivan oder Marty oder Henry mag.

Freundschaftlich.

Aber die Intensität in seinen Augen lässt keine Schmetterlinge in meinem Bauch tanzen. Der Klang seiner Stimme lässt mir nicht die Knie weich werden. Der Geruch seiner Haut lässt mich nicht schmutzige, unanständige, geheime Dinge denken.

Es gibt nur einen einzigen Kerl, der das hinkriegt.

Nur einen einzigen, dem das je gelungen ist.

Wie bei jedem anderen Date also, das ich seit jenem frühen Morgen vor über fünf Jahren hatte, als ich die Treppe zum Coffee Shop hinuntergehüpft bin und vor einem atemberaubend attraktiven Bodyguard mit Hammerkrawatte stand, schweifen meine Gedanken von meinem Date ab … und geradewegs zurück zu Logan.

Das Gemälde vor mir zeigt eine stickende Frau mit einem kleinen Mädchen zu ihren Füßen. An der Wand daneben steht ein Zitat; ich glaube, es ist aus der Bibel: *«Als ich ein Kind war, redete ich wie ein Kind, dachte wie ein Kind und urteilte wie ein Kind. Als ich aber erwachsen wurde, tat ich ab, was kindisch war …»*

Ich sehe hinunter auf meinen Knöchel, wo mein kleines Zitronen-Tattoo prangt. Und ich spüre das Messerhalfter an meinem Oberschenkel, das ich wie einen Verlobungsring trage, andächtig, jeden Tag.

Es ist beinahe poetisch, verdammt.

Ich bin eine Betrügerin. Ich habe das Leben und seine Zitronen nicht ausgekostet. Stattdessen bin ich auf Nummer sicher gegangen. Habe mich geweigert, das größte Risiko von allen einzugehen. Ich muss ablegen, was kindisch ist. Schwärmereien aus der Highschoolzeit zum Beispiel und Mädchenträume von Bodyguards. Ich muss all das hinter mir lassen. Aber die einzige Möglichkeit, wie ich das je tun kann, ist, sie zu konfrontieren – *ihn* zu konfrontieren. Indem ich alles offenlege, mein nacktes, schlagendes Herz auf den Tisch lege, damit er es sieht. Und wenn er es mit einem Vorschlaghammer zerschmettert, nun … Dieses Spiel mit Analogien hat eine düstere Wendung genommen … Aber der Punkt ist: Logan will mich entweder genauso, wie ich ihn will, oder er will mich nicht. Und es ist Zeit, das herauszufinden. Es direkt aus seinem Mund zu hören. Dann kann ich weitermachen. Mein Leben weiterleben, mit ihm oder ohne ihn. Aber ich hoffe wirklich, wirklich, dass es mit ihm sein wird. Dass ich nicht die Einzige bin, die so empfindet.

George und ich sind hinüber zu einem kleinen Alkoven in der Ecke geschlendert, und ich lege meine Hand auf seinen Arm. «Ich muss dir etwas sagen.»

Er lächelt. «Ich habe gerade dasselbe gedacht.»

Und dann sprechen wir beide gleichzeitig.

«Ich kann es nicht erwarten, dich wiederzusehen.»

«Ich muss gehen.»

Als meine Worte zu ihm durchdringen, schiebt er die Hände in die Taschen, und seine Stirn legt sich in Falten. «Nun ... das ist jetzt peinlich.»

«Es tut mir leid. Du bist ein großartiger Kerl, ein phantastischer Kerl ... aber ... es gibt da einen anderen. Es gibt schon lange einen anderen, und ich habe keine Ahnung, was er für mich empfindet, aber ich muss es herausfinden. Ich muss der Sache eine Chance geben.»

George sieht mich ein paar Augenblicke lang an. Dann beugt er sich vor und küsst mich auf die Wange.

«Wer auch immer es ist, er ist ein Glückspilz.»

Ich lächle ein Dankeschön.

«Ich sage dem Chauffeur, er soll dich fahren.»

«Nein, das ist schon okay. Ich komme klar.» Ich lege meine Hand auf seine. «Gute Nacht, George.»

Georges zwei Bodyguards, die uns heute Abend wie ein Schatten gefolgt sind, bleiben bei ihm, während ich das Museum durch den Hintereingang verlasse und mir ein Taxi rufe. Es ist Zeit, mein Schicksal in die Hand zu nehmen, den Bullen bei den Hörnern zu packen, die Zitrone in beide Hände zu nehmen und das verdammte Ding bis auf den letzten Tropfen auszupressen.

14

ELLIE

Ich habe genug Achtziger-Jahre-Filme gesehen – *Pretty in Pink, Ein Offizier und Gentleman, Sixteen Candles* –, um zu wissen, wie das hier laufen sollte. Ich soll aus dem Taxi steigen, durch die Schwingtüren der Bar treten, während mir der Wind das Haar aus dem Gesicht weht, und den Raum absuchen, bis sich unsere Blicke treffen, dann schwillt die romantische Hintergrundmusik an. Ich hebe die Hand und winke ihn zu mir, dann küsst Logan mich wie verrückt und / oder schwingt mich hoch in seine Arme und trägt mich davon. Und Abspann.

Die Realität ist ... kein Achtziger-Jahre-Film.

Als ich also aus dem Taxi steige, klemme ich mir das Kleid in der Tür ein, und es gibt ein hässliches Ratschen und einen Riss. Auf dem Weg über die Straße trete ich in eine Pfütze und durchweiche meinen Schuh.

Himmelarschundzwirn.

Ich halte den Kopf gesenkt und vermeide Augenkontakt mit einer lauten Gruppe Typen, die vor der Tür der nächsten Bar rauchen, und dann lege ich die Hände um mein Gesicht und spähe durchs Fenster von Katy's Pub.

Da ist ein kleiner Raum mit einem hölzernen Tresen und ein paar runden Tischen und Stühlen. Im Hintergrund sehe ich einen Gang, durch den ein Mann in einem Flanellhemd und mit einem Billardqueue in der Hand hereinkommt. Logan sitzt am Tresen. Sein braunes Haar fällt ihm in die Stirn, und vor ihm steht ein großes Glas dunkles Bier. Eine hübsche Barkeeperin mit schulterlangen rotbraunen Haaren lehnt sich, auf einen Ellbogen gestützt, zu ihm. Und dann lacht Logan über etwas, das sie sagt; er lässt gerade, weiße Zähne aufblitzen, und seine Augen kräuseln sich beim Lachen.

Eifersucht, grün und hässlich, dampft mir förmlich aus den Ohren. Und obwohl der Anblick mir das Herz zerreißt, ist es, als wären meine Füße am Boden festzementiert und meine Hände mit Sekundenkleber an der Scheibe festgeklebt.

Und dann wird es noch schlimmer.

Ein kleines Mädchen mit schwingenden blonden Zöpfen und einem Schnuller im Mund kommt hinter dem Tresen hervorgerannt. Die Barkeeperin rennt ihr hinterher, aber Logan kommt ihr zuvor und schwingt die Kleine hoch in seine starken Arme. Er neigt den Kopf, redet mit dem Kind und droht spielerisch mit dem Finger, worauf die Kleine selig zu ihm hochlächelt. Und die Frau kommt um die Bar herum und bleibt dicht neben Logan stehen, um den beiden zuzusehen.

Sie sehen aus, als würden sie sich sehr gut kennen – zufrieden und glücklich. Sie sehen aus wie eine Familie, und es fühlt sich an, als würde ich innerlich bluten.

Jemand geht an mir vorbei in die Bar, was Logans Aufmerksamkeit zur Tür lenkt.

Zu mir. Seine Augen weiten sich, als er mich entdeckt, dann werden sie schmal. Seine Lippen formen meinen Namen, als könne er nicht glaube, was er sieht.

Scheiße.

Ich ergreife die Flucht. Haue ab. Nehme die Beine in die Hand.

Bin ich feige? Ja, ich renne die Straße entlang, als wäre ich wieder verfluchte siebzehn. Und dreißig Sekunden später ertönt seine Stimme hinter mir.

«Ellie! Hey! Warte!»

Ich bleibe stehen, weil ich sowieso nicht schneller bin als er. Schon gar nicht in diesen Schuhen. Tief durchatmend bereite ich mich darauf vor, zu lügen. Weil ich wohl doch noch nicht bereit bin, es ihm zu sagen. Nicht so, nicht hier draußen auf der Straße neben einer Mülltonne, die riecht, als würde da drin eine Leiche verwesen. Ich drehe mich um und setze ein breites Lächeln auf.

«Logan! Hey! Was für ein Zufall, dich hier zu treffen. Wie klein die Welt ist.»

Er starrt mein Kleid an, und sieht ... verwirrt aus. Logan ist nie verwirrt. «Was trägst du da?»

«Ein Kleid.»

«Du siehst ... verdammt phantastisch aus.»

Gerade als ich lächeln will, kommt er zu sich. Und Special Agent Stinksauer hat wieder das Kommando. «Was zum Teufel machst du hier, Ellie? Du sollst doch mit Fulton aus sein.»

«Mein Abend mit George war früh zu Ende. Mir war nicht danach. Also habe ich beschlossen ... mir die Sehenswürdigkeiten anzusehen.» Ich deute auf die ... Reihe heruntergekommener kleiner Häuser mit verwilderten Gärten und eingesunkenen Dächern. Das hätte ich besser durchdenken sollen. «Und ich habe mich verlaufen. Du kennst mich ja ... Dumme, gedankenlose Ellie.»

Er stemmt die Hände in die Hüften und schaut stirnrunzelnd, auf seine sexy Weise auf mich herab. «Du kannst nicht einfach so herumwandern, besonders nicht hier. Komm, ich bin mit meinem Wagen da, ich bring dich nach Hause.»

Ein Betrunkener an der Ecke lallt: «Ich bring dich nach Hause, Süße. Halt dich an meinem Schwanz fest, dann zeig ich dir, wo's langgeht.»

Logan und ich schreien ihn gleichzeitig an.

«Verpiss dich!»

«Geh zum Teufel!»

Dann gehen wir schweigend nebeneinanderher. Er sieht nach vorne, ich sehe ihn an, während ich versuche, den Mut aufzubringen, ihm alles zu sagen.

Stattdessen brechen andere Worte aus mir heraus. «Gehört sie zu dir?»

Logan runzelt die Stirn.

«Das kleine Mädchen», erkläre ich und spüre einen Besitzanspruch, von dem ich weiß, dass ich kein Recht dazu habe. «Ist sie deine Tochter?»

«Nein.»

Und alles in mir löst sich vor Erleichterung.

«Nein, sie ist die Tochter von Kathleen, der Barkeeperin. Ihrem Mann gehört der Pub. Connor. Ich war mit ihm in der Grundausbildung. Er ist immer noch bei der Armee, gerade in einem Einsatz. Ich sehe nach ihnen, wenn ich in der Gegend bin.»

Oh. Die Frau und das kleine Mädchen eines Freundes. Das ist besser. Das ist *großartig*.

«Das ist nett von dir.»

Wir erreichen den Parkplatz hinter dem Pub, und Logan führt mich zu einem sauberen grauen Nissan und öffnet die Tür für mich. Dann geht er um den Wagen herum, startet den Motor und fährt vom Parkplatz.

«Wohnst du hier in der Nähe?», frage ich, weil mir jetzt erst bewusst wird, dass ich die Antwort nicht kenne.

«Nein. Meine Wohnung ist außerhalb der Stadt, ungefähr zwanzig Minuten entfernt.»

«Oh.»

Wir schweigen eine ganze Weile.

Bis Logan fragt: «Möchtest du sehen, wo ich wohne?»

Eine Sekunde lang fehlen mir die Worte. Genauso gut hätte er mich fragen können, ob ich den Himmel sehen will. Oder Disneyland oder den Mars.

«Ja! Sehr gern. Machen wir das.»

Wir halten vor einem großen eingezäunten Grundstück am Ende einer ruhigen Straße. Das Mondlicht scheint auf ein zweistöckiges Backsteinhaus mit einer breiten umlaufenden Veranda, auf der eine weiße Hollywoodschaukel steht. An einer Seite des Hauses ist ein runder Erker mit spitzem Dach, wie ein Turm auf einer Burg. Eine kurze Auffahrt führt darauf zu, ungepflastert, mit ordentlich gestapeltem Baumaterial, einer Leiter und Eimern daneben.

Ich stehe staunend neben dem Auto.

«Wow.»

Und Logan beobachtet mich. Betrachtet mein Gesicht, jede meiner Reaktionen.

«Wann hast du das gekauft?», frage ich.

«Vor ein paar Jahren. Mein Dad hat mir etwas Geld hinterlassen, als er starb. Legal verdientes Geld, wie sich herausstellte, was überraschend war.»

«Dein Vater ist im Gefängnis gestorben?» Logan hat mir ein paar Dinge über seinen Vater erzählt, als ich mal die ganze

Nacht in der Bibliothek der NYU gebüffelt habe und er Dienst hatte. «Das tut mir leid.»

«Das muss es nicht. War kein besonders großer Verlust.» Er zuckt mit den Schultern. «Jedenfalls, weißt du noch, wie ich für eine Woche zurück nach Wessco ging?»

Allerdings. Vor allem weiß ich noch, dass es sich wie ein ganzer Monat anfühlte.

«Da habe ich mich um den Papierkram gekümmert, um seine Beerdigung. Und eines Nachmittags war es sonnig, und ich fuhr einfach nur in der Gegend herum, um den Kopf frei zu kriegen, ohne ein bestimmtes Ziel ... Ich nahm eine Münze und fing an, sie zu werfen, um mir den Weg zu zeigen.»

Ich lache. «Mein Navi! Das hast du von mir.»

Sein Blick wandert über mein Gesicht. «Ja, stimmt.»

Heiße kleine Explosionen gehen in mir hoch, Aufregung, Stolz, das erregende Gefühl, dass Logan an mich gedacht hat, sogar als er so weit fort war.

«Und da bin ich hier gelandet. Es stand zum Verkauf, so wie es war, nicht mal halb fertiggestellt, als ich es entdeckte, nur das Fundament und das Erdgeschoss. Aber es war ein gutes Fundament. Solide. Etwas, auf dem ich aufbauen konnte. Etwas, das Bestand haben würde.»

Er schaut hoch zu dem Haus, und ich mustere sein Profil. Diesen kräftigen, geraden Kiefer, den vollen, üppigen Schwung seines Mundes, als er mit diesem Akzent spricht, den ich so vergöttere.

«Ich habe einen Bauunternehmer beauftragt, es fertigzustellen, ein Dach draufzusetzen, nach den ursprünglichen Bauplänen, die beim Haus dabei waren. Und ich hatte einen Hausmeister, der auf das Grundstück achtete, während wir in

New York waren. Und seit wir wieder zu Hause sind, arbeite ich am Innenausbau. Mache es fertig, bewohnbar.»

Ich schaue hinüber zum Haus. Es ist stabil, sicher, und das Land drumherum ist ruhig und friedlich. Wenn es fertig ist, wird es ein einladender Ort sein ... Ein sicherer, glücklicher, wunderbarer Ort, an den man am Ende eines jeden Tages zurückkommen kann.

Ein Zuhause.

Und es ist, als würde sich eine Grube unter meinen Füßen auftun und mich verschlucken.

«Bleibst du in Wessco? Wenn wir alle wieder zurück nach New York gehen, nachdem die Babys geboren sind, wirst du dann ... nicht mit uns kommen?»

Er kneift die Augen zusammen, als würde er die Frage nicht verstehen. Dann schüttelt er den Kopf. «Natürlich komme ich mit euch zurück. Du ... Ich meine, meine Arbeit für den Prinzen.» Er sieht mir in die Augen. «Die bedeutet mir alles.»

Logan hebt die Hand zu seinem Haus. «Das hier ist für später, ein Ort, um mich irgendwann niederzulassen. Oder vielleicht wird es eine Investition.»

Und meine Füße sind wieder auf festem Boden.

«Möchtest du es von innen sehen?»

Ich nicke so heftig, dass ich ins Schwanken gerate. «Ja, sehr gern.»

Wir gehen gemeinsam den Weg entlang, Seite an Seite. Logan legt seine große Hand auf meinen Rücken, und meine Haut kribbelt. «Vorsichtig, hier liegt etwas Schutt. Ich will nicht, dass du hinfällst.»

Aber er würde mich auffangen.

Das Innere von Logans Haus sieht viktorianisch aus: im

Flur eine breite Treppe, alles ist offen und luftig, mit großen Zimmern, hohen Decken, abgeschliffenen, aber noch nicht versiegelten Holzböden. Logan greift hoch und zieht an einer Schnur, um die nackte Glühbirne anzumachen, die dort von einem langen Kabel hängt, wo eines Tages ein Kronleuchter sein wird. Die Wände sind noch unverputzt und lassen die Holzbalken, Ziegel und Kabel erkennen.

Mit behutsamen Schritten, weil es sich merkwürdigerweise so anfühlt, als wandle ich an einem heiligen Ort, folge ich Logan von Zimmer zu Zimmer. Wo einmal das Wohnzimmer sein wird, liegt nur eine Matratze auf dem Boden, bezogen mit einem sauberen Laken, darauf eine zusammengefaltete Bettdecke. Hier ist es, wo Logan schläft, wo er jede Nacht Haupt und Leib zur Ruhe legt. Vielleicht seinen *nackten* Leib. Die Matratze lädt mich ein, meine nackte Haut auf denselben Stoff zu schmiegen, der seine berührt hat, und mich darin herumzurollen und mich in seinem Duft zu baden.

Und es ist mir egal, wie verrückt das ist.

Trotz des Mangels an Küchengeräten – da sind nur leere Stellen und hervorstehende Kabel, wo der Herd und der Kühlschrank sein werden – ist die Küche einladend. Arbeitsplatten aus grauem Marmor, Schränke aus Kirschholz, ein Fliesenspiegel mit weißen und gläsernen Mosaikkacheln. Über der Edelstahlspüle ist ein Fenster mit Blick auf den Garten, der sogar das Geschirrspülen zu etwas machen wird, auf das man sich freuen kann.

«Du brauchst Vorhänge», sage ich.

«Ich hab noch gar keine Wände.»

Ich lache. «Vorhänge machen aus einem Haus ein Zuhause, Logan. Sie sind die Augenbrauen eines Hauses. Hast du schon mal gesehen, wie seltsam man ohne Augenbrauen aussieht? Das willst du diesem Haus hier nicht antun. Die anderen Häuser würden es verspotten.»

Und er lacht, ein tiefes, volles Poltern in seiner Brust, das ich an meiner Wange spüren will.

Seine Fingerspitzen fahren an meinem Arm hoch. «Komm, der beste Teil ist oben. Ich will ihn dir zeigen.» Logan nimmt eine Taschenlampe von der Arbeitsplatte und leuchtet uns den Weg die Treppe hoch, den Flur entlang und in das runde Turmzimmer. Das wird eines Tages das Schlafzimmer sein. Es ist riesig, so groß wie unsere ganze Wohnung über dem Coffee Shop in New York. Aber das ist nicht das Beste daran.

Das Beste ist die Decke. Über die gesamte Fläche geht ein Oberlicht und zeigt die dunkle Weite der Nacht und Hunderte von funkelnden Sternen, als wäre der Himmel die Zimmerdecke.

«Ins Glas sind Sonnenblenden eingebaut», erklärt Logan. «Sie schließen sich auf Knopfdruck, damit ich im Schlaf keinen Sonnenbrand bekomme.»

«Logan ...» Ich schnappe nach Luft. «Es ist *zauberhaft.*»

Er steht dicht neben mir, den Arm nur einen Millimeter von meinem entfernt. Sein Grinsen ist unbeschwert und entspannt. «Freut mich, dass es dir gefällt, Ellie.»

«Gerade, wenn ich denke, dass du mich nicht noch mehr erstaunen kannst, zeigst du mir das hier», sage ich atemlos.

Er wendet sich mir zu und senkt das Kinn. «Ich erstaune dich?»

«Ständig. Hast du schon immer.»

Und hier in diesem dunklen Raum, mit dem von oben kommenden Mondlicht, fühlt es sich geheim und sicher an. Bezaubernd und perfekt. Eine andere Welt, eine andere Dimension, in der nichts und niemand sonst existiert. Nur Logan und ich, zusammen, in diesem Moment, unter den Sternen.

«Logan?»

«Ja.»

«Denkst du … Denkst du je an mich?»

Er blinzelt nicht oder wendet sich ab. Seine dunklen Augen glänzen in den Schatten, halten meinen Blick fest.

«Ob ich …?»

Das schrille Klingeln seines Handys unterbricht ihn. Logan zieht das Handy aus der Tasche und nimmt es ans Ohr.

«Ja?» Seine Stirn legt sich in Falten, und er hält sich das andere Ohr zu, um besser zu verstehen. «Was? Wo bist du? Schon gut, schon gut. Ich komme sofort.»

Er drückt auf Auflegen.

«Wir müssen gehen.»

Wir fahren schweigend. Logans ganze Haltung hat sich durch diesen Anruf verändert. Er starrt mit einem Ausdruck auf die Straße, der «Leg dich nicht mit mir an» sagt, und umfasst das Lenkrad mit festem Griff. Seine Schultern sind angespannt, und an seinen Unterarmen treten die Sehnen hervor. Ich kenne die Gegend nicht, in die wir fahren. Die gepflegten Vorstadthäuser weichen heruntergekommenen, mit Graffiti beschmierten Gebäuden, mit Stacheldraht abgesperrten Grundstücken, verlassenen Häusern und Läden mit schwarzen Eisengittern vor jedem Fenster.

Wir biegen in eine dunkle Straße ein und parken am Bordstein vor einem baufälligen Haus. Logan langt unter seinen Sitz und nimmt eine kleine schwarze Waffe hervor. Sie ist winzig, irgendwie süß, soweit das möglich ist, wenn man mal über das ganze Den-Schädel-wegpusten-Können hinwegsieht. Er nimmt meine Hand und legt sie um den Griff der Waffe.

«Sag mir die Regeln auf», befiehlt er.

Sofort weiß ich, was er meint. Ein paar Wochen nachdem Logan mir gezeigt hat, wie man zuschlägt, und mir ein Messer um den Knöchel geschnallt hat, ist er mit mir zu einem Schießstand gefahren. Damit ich weiß, wie ich im Notfall eine Waffe benutze, ohne mich dabei selbst zu erschießen. Dazu gehörten Regeln, die er mich mehr als einmal aufsagen ließ.

«Nicht den Finger auf den Abzug legen, außer ich will abdrücken. Nicht auf irgendjemand richten, außer ich habe vor, auf ihn zu schießen. Auf niemanden schießen, außer ich will ihn töten.»

«Gut.» Er nickt. «Du bleibst im Wagen, mit verriegelten Türen. Falls jemand versucht, die Scheibe einzuschlagen, um reinzukommen, dann nicht warten, nicht warnen, du richtest einfach die Waffe auf ihn und drückst den Abzug – und zwar bis zum letzten Schuss. Hast du mich verstanden, Ellie?»

Ich nicke und sehe aus dem Fenster und über die Straße. Dann flüstere ich: «Logan, ist das hier East Amboy?»

Seine Mundwinkel zucken leicht. «Ja. Wenn ich die Wahl hätte, hätte ich dich nicht hergebracht, aber ich konnte dich nicht allein im Haus zurücklasssen.»

Ein Krachen und Schreie kommen aus dem Innern des Hauses.

«Ich muss rein.» Er sieht mir in die Augen. «Bleib in dem verdammten Wagen, Ellie. Ja?»

«Ja, mach ich.»

Und dann ist er fort. Rennt zum Haus und durch die Vordertür hinein.

Stille legt sich eng um mich. Sie ist unheimlich. Keine Autos hupen, niemand ist auf der Straße unterwegs, nicht mal ein Hund bellt. Das sind die Geräusche einer Stadt, die Geräusche des Lebens. Das Fehlen dieser Geräusche bedeutet, dass das Leben fortgezogen ist oder zu viel Angst hat herauszukommen. So oder so, das hier ist kein Ort, an dem man sein will.

Die Fliegengittertür des Hauses fliegt mit einem Knall auf und aus den Angeln. Logan steht auf der Vordertreppe und schmeißt einen Kerl buchstäblich raus auf den Bürgersteig. Er landet hart, kommt aber schnell wieder auf die Füße, ein langes Fleischermesser in der Hand. Logan schüttelt den Kopf und wirft sich auf ihn. Das Herz springt mir in die Kehle, als der Kerl mit dem Messer auf Logans Bauch zielt, aber Logan springt zurück, packt den Arm des Kerls und dreht ihm die Hand in unnatürlichem Winkel auf den Rücken. Der Kerl lässt das Messer fallen und geht schreiend in die Knie. Logan zerrt ihn hoch und rammt ihn mit dem Gesicht voran auf die Motorhaube des Wagens, in dem ich sitze.

«Das reicht, Logan. Das reicht.» Eine Frau kommt aus dem Haus, älter, klein, mit mehr Grau als Schwarz in ihren langen dunklen Haaren. Hinter ihr drängen noch ein paar Leute mehr heraus, und dann stehen sie alle um ihn herum, gleich draußen vor dem Auto. Eine Frau erregt besonders meine Aufmerksamkeit.

Sie ist dünn, vielleicht in ihren Dreißigern, mit demselben dunklen Haar, aber ihr Gesicht ... Sie sieht Logan auffallend ähnlich. Und da weiß ich es – diese Leute sind Logans Familie.

Die, über die er nie redet. Der Kerl, der immer noch auf die Motorhaube gedrückt wird, sieht auch wie Logan aus, wahrscheinlich ein Cousin, vielleicht ein Bruder.

Logan tritt das Messer auf dem Boden fort, dann nimmt er sein Handy aus der hinteren Hosentasche.

«Was tust du?», fragt die jüngere Frau.

«Ich rufe die Bullen, damit sie kommen und ihn holen.»

«Das kannst du nicht machen», sagt die ältere Frau. «Er ist doch schon auf Kaution draußen. Dann sperren sie ihn endgültig ein.»

«Wen zum Teufel juckt das?»

Die Frau stößt sich den Finger in die Brust. «*Mich* juckt das! Er ist mein Sohn.»

Logan zeigt auf das Haus. «Er ist mit einem Messer auf seinen Cousin losgegangen ...»

Jetzt mischt die junge Frau sich ein. «Du bist schon zu lange weg, Logan. Ian verdient gutes Geld, wir brauchen ihn.»

Aus der Menge kommt zustimmendes Brummen.

«Was zum Teufel sollen Mum und ich machen, wenn er eingesperrt ist?»

«Euch einen Job suchen, um Himmels willen! Einen ehrlichen. Geht zur Schule, baut euch selbst ein Leben auf!»

«Das hier ist unser Leben!»

Angewidert schüttelt Logan den Kopf. Und seine Schwester verzieht spöttisch das Gesicht.

«Du hältst dich für was Besseres. Der heilige Logan, der sich mit den Royals tummelt. Scheiß auf dich! Du bist nicht besser als der Rest von uns.»

«Oh doch, das bin ich», sagt Logan.

Und da schlägt sie ihn hart mitten ins Gesicht. Ich sehe,

wie sein Kopf zur Seite fliegt. Mein Verstand setzt aus. Ich bin blind vor rasender, gerechter Wut. Als die Schlampe Logan noch mal schlagen will, klettere ich aus dem Auto, richte die Pistole in den Himmel und drücke den gottverdammten Abzug. *WUMM!*

Für eine kleine Waffe hat sie verdammt viel Wumms. Jetzt habe ich die Aufmerksamkeit der Leute. Und die Regeln sind aber so was von vergessen. Ich richte die Waffe auf Logans Schwester. «Ihr ruft ihn zu Hilfe, er lässt alles stehen und liegen und kommt her, und dann schlägst du ihn, verdammte Scheiße? Auf keinen Fall. Auf. Keinen. Fall.»

Sie werden ihn nicht so behandeln. Nicht solange ich da bin.

«Ellie ...», sagt Logan scharf.

«Du wirst ihn nicht noch mal schlagen. *Nie* wieder! Kapiert?»

«Ellie», sagt Logan sanfter, weil ich jetzt schreie. Und meine Hand ein klein wenig zittert.

«Ich will, dass du dich bei ihm entschuldigst, auf der Stelle, verdammt.»

Logans Schwester beißt die Zähne zusammen und wirft mir giftige Blicke zu.

Ich senke den Arm und ziele auf ihren Fuß. Und ich werde es tun, das schwöre ich. Es wird sie nicht umbringen, aber ich wette, es tut höllisch weh.

«Und zwar so, dass ich es dir wirklich abkaufe, sonst verlierst du einen gottverdammten Zeh.»

«Ellie!», schnauzt Logan.

Aber ich ignoriere ihn.

Der Drecksack von einem Bruder lacht, und die Mutter scheint stark daran interessiert zu sein, mir höchstpersönlich den Kopf abzureißen, sobald sie die Gelegenheit kriegt. Aber mein Blick bleibt auf die Schwester geheftet.

Langsam dreht sie sich zu Logan um, ihre Stimme ist ein bisschen weniger hasserfüllt. «Es tut mir leid, Logan.»

Damit verpufft meine Wut. Und lässt mich ausgelaugt ... und traurig zurück. Weil es nicht so für ihn sein sollte. Er sollte geliebt werden und unterstützt und bewundert. Nicht so. Nicht diese schrecklichen Leute.

Kopfschüttelnd sehe ich sie an.

«Ihr verdient ihn nicht. Keiner von euch.»

Und ich lasse die Waffe sinken.

«Können wir jetzt bitte nach Hause fahren, Logan?»

Er lässt seinen Bruder auf der Motorhaube los, und sein Bruder schleicht, die Hand an die Brust gedrückt, zurück ins Haus. Dann dreht Logan sich zu seiner Mutter um, ruhig und bestimmt. «Ruf mich nie wieder an, Mum. Ich werde nicht kommen.»

Als wir beide im Auto sitzen, reiche ich ihm die Waffe, mit dem Lauf nach unten. Er nimmt sie kommentarlos, sichert sie mit einem Klicken und steckt sie zurück unter den Sitz.

«Alles okay?», frage ich.

«Es geht mir gut.»

Logan fährt los, die Straße runter und auf den Highway. Fort von diesem traurigen Ort.

Ich stoße einen langen Seufzer aus. «Das ist also deine Familie.»

«Das ist sie.»

Ich betrachte ihn, während er fährt. Weil ich es mag, ihm so nahe zu sein. «Du kannst so stolz auf dich sein.»

«Stolz?», schnaubt er ungläubig.

«Stolz darauf, dass du bist, wer du bist. Darauf, was du aus dir gemacht hast ... wenn das das ist, wo du herkommst.»

«Danke, Ellie», sagt er eine Minute später. «Und ich bin dankbar für das, was du vorhin gesagt hast. Wie du dich für mich eingesetzt hast ... das war süß.»

«Süß», sage ich verächtlich.

«Sehr süß?», versucht Logan es noch mal.

«Ich war knallhart. Ich war furchteinflößend. Bedrohlich. Grrrr.»

Und der Typ lacht mich aus. Wenn er nicht so umwerfend dabei aussehen würde, wäre ich stinksauer. Na ja, nicht wirklich.

«Du hast versprochen, im Auto zu bleiben», erinnert er mich.

«Da mein Aussteigen verhindert hat, dass du noch mal geschlagen wurdest», ahme ich Logan nach, indem ich meinen Worten den wessconischen Akzent verleihe, «verbuche ich das als einen Sieg.»

Er lacht erneut.

Nachdem er am Security-Checkpoint seinen Ausweis gezeigt hat, fährt Logan durch das hintere Tor des Palastes und zum Hof an der Westseite. Vor der Tür zu Nicholas' und Olivias Wohnung steht ein uniformierter Wächter, aber wir parken zum Verabschieden weit genug weg, unter einem Baum, dass es sich privat anfühlt. Intim. Die Luft im Auto ist schwer, und ich atme seinen Duft ein, nach Holz und frischer Luft und Mann. Ich beobachte, wie sein Puls an seinem Hals pocht, langsam und gleichmäßig, und ich möchte mich vorbeugen und ihn sanft auf diese Stelle küssen.

«Ich muss dir was sagen, Logan.»

«Es ist schon spät, Ellie. Du solltest ...»

«Aber ...»

«Du solltest reingehen. Jetzt.»

Die Worte kommen leichter heraus, als ich dachte. Einfacher. Weil sie die Wahrheit sind: «Ich mag dich, Logan.»

Er schließt die Augen, aber schockiert ist er nicht. «Ellie ...»

«Ich mochte dich schon immer. Es gab immer nur dich. *Immer.*»

«Du solltest das nicht ...»

«Und mehr noch als das ...»

«Nicht ...»

«Ich will dich. Ich will dich so sehr, dass es sich in manchen Nächten so anfühlt, als stünde meine Haut in Flammen. Ich verbrenne.»

«Verdammt ...»

«Ich kann nicht mehr denken, ich kann nicht mehr essen ... Wenn ich die Augen schließe, sehe ich dich.» Ich reibe mir den Nacken, und alles in mir ist angespannt und sehnsüchtig. «Wenn ich mich berühre ...»

«Gott, Ellie ...» Er klingt, als würde er ertrinken.

«... bist du es, dessen Berührungen ich spüre. Du, Logan.» Jetzt sagt er nichts mehr. Aber ich weiß, dass er mich hört.

«Spürst du es auch? Willst du mich, Logan?»

Seine Kehle bewegt sich, als er schluckt, und ich möchte ihn dort ablecken. Mit den Lippen an ihm saugen, dort an seinem Hals, an diesem männlichen Adamsapfel.

Als er spricht, hat er die Zähne zusammengebissen.

«Nein, das will ich nicht. Es … ist nicht dasselbe für mich.»

Seine Worte sind niederschmetternd. Mein Brustkorb krampft sich zu heftig zusammen, um Atem zu holen. Und es tut weh … Es tut so weh. Ich hatte gehofft und gewünscht … und gedacht – nach heute Abend –, dass er etwas für mich empfindet …

Aber dann hole ich nicht einfach nur Atem, ich schnappe keuchend nach Luft. Denn ich sehe in das Gesicht des Mannes, der mir erklärt hat, wie man erkennt, wenn jemand lügt. Sein Ausdruck ist leer und starr. Seine braunen Augen sind ausdruckslos und dumpf.

«Etwas an ihm wird unnatürlich wirken … eigenartig», hat er gesagt. *«Jedes Mal, wenn jemand Mühe in seine Worte legen muss, dann kannst du davon ausgehen, dass das, was er sagt, gequirlte Scheiße ist»*, hat er mir gesagt.

Und ein Lächeln breitet sich auf meinem Gesicht aus.

«Du lügst.»

15

LOGAN

Sie versucht, mich fertigzumachen. Mit ihren Worten, ihren Blicken, indem sie mich wie zufällig mit ihrem Arm und ihrer Hüfte streift, wenn sie an mir vorbeigeht, und mit dem winzigen, verführerischen Outfit, das sie heute trägt. Heiliger Himmel, in meinem Kopf herrscht Chaos. Und das schon, seit sie mich gestern Nacht im Auto angelächelt hat, mit einem Lächeln, das selbstbewusst und sicher war, und dann hat sie mich einen Lügner genannt. Auch als ich es geleugnet habe, wollte Ellie mir nicht glauben.

«Du hast gerade so was von gelogen. Heilige Scheiße!»

Meine Stimme ist kalt, schroff, um unser beider willen.

«Ellie, ich empfinde nicht das Gleiche ...»

«Magst du mich, Logan?»

Ich schlucke heftig. «Nein.»

«Das ist auch gelogen!», quietscht sie entzückt. «Das ist ja wie eine Superkraft! Fühlt es sich so an, du zu sein?»

Sie macht Anstalten, meine Brust zu berühren, und ich zucke in dem beengten Raum des Fahrzeugs zurück, als stünde ihre Hand in Flammen. Schlechte Idee.

«Hast du Angst, Logan?»

Ja. Schreckliche Angst. Vor einem Mädchen. Einem kleinen, verführerischen, schönen Mädchen, das mich um den Finger wickelt. Das mich vernichten könnte.

«Ich habe keine Angst.»

«Ich mache dir Angst. Diese Sache zwischen uns ...»

«Da ist nichts zwischen uns.»

Wegwerfend winkt sie ab. «Jetzt lügst du aber wirklich. Natürlich ist da was zwischen uns.» Sie ändert ihre Taktik, indem sie sich näher zu mir lehnt und ihre Stimme senkt. «Willst du mich küssen, Logan?»

Und schon allein die Worte ... Die bloße Andeutung weckt solch glühende Bilder in meinem Kopf, wie herrlich es sein würde, Ellie zu küssen – saugende Lippen, knabbernde Zähne und feuchte, suchende Zungen.

Ich klinge wie ein Mann, der gefoltert wird – weil ich das werde, im wahrsten Sinne des Wortes.

«Nein.»

Ellie befeuchtet ihre Lippen und atmet tief ein, was meinen Blick auf ihren Oberkörper lenkt. Ich bräuchte meinen Kopf nur wenige Zentimeter zu senken, um ihre Brüste zu kosten.

«Lügner», flüstert sie.

Und ich knurre. «Ellie ... Fuck.»

«Ja, dazu kommen wir noch.» Sie lächelt, so verdammt süß, dass ich sie um den Verstand küssen will, um sie dann übers Knie zu legen, ihr das Kleid hochzuschieben und sie auch dort zu küssen.

Ich drücke mir die Fäuste in die Augen, um diese Gedanken zu vertreiben. Die Situation wieder unter Kontrolle zu bringen. Dann zeige ich auf den Palast.

«Ellie ... Geh in dein Zimmer.»

Sie lacht mir ins Gesicht. «Willst du mitkommen?»

Himmel steh mir bei. «Nein.»

Durch irgendein Wunder steigt sie aus dem Auto, aber bevor sie die Tür schließt, sagt sie noch fröhlich: «Das war auch gelogen.»

Nachdem Ellie wieder sicher im Palast war, fuhr ich zu meinem Haus zurück – und fand keinen Frieden. Weil ich mit ihr dort gewesen war. Ich konnte sie in dem Haus riechen, als habe sie die Wände mit ihrem Orangenblütenduft getränkt, ich konnte sie in jedem Zimmer sehen. Ich hörte ihre Worte in meinem Kopf, die schönsten Worte, die sie je zu mir gesagt hat.

Ich will dich so sehr …

Wenn ich mich berühre …

Und dann tat ich dasselbe. Umfasste meinen Schwanz und stellte mir vor, dass es ihre zarte Hand wäre, holte mir auf dieser Matratze hart und schnell einen runter. Als ich kam, bog ich den Rücken durch, und es war ihr Name, der aus mir hervorbrach und von meinen leeren Wänden widerhallte.

Trotzdem konnte ich nicht schlafen. Ich holte mir noch mal einen runter, langsamer diesmal, ich zögerte es hinaus, stellte mir ihren geschmeidigen Körper vor, wie er an mir entlangglitt, all die Dinge, die sie mit mir tun würde, wenn ich sie ließe. All die Dinge, die sie mich mit ihr tun lassen würde. Schmutzige, dunkle, unanständige Dinge, die Orte, an denen ich sie vögeln würde, all die Stellen, an denen sie mich kommen lassen würde: in ihrem Mund, auf ihren Brüsten, in ihrem Haar, auf ihrem Hintern, tief in ihrer engen, heißen Pussy.

Es ist, als wären die Schleusen geöffnet worden, und all das uneingestandene Verlangen, all die Gedanken, die ich zurückgehalten habe, wüten jetzt ungehindert und außer Kontrolle. Es wäre so leicht nachzugeben. So verdammt phantastisch. Es schmerzt mich geradezu, wie gut es sein würde.

Aber dann schmerzt es aus einem anderen Grund.

Weil ich alles verlieren würde. Alles, was ich mir im Lauf der Jahre aufgebaut habe, meine Aufgabe, meine Berufung. Das ist alles, was ich habe. Die Jungs im Team, die Königsfamilie – sie sind meine Familie. Und falls ich diese Grenze mit Ellie überschreite, auch nur einen einzigen Zeh darübersetze, dann ist diese Familie verloren. In Rauch aufgegangen. Kein Zurück mehr, nicht nach so etwas.

Scheiße.

Ich überlegte kurz, mich für meine Schicht krank zu melden, nur um der Versuchung zu entgehen. Aber das kam mir feige vor.

Also bin ich jetzt hier, am späten Nachmittag, im Horny Goat, und sehe zu, wie Ellie auf der Bühne singt und tanzt, alles tut, was sie kann, um meinen Widerstand zu brechen. Um mich zu verführen, zu reizen, mich verdammt noch mal zu hypnotisieren.

Und es funktioniert.

Ich hätte lieber feige sein und mich krank melden sollen.

«Ellie will es heute wissen, was?», meint Tommy.

In der Tat. Sie hat schon eine ganze Playlist bedeutungsvoller Songs auf der Karaoke-Maschine durch: *What About Love*, *Angel of the Morning*, *Silver Springs*. Ich bin nicht blöd. Ich weiß, was sie damit sagt. Was sie mir sagt. Und jetzt setzt sie zu einem neuen Song an: *Piece of My Heart*. Ich sehe sie an, kann nichts anderes sehen. Sie legt sich wirklich ins Zeug, schließt die Augen und schmachtet wie die verdammte Janis Joplin. Rauft sich die Haare, schwingt ihren Hintern. Und ich bin hart. Wie ein Fels. Nur für Ellie.

Sie lässt ihr Becken kreisen, und ich stelle mir vor, wie ich diese schlanken Hüften nehme und festhalte, während sie mich reitet. Sich auf meinem Schwanz reibt.

«Fast, als würde sie für jemand Bestimmten singen.» Tommy stupst mich an. Ich stöhne.

Und die Augen dieses Wichsers funkeln regelrecht. «Gibt es

da vielleicht was, das du der ganzen Klasse mitteilen möchtest, Lo?»

«Nein.»

«*Take it …*», singt Ellie wie ein sehnsüchtiges Flehen.

Und *fuck*, die Vorstellung, wie sie mich süß anfleht, auf dem Rücken liegend, und mit diesen großen blauen Augen zu mir hochschaut, bringt mich fast um den Verstand. Ich mache tatsächlich einen Schritt auf die verdammte Bühne zu. Ich will sie packen, über meine Schulter werfen und ihren hübschen Hintern hier raustragen wie ein Höhlenmensch. Als würde sie mir gehören.

Stattdessen kehre ich der Bühne den Rücken und betrachte die glänzenden Flaschen hinter dem Tresen. Ich war nie ein großer Trinker, aber im Moment könnte ich einen Drink gebrauchen – oder auch ein Dutzend.

«Ich verschwinde. Sehe im Palast noch mal nach dem Rechten, dann mach ich für heute früher Schluss», sage ich zu Tommy. Und ich habe nicht mal ein schlechtes Gewissen deswegen. Denn Selbsterhaltung schlägt Feigheit allemal.

Tommy nickt langsam und wissend. «Tu das. Ich übernehme den Ellie-Dienst für den Rest des Abends. Lauf, Forrest, lauf.»

Ich zeige ihm den Mittelfinger.

Und gehe, verfolgt von Ellies Stimme, zur Tür hinaus.

♛

Ich lasse Tommy den Wagen beim Pub und trabe zu Fuß zurück zum Palast. Um meine Gedanken von Ellie abzulenken, überprüfe ich den Fortschritt der Nachforschungen in Bezug auf den Stalker von Lady Olivia und Prinz Nicholas. Wir haben den Kerl immer noch nicht erwischt. Es ist, als wäre er ein Geist, der hier und da seine widerlichen Briefe hinterlässt und sich dann in Luft auflöst. Und es wird schlimmer. Der letzte Brief enthielt Fotos. Schnappschüsse von Olivia im Palastgarten, beim Picknick mit ihrer Freundin Lady Francis, der Frau von Simon Barrister, und deren drei Jahre altem Sohn Jack.

Die Fotos wurden nicht mit einem Teleobjektiv gemacht, was bedeutet, dass der Bastard auf dem Palastgrundstück war. Und deshalb hat er sie geschickt: weil er uns wissen lassen will, dass er reingeschlüpft ist.

Dass er näher kommt. Wir haben die Security auf dem Gelände verstärkt, aber quälende Sorge nagt an mir. Wie Winston sagte: Irre gehören automatisch dazu. Sie sind nichts Ungewöhnliches für Leute, die so bekannt und mächtig sind wie die königliche Familie. Unter tausend Untertanen, die sie bewundern, gibt es einen, der sie auf dem Scheiterhaufen brennen sehen will.

Aber der hier ist unbehaglich hartnäckig. Und dreist. Er verursacht mir ein schlechtes Gefühl, und ich mache mir in Gedanken eine Notiz, morgen noch mal mit Winston darüber zu reden.

Etwa zur Abendessenszeit fahre ich vom Palast fort, aber nicht nach Hause. Das kann ich nicht. Zu viele Versuchungen dort. Die Priester sagten immer zu uns, vom Masturbieren könnte man blind werden – und ich brauche mein Augenlicht.

Stattdessen gehe ich in Katy's Pub. Ich werde begrüßt, als ich eintrete, lockere meine Krawatte, hole mir einen Krug Bier an der Theke und gehe ins Hinterzimmer, um ein wenig Billard zu spielen. Der Raum ist fensterlos und dunkel. Ein perfekter

Ort, um die Außenwelt auszublenden und sich die Zeit zu vertreiben. Ein Ort, um zu vergessen ... und sich zu verstecken.

Ich spiele ein paar Runden mit den Stammgästen. Dann spiele ich allein, konzentriere mich auf die schlichte Kunst, eine Billardkugel in die Tasche zu befördern. Es ist entspannend, ausgleichend – gewissermaßen meine Vorstellung von Yoga. Ein wenig später, nachdem ich die schwarze Acht in die Ecktasche eingelocht habe, richte ich mich auf, strecke den Nacken und gehe wieder raus zur Theke, um mir noch ein Bier zu holen.

Aber als ich den Schankraum betrete, sehe ich, dass sich die anderen Gäste und Kathleen, die ihre Tochter auf dem Arm trägt, am Tresen versammelt haben. Stumm und ernst blicken alle auf den kleinen Fernseher, der in der Ecke an der Wand montiert ist.

Mit einem Krachen fällt mir der Queue aus der Hand und zu Boden. Einen Moment lang kann ich mich nicht bewegen, nicht denken, nicht mal atmen, verdammt.

Wegen des Bildes auf diesem Bildschirm.

Des Bildes von schwarzem Rauch, der aus den Fenstern des Horny Goat quillt. Von heißen, roten Flammen, die an seinen Mauern emporlecken. Es einhüllen, es verschlingen, es aus dieser Welt tilgen. Als hätte es nie existiert.

«Armer Macalister», flüstert jemand. «Hoffentlich ist ihm nichts passiert.»

Und es ist, als würde meine Seele zu Staub zerfallen, als wäre ich eine Statue aus Sand, die sich im Wind auflöst. Weil ich weiß, weil ich es in meinen *Knochen* spüre, dass Ellie dort drin ist.

Innerhalb eines Herzschlags bin ich zur Tür hinaus. Ich

renne, schneller, als ich je gerannt bin. Es ist, als würde ich um mein Leben rennen ... denn das tue ich.

Mit schreienden Muskeln biege ich um die Ecke, meine Schuhe hämmern auf das Pflaster. Aber es fühlt sich an, als würde ich mich durch Flüssigkeit bewegen. Durch Gelatine. Wie in diesem Albtraum, den jeder schon mal hatte: Ich kämpfe und strenge mich an, aber ich kann nicht schnell genug rennen.

Beweg dich, verdammt!

Ihr Gesicht blitzt in meinem Kopf auf. Lächelnd. Lachend. Ihre funkelnden Augen und ihr beschwingter Schritt.

Ich habe es ihr versprochen. Ich habe geschworen, dass ich sie beschützen würde. Ihr Beschützer zu sein, damit sie ungehindert und frei leben kann. Und ich werde sie verdammt noch mal nicht im Stich lassen.

Jetzt kann ich den Rauch riechen. Wenn ich aufblicke, werde ich den grauen Dunst und die Asche in der Luft sehen, aber meine Augen sind auf den Boden gerichtet, auf meine Füße, die mich Schritt für Schritt näher bringen. Zu ihr.

Ich komme. Ich bin fast da.

Da ist kein Platz für Kummer oder Anschuldigungen. Noch nicht.

Ich sehe in Gedanken vor mir, wie es laufen wird. Wie ich sie finde, sie erreiche, sie auf die Arme nehme, vor der Hitze abschirme. Sie von den Flammen forttrage. Ich werde für sie da sein.

Ich werde sie retten.

Denn das ist, was ich bin. Das ist es, was ich tue. Es ist der Grund, warum ich hier bin – der einzige Grund, warum ich lebe. Und sie gehört mir. Ellie gehört mir, um sie zu bewahren und festzuhalten. Zu retten und zu beschützen. Für immer und ewig.

Endlich sehe ich das Goat vor mir. Mein Blick findet die Tür, in Flammen gehüllt. Ich dränge und schubse und stoße mich durch die Menge. Die Hitze auf meinem Gesicht ist sengend, erstickend. Der beißende Rauch in der Luft reizt meine Lunge. Aber das ist egal, sie ist da drin, also muss ich auch dort drin sein.

Ich lasse die letzten Menschen hinter mir und bin nur noch wenige Schritte von der Tür entfernt ... als ich von hinten angefallen und zu Boden gerissen werde.

Mein Herz brüllt auf, auch wenn meine Kehle es nicht kann. Ich kämpfe und schlage um mich, bereit, alles und jeden zu vernichten, der mich aufhält.

Aber ein weiteres Gewicht wirft sich auf mich, und noch eines, um mich auf dem Boden festzunageln.

Später erfahre ich, dass es die Feuerwehrmänner waren, die mich festhielten. Sie schreien mir ins Ohr, aber ich höre sie nicht. Ich sehe nur die Tür.

Und dann schreie ich. Schreie mir die Lunge wund.

Nach ihr. Rufe ihren Namen.

Aber ich kann meine eigene Stimme nicht hören. Sie wird übertönt von dem Inferno und dem ohrenbetäubenden Krachen von splitterndem Holz – als das Dach des Horny Goat einbricht und eine Eruption dunkelroter Funken in die Luft stieben lässt wie ein Vulkan.

Und alles und jeder wird von den Flammen verschlungen.

16

LOGAN

«Wo waren Sie?»

Olivia, die Herzogin von Fairstone, meine Lady und so viel mehr, sieht mit aschfahlem Gesicht auf mich herunter. Ich weiß nicht, ob sie anklagend klingen will, aber ich höre die Schuldzuweisung in ihrer Stimme.

Wo waren Sie? Warum waren Sie nicht da? Was haben Sie gemacht, Sie wertloses Arschloch?

Oder vielleicht … vielleicht sind es nur mein eigenen Schuldgefühle, die mich bei lebendigem Leib verbrennen.

Ich öffne den Mund, um zu antworten, aber die Worte bleiben in meiner Kehle stecken. Ich muss mich räuspern, bevor ich sprechen kann.

«Sie war mit Tommy zusammen. Ich bin früher gegangen.»

Wir sind im vorderen Salon von Guthrie House. Wo wir uns versammelt haben, Olivia, Nicholas, Henry, Sarah und ich, um auf Nachrichten zu warten, während die Brandinspektoren ermitteln und Winston und seine Armee dunkler Anzüge Spuren verfolgen. Evan Macalister, der Besitzer des Goat, liegt mit Rauchvergiftung im Krankenhaus. Tommy liegt ein Stockwerk unter ihm, bewusstlos, mit Gehirnerschütterung durch einen herabstürzenden Balken. Beide wurden aus dem brennenden Gebäude geschleppt, die anderen Gäste schafften es alle selbst heraus.

Bis auf Ellie.

«Warum?», fragt Olivia.

Ich reibe mir die Augen. «Ich ...» *Konzentrier dich. Brich jetzt nicht zusammen, verdammt.* «Ich kann mich nicht erinnern ...»

Als ich siebzehn war, beim Militär, habe ich einen Mann neben mir sterben sehen. Ein Scharfschütze traf ihn mitten ins Herz. Ich erinnere mich, dass ich das Loch in seiner Jacke sah, die versengten Stoffränder. Er hat nicht geblutet, nicht sofort. Und er ist nicht gleich umgefallen, er blieb stehen.

Ein stehender Toter, der auf die Wunde in seiner Brust hinunterblickt. Darauf wartet zu verbluten. Das ist es, was ich gerade tue. Der Schmerz ist da, eine nie gekannte, heftige Qual. Aber ich spüre den Schmerz nicht. Ich kann ihn wahrnehmen, als wäre er auf der anderen Seite einer Mauer aufgestaut, eine ansteigende Flut. Und ich muss ihn zurückhalten, nur noch ein bisschen länger.

Ich darf nicht an sie denken. Darf mir ihr Gesicht nicht in Gedanken vorstellen. Diese unvergesslichen blauen Augen, die schönsten, die ich je gesehen habe. Den Klang ihrer Stimme ... ihr Lachen. Ein falsches Wort, ein Gedanke, und der Schmerz wird über die Mauer wogen. Er wird mich in die Knie zwingen, und ich glaube nicht ... Ich kann mir nicht vorstellen, wie ich je wieder aufstehen werde.

Prinz Nicholas betritt das Zimmer, und seine Miene ist angespannt und zögernd. Olivia sieht es auch.

«Was ist los?» Sie schaut über seine Schulter, um zu sehen, ob ihm noch jemand folgt. «Man hat dir etwas gesagt. Das sehe ich dir an. Was ist es, Nicholas?» Olivias Stimme wird schärfer, beinahe hysterisch. «Du musst es mir sagen!»

Er nimmt ihren Arm, streichelt ihr Haar und legt dann die flache Hand auf ihren runden Bauch. «Ruhig, Liebling. Beruhige dich.» Dann schaut Nicholas zu Boden. «Sie haben etwas gefunden, ein Handy, von dem sie glauben, dass es Ellie gehören könnte. Sie wollen wissen, ob du es identifizieren kannst.»

Olivia nickt, worauf Nicholas dem Mann draußen vor der Tür winkt. Er tritt ein und zeigt uns eine durchsichtige Plastiktüte. Darin ist ein verkohlter, entstellter Klumpen. Als er ihn umdreht, sehe ich Spuren der rosa Handyhülle und Überreste von etwas, das einmal ein strassbesetztes E war.

Sie hat sie an einem Sonntag gekauft, an einem der Kunsthandwerksstände des Frühlingsmarkts, nur wenige Tage nachdem wir in Wessco angekommen waren. Das Ding kam mir wie gewöhnlicher Tand vor, aber für Ellie war es ein Schatz. *Die ist handgemacht, auf der ganzen Welt gibt es keine, die genauso ist*, hat sie gesagt. Und sie hat so strahlend gelächelt. So glücklich.

Olivia starrt die Hülle ein paar Sekunden lang an, dann bricht ihre Beherrschung in sich zusammen. Sie hält sich die Hände vor den Mund, und ein Laut kommt aus ihrer Kehle, ein schrecklicher, winselnder, klagender Laut.

Nicholas zieht sie in seine Arme, aber sie wehrt sich und krallt die Finger in die Vorderseite seines Hemds, während ihr Tränen übers Gesicht strömen. «Ich würde es wissen, Nicholas. Hör mir zu. Ich würde es spüren. Ich würde es wissen, wenn sie …»

Olivia kneift die Augen zu und schüttelt den Kopf.

Und meine Mauer wird schwächer und bekommt Risse.

«Ich glaube es nicht», flüstert sie, wie ein Gebet oder einen Wunsch. «Ich glaube es nicht.»

«Schhh …» Nicholas nimmt ihr Gesicht in die Hände, wischt ihr die Tränen mit den Daumen fort und schwört: «Dann werde ich es auch nicht glauben.»

Einen Moment lang sehen sie einander in die Augen, dann holt Olivia schniefend einen tiefen Atemzug und versucht, sich zusammenzureißen. Sie wischt sich mit einer Hand über die feuchten Wangen und hält mit der anderen ihren Bauch. «Mein Dad ... Ich muss ihn anrufen. Ich will nicht, dass er aus den Nachrichten davon erfährt ...»

Henry steht auf, hält aber weiter Lady Sarahs Hand, die neben dem Kamin sitzt. «Granny hat schon mit deinem Vater gesprochen. Der Jet ist unterwegs nach New York. Um ihn herzubringen.»

Die Realität dessen, was das bedeutet, drückt mich nieder: Die Queen glaubt nicht, dass das hier mit einem Anruf von Ellie enden wird, mit dem sie ein albernes Missverständnis oder Missgeschick aufklärt. Sie glaubt, dass es anders enden wird. Auf eine Weise, die erfordert, dass Eric Hammond hier bei seiner einzigen ihm verbliebenen Tochter ist, weil diese ihn brauchen wird. Sie werden einander brauchen.

Und die Flut steigt höher.

Ich stehe auf, schnell und steif, ein guter Zinnsoldat.

«Ich muss gehen.» *Ich muss hier raus.*

«Ich fahre ins Krankenhaus, um nachzusehen, ob Tommy schon aufgewacht ist. Ich berichte, falls er irgendetwas sagt.»

Sobald Prinz Nicholas mir zunickt, bin ich zur Tür hinaus. Ich renne beinahe.

Aber im Flur hält eine Stimme mich auf. «Logan.»

Es ist Lady Sarah. Langsam drehe ich mich zu ihr um, und ihre großen braunen Augen schwimmen vor Mitgefühl.

«Ich ... Ich wollte Sie nur wissen lassen, was auch immer geschieht, das hier ist nicht Ihre Schuld. Ich weiß, es kann sich so anfühlen», sie schüttelt den Kopf, «aber das ist es nicht.»

Sie ist ein gütiges Mädchen. Sanftmut strahlt von ihr aus und hüllt jeden in ihrer Nähe ein wie eine tröstende Decke. Deshalb reagiert Henry so beschützerisch, was sie angeht, deshalb behütet er sie so sorgfältig.

Aber im Moment könnte mich dieser Trost zerschmettern.

Also nicke ich wortlos, mit angespanntem, hartem, wahrscheinlich wütendem Gesicht. Dann verbeuge ich mich rasch und gehe, so schnell ich kann.

♛

Im sterilen, kalten Krankenhaus, vor Tommys Zimmer, wird mir bewusst, dass ich aussehe wie alte Hundescheiße. Meine Wangen und Hände sind blutig, weil die Feuerwehrmänner mich in den Schotter gedrückt haben. Ich bin mit schwarzem Ruß überzogen und rieche wie eine Feuergrube aus der Hölle. Fremde gehen vorbei und mustern mich abwechselnd mit Schock, Sorge oder Argwohn.

Und das ist mir verdammt noch mal egal. Ich fühle nichts.

Irgendwo läuft ein Fernseher, ein Nachrichten-Update über das Feuer, aber ich blende es aus.

Durch das Fenster in der Tür zum Krankenzimmer begegnet mein Blick den leuchtend grünen Augen von Janey Sullivan, Tommys feuriger rothaariger älterer Schwester. Ohne zu zögern, kommt sie heraus und nimmt mich in ihre langen, starken Arme.

«Hey, Lo.»

Beim Anblick von Tommy, der mit geschlossenen Augen und unnatürlich reglos im Krankenhausbett liegt, hebe ich das Kinn.

«Wie geht's ihm?»

Janey neigt den Kopf. «Mein Bruder war schon immer ein Dickschädel, diesmal kam ihm das gelegen. Der Arzt sagt, er kommt wieder in Ordnung ...»

Neben Tommys Bett führen Mr. und Mrs. Sullivan eine ausufernde Unterhaltung mit ihrem Sohn, ohne dass er ein Wort sagt.

«... solange meine Mum und mein Dad ihn nicht zu Tode quatschen.»

Ich schnaube, bringe aber einfach kein Lächeln zustande. Dann wird Janeys Gesicht ernst und ihre Stimme weicher. «Es heißt, Herzogin Olivias Schwester wird vermisst.»

Hitze steigt mir in die Kehle, schnürt mir die Luft ab.

Ich nicke.

«Tommy sagte, ihr zwei steht euch nahe?»

Tausend Erinnerungen stürmen auf mich ein, und ich schließe die Augen, um mich darauf zu konzentrieren, sie zurückzudrängen.

«Oh, Logan. Es tut mir so leid.»

Ich schüttle den Kopf und reibe mir die brennenden Augen. «Man sucht noch nach ihr. Es ist noch nichts offiziell.»

Janey legt mir die Hand auf die Schulter und drückt sie. «Falls du irgendetwas brauchst, wir sind da. Du gehörst auch zur Familie. Meistens mögen wir dich sogar lieber als Tommy.»

Das bewirkt ein leichtes Zucken um meine Mundwinkel, kein richtiges Lächeln, aber ich fühle mich ein bisschen besser. Was Tommy gesagt hat, stimmt – Janey ist echt tough.

Ich zeige auf die Tür zu seinem Zimmer. «Kann ich rein?»

«Ja, sicher. Komm, ich schleppe meine Eltern nach unten,

was zu essen besorgen, damit du dich eine Weile zu ihm setzen kannst. Ein bisschen Ruhe wird ihm guttun.»

Nachdem die Sullivans das Zimmer verlassen haben, setze ich mich auf den Stuhl neben Tommy, dabei bemerke ich seine schreckliche Gesichtsfarbe. Er ist fast so weiß wie die Laken. An seinem Hinterkopf ist ein Verband, der mehrere Dutzend Klammern und Stiche verdeckt, die sie brauchten, um die Platzwunde zu schließen. Eindringlich sehe ich ihn an, als könne ich meinen besten Freund mit reiner Willenskraft dazu bringen, die Augen zu öffnen.

«Ich verliere gerade meinen verdammten Verstand, Tommy. Du musst aufwachen, Kumpel, ich brauche dich.» Ich beuge mich vor und stütze die Ellbogen auf meine Knie. «Du musst mir sagen, dass du weißt, wo sie ist. Dass du sie irgendwo abgesetzt hast ... oder dass sie mit irgendeinem Typen mitgegangen ist, sogar das wär mir egal. Solange sie nur in Sicherheit ist. Solange es ihr nur gutgeht.»

Hinter meinen Augen baut sich Druck auf, der mir die Sicht verschwimmen lässt. Und meine Stimme bricht. «Du musst das wirklich unbedingt für mich tun. Du bist die einzige Hoffnung, die ich noch habe.»

Reue ist die schärfste Klinge. Sie sticht zu, zerschneidet mir die Eingeweide, als ich nach Hause gehe. Es ist jetzt dunkel und regnet. Ein kalter, gleichmäßiger Wolkenbruch, der mir die Kleider durchtränkt und meine Haut betäubt.

Aber ich bin nicht betäubt.

Denn meine Mauer ist eingebrochen. Mit großen, schweren

Brocken in sich zusammengestürzt. Ich kämpfe nicht gegen den Schmerz an, als er auf mich einstürzt, mich verschlingt. In der Auffahrt vor meinem Haus im Auto sitzend, lasse ich mich darin versinken, lasse mich völlig verschlucken.

Als ich aussteige, durchnässt mich der Regen. Ich stütze mich mit einer Hand auf dem Autodach ab und stöhne vor Kummer. Vor Qual.

Nette Krawatte.

Sie war hier. Sie war wunderschön und kostbar und so lebendig.

Eines Tages ... werde ich dich auch retten.

Und ich hatte all diese Jahre, all diese Momente, in denen ich wusste, was ich für sie empfinde, aber ich war zu verdammt vorsichtig, um etwas zu unternehmen.

Ich mag dich, Logan.

Männer sollten nicht zögerlich sein. Nicht Männer wie ich. Und nicht bei Frauen wie ihr. Sie war nicht einfach nur irgendein Mädchen. Das war sie nie. Vom allerersten Moment an nicht.

Denkst du je an mich?

Ihre Worte schweben durch meinen Verstand, sich flüsternd wiederholend wie ein quälendes Lied, als ich zur Haustür gehe.

Es gab immer nur dich. Immer.

So viele Fehler und verpasste Chancen.

Spürst du es auch?

Und das tut mir leid. Es tut mir so verdammt leid.

Ich sinke auf die Knie, weil meine Beine sich weigern, mich weiter zu tragen. Ich biege den Rücken durch, hebe das Gesicht zum Himmel und lasse den Regen sich mit der Reue und dem Kummer vermischen, die mir aus den Augen sickern.

Weil ich es ihr hätte sagen sollen. Ich hätte ihr diese Worte schenken sollen. Ich würde alles dafür geben … Ich würde für die Gelegenheit sterben, zurückzugehen und es ihr jetzt zu sagen. Ihr die Wahrheit zu sagen.

Ich spüre es auch, Ellie. Das habe ich immer.

17

ELLIE

Ein weißes Licht.

Das ist das Erste, was ich sehe, als ich die Augen öffne. Ich kneife sie wieder zu und blinzle dann gegen die Helligkeit an. Und höre das Platschen von Wasser. Nein ... Regen. Regentropfen auf einem Dach. *Raindrops on rooftops and whiskers on kittens ...*

Wenn ich aus *The Sound of Music* zitiere, dann muss ich wirklich hinüber sein – ein Gläschen zu viel flüssigen Mut im Goat. Ich brauche eine Minute, um aufzuwachen und mir bewusst zu werden, wo ich bin. Auf wessen Dach der Regen prasselt und wie zum Teufel ich hier hergekommen bin.

Und dann erinnere ich mich. Ich lege eine Hand über meine Augen, um sie vom Licht abzuschirmen, das über mir auf der Veranda angegangen ist.

Logans Haus.

Ich wollte ihn sehen, mit ihm reden, und ich wusste, das konnte ich nicht unter Tommys wachsamem Blick tun. Also zwängte ich mich, bald nachdem Logan abgehauen war, durchs Toilettenfenster. Zum Glück hat Gott mich so klein und zart gemacht, wie ich bin. Das Fenster war nämlich wirklich verdammt eng. Dann spurtete ich die Gasse hoch, erwischte ein Taxi und kam her.

Aber, natürlich – kein Logan. Und wie eine Idiotin habe ich mein Handy im Pub liegenlassen und konnte ihn nicht mal anrufen. Seine Hollywoodschaukel auf der Veranda sah mächtig bequem aus, und jetzt kann ich bestätigen, dass sie ein Traum ist.

Ich setze mich auf, reibe mir die Augen und streiche mir übers Haar. Und dann kommt ein Geräusch von drüben, bei den Stufen. Es ist ein Wimmern, wie ein Laut, den ein verwundetes Tier von sich geben würde. Langsam stehe ich auf und gehe hinüber, und da sehe ich ihn.

Logan, draußen im Regen, in der Einfahrt kniend, vornübergebeugt presst er die Stirn auf die unterste Stufe und stöhnt Worte, die ich nicht verstehen kann. Und ich weiß, dass etwas Schreckliches passiert ist.

«Logan?»

Er fährt hoch, die Augen weit aufgerissen und der Blick wilder, als ich ihn je gesehen habe. Außer Kontrolle. An seiner Wange ist ein Schnitt, und schwarze Schmutzstreifen sind auf seinen Kleidern. Er öffnet den Mund, dann macht er ihn wieder zu. Schwer atmend starrt er mich an.

«Bist du ... bist du real?» Er streckt die Hand nach mir aus. Und sie zittert.

Ich gehe die Stufen runter, in den Regen. «Natürlich bin ich real, Logan.» Ich spüre, wie Tränen in meine Augen steigen. Weil er so verzweifelt aussieht. «Geht es dir gut? Bist du verletzt? Was ist passiert?»

Ich knie mich auf den durchweichten Weg, nehme seine Hand und lege sie an meine Wange. Und sobald er mich berührt, holt er einen tiefen, rauen Atemzug und reißt mich an sich. Er hüllt mich in seine Arme. Voll und ganz. Als versuche er, mich in sich aufzunehmen. Er drückt mich so fest, dass mir das Atmen schwerfällt.

Und es ist nicht nur seine Hand, die zittert. Er zittert überall.

Also streichle ich seinen Rücken und flüstere: «Ist schon gut. Alles ist gut, Logan. Ich bin hier. *Schhh* ... Ich hab dich.»

Ein Beben schüttelt ihn. «Du warst nicht da», stöhnt er an meinem Hals. «Du warst nicht da, und niemand wusste ... Ich konnte dich nicht finden.» Er zieht sich zurück, und sein Gesicht ist untröstlich und wütend zugleich. Er hält mich an den Armen und schüttelt mich leicht. «Mach das nicht noch mal. Nie wieder!»

«Okay», beschwichtige ich ihn und streichle seine regennassen Wangen. «Ich werde das nie wieder machen. Du wirst mich immer finden können, das verspreche ich.»

«Immer», beharrt er, während er mich an seinen Körper drückt.

«Ja. Immer.» Ich bekomme die Worte kaum heraus, bevor Logans Mund auf meinem ist. Mich bedeckt, mich in Besitz nimmt. Seine Hände gleiten in mein Haar, halten mich beinahe verzweifelt fest, während er die Lippen mit einem rauen Stöhnen hart auf meine presst, um sie rastlos zu kosten.

Es ist kein sanfter, freudiger Kuss; er ist drängend und fordernd. Fieberhaft. Was auch immer passiert ist, es hat ihn schrecklich erschüttert, und ich weiß tief in meinem Innern, dass er das hier braucht – mich einfach zu spüren. Logans Lippen wandern zu meinem Mundwinkel, über meine Wange und meine geschlossenen Augen, ziehen einen Pfad rauer Küsse zu meiner Stirn empor. Dort hält er inne und erschaudert an meiner Haut.

Der Regen prasselt auf uns nieder, macht unsere Kleider schwer, tropft von unseren Haarspitzen, läuft in Rinnsalen über unsere Hände. Logan presst seine Stirn an meine, hält aber die Augen fest geschlossen.

Seine Worte klingen leblos. Leer. «Es gab ein Feuer im Goat. Es ist fort.» Dann zuckt er zusammen. «Ich dachte, du wärst auch fort. Ich dachte, ich hätte dich verloren.»

Meine Hände sind an seinem Hals, seinem Kiefer, ziehen ihn näher zu mir. Und das Entsetzen über das, was er sagt, dringt langsam in meinen Verstand und schnürt mir die Kehle zu. «Oh nein! Das tut mir so leid, Logan. Ich bin hierhergekommen, zu dir. Ich wusste nichts davon. Du hast mich nicht verloren. Ich bin hier. Ich bin genau hier.»

Und jetzt weine ich; Tränen strömen zusammen mit dem Regen über mein Gesicht.

Logan öffnet seine schönen braunen Augen, funkelnde Wassertropfen hängen an seinen schweren, dunklen Wimpern. Und seine Stimme ist klar und deutlich.

«Ich denke an dich.»

Mir stockt der Atem. «Wirklich?»

Er streicht mir das nasse Haar zurück, die Stirn immer noch an meine gedrückt. «Ständig.» Er streichelt meine Wange. «Ich mag dich.»

Und dann weine und lächle ich gleichzeitig. «Ich hatte gehofft, dass du das sagst.»

Er fährt mit seinem Daumen über meine Unterlippe und sieht mir in die Augen. «Ich spüre es auch, Ellie.»

«Wirklich?»

Wieder nickt er. «Das habe ich schon immer. Vom allerersten Moment an.»

Meine Finger streichen über die Bartstoppeln an seinem Kiefer, seinem Kinn, seinem Hals. Ich will ihn einfach nur berühren. Und dann, so sanft, nimmt Logan mein Gesicht in die Hände und küsst mich. Zuerst ist es der Hauch einer Berührung, ein sanftes Streifen seiner Lippen. Ich hebe die Hände und dränge mich an ihn, erwidere seinen Kuss, spüre seine weichen, vollen Lippen. Ich nehme ebenso viel, wie ich gebe, jede Empfindung auskostend. Ich seufze auf, als ich die Berührung seiner Zunge spüre. Langsam und erkundend, aber entschlossen. Sie gleitet und liebkost, und mein Bauch zieht sich auf verzweifelte, herrliche Weise zusammen. Logan saugt leicht an meiner Unterlippe, dann, mit einem Seufzen, das sich bedauernd anfühlt, zieht er sich zurück. Seine Hände gleiten aus meinem Haar, hinunter zu meinen Schultern, über meine Arme, als wolle er nie mehr aufhören, mich zu berühren.

«Wir müssen zum Palast. Deine Schwester ...»

«Oh Gott, Liv. Sie muss völlig fertig sein.»

Ich bin die schlechteste Schwester aller Zeiten. Jemand sollte mir eine Tasse bedrucken. «Ich muss sie anrufen.»

Logan richtet uns beide auf und hält meine Hand weiter fest, als wir durch den Regen zu seinem Auto in der schlammigen Einfahrt gehen. «Ich habe mein Handy hier, ruf sie von unterwegs an.»

LOGAN

Es gibt Tränen und Umarmungen, als ich Ellie zurück in den Palast bringe. Wir gehen direkt in den gelben Salon, weil die Queen persönlich sehen möchte, dass Ellie lebt und wohlauf ist. Henry und Sarah sind auch da, ebenso wie Prinz Nicholas und Olivia. Schluchzend stürzt sie sich auf Ellie, sobald wir den Raum betreten, und dann schluchzt Ellie auch. Und entschuldigt sich. Wie sie die Geschichte erzählt, hat sie das Goat verlassen, um etwas frische Luft zu schnappen, und sich dann verlaufen. Dann, Stunden später, traf sie mich zufällig auf der Straße, als ich vom Krankenhaus nach Hause ging.

Es ist der größte Haufen Mist, den ich je gehört habe. Es ergibt nicht mal Sinn ... Aber sie sind alle so glücklich, so erleichtert, dass niemand die Geschichte hinterfragt.

Ich bestätige nicht, was sie sagt. Ich verziehe keine Miene, bleibe neutral. Ich werde Nicholas nicht anlügen, niemals. Aber ich habe nicht die Absicht, die Unterhaltung, die zwischen ihm und mir ansteht, heute Abend zu führen.

Ich habe andere Pläne, wichtige Pläne, und brenne darauf, sie in die Tat umzusetzen.

Die Verwirklichung dieser Pläne verzögert sich, als die Queen nach Wein rufen lässt. Albert, der Butler, reicht mir ein Glas, und ich nehme es, stoße mit allen an und trinke, aber es ist völlig bizarr. Mit dieser Gruppe wichtiger Leute zu trinken, als wäre ich einer von ihnen. Als würde ich in diesen Raum gehören anstatt nach draußen, um die Tür zu bewachen.

Ich schiebe den Gedanken beiseite, als Ellie Olivias Handy benutzt, um ihren Vater in New York anzurufen. Und es folgen noch mehr Tränen. Eric Hammond wird in ein paar Tagen zu Besuch kommen, aber nun, da Ellie gefunden wurde, legt sich die verrückte, trauernde Hast, zu Olivia zu kommen.

Nachdem Ellie aufgelegt hat und die Weingläser fortgebracht wurden, scheint es an der Zeit, sich zu verabschieden. Den Abend zu beenden. Meine Pläne in die Tat umzusetzen. Aber wieder gibt es eine Verzögerung.

Und damit habe ich nicht gerechnet. Ich glaube, das hat niemand.

«Wir wollen heiraten», informiert Henry, Sarahs Hand haltend, die Queen. Ihre Majestät nickt. «Ja, natürlich. Und bis dahin gibt es noch viel zu tun.»

«Nein.» Der Prinz schüttelt den Kopf. «Wir wollen heute Abend heiraten. Hier. Jetzt.»

Ich glaube nicht, dass ich die Queen je verwirrt gesehen habe. Ich glaube nicht, dass irgendjemand die Queen je verwirrt gesehen hat ... oder überrascht. Aber im Augenblick ist sie beides. «Was?»

«Ellie hätte sterben können», sagt Henry mit klarer, ruhiger Stimme. Er hat sich das gut überlegt; er weiß, was er will, und ist entschlossen, es zu bekommen. «Mum und Dad sind jung gestorben, und der einzige Trost war, dass sie all diese gemeinsamen Jahre hatten. Das Leben ist so kurz, Granny. Es geht so schnell vorbei.» Henry zieht Sarah enger an seine Seite. «Ich will keine Minute länger als nötig damit verbringen, nicht Sarahs Ehemann zu sein.»

«Niemand sonst braucht es zu wissen. Es wird nur für uns sein. Wir werden es geheim halten», schlägt Lady Sarah vor. «Wir werden die Trauung und den Empfang natürlich trotzdem wie geplant abhalten.»

«Dieser Tag wird schwierig werden», erklärt Henry. «Sarah wird es tun, weil wir beide einsehen, dass es von uns erwartet wird, aber der ganze Tag wird voller Sorge und Nervosität sein. Doch hier, jetzt, da wird nur Freude sein.»

Mit flehendem Blick lehnt Sarah sich vor. «Bitte versteht das, Majestät.» Und Henry fügt hinzu: «Bitte sag ja.»

Sie könnte mühelos nein sagen. Mitglieder der königlichen

Familie brauchen das Einverständnis der Queen, um zu heiraten, so lautet das Gesetz. Ein veraltetes Gesetz, aber trotzdem.

Doch ich vermute schon lange etwas in Bezug auf die Queen, das niemand sonst vermutet: Unter ihrer harten, geradezu stählernen Schale hat Ihre Majestät, Queen Lenora von Wessco, einen weichen Kern. Er mag winzig sein und selten zum Vorschein kommen ... aber der kleine Störenfried ist da.

Ihr Blick wandert zwischen Henry und Sarah hin und her, dann legt sie beiden die Hände auf die Schultern. «Das ist eine schöne Idee. Sehr romantisch.»

Sie faltet die Hände vor der Brust. «Christopher, sagen Sie dem Erzbischof, dass seine Dienste sofort benötigt werden. Sagen Sie ihm nicht, warum.»

Christopher verbeugt sich und eilt davon, um den Befehl auszuführen. Die Queen richtet ihren Blick wieder auf Lady Sarah. «Du wirst ein Kleid brauchen.»

«Ich habe eines», versichert sie der Queen aufgeregt. «Es ist weiß und perfekt, und ich habe es noch nie getragen.»

«Gut.» Queen Lenora nickt. «Dann brauchst du nur noch ein Diadem. Zum Glück habe ich ein paar übrig.»

Und so heiraten der zukünftige König und die Königin von Wessco im Palastgarten, unter klarem Himmel, nach einem Gewitter, um Mitternacht.

Der alte Fergus, der mürrische Butler, der zuerst Nicholas und nun Henry in Guthrie House dient, spielt Geige, als Lady Sarah den von Laternen erleuchteten Gang entlangschreitet. Sie trägt einen Strauß Wildblumen, ihr Haar ist offen, ihr Kleid ärmellos und enganliegend an der Taille, mit einem kurzen, bauschigen Rock.

Sie sieht aus wie eine Märchenprinzessin aus dem Bilderbuch.

Und als der Erzbischof sie fragt, ob sie Henry zu ihrem angetrauten Ehemann nehmen will, klingt ihre Antwort, als käme sie geradewegs aus ihrem Herzen.

«Ja, ich will ... Ich will!»

Später, als Henry gesagt bekommt, dass er die Braut nun küssen darf, und er sie in die Arme nimmt ... denke ich, dass ich noch nie einen solchen Ausdruck auf dem Gesicht eines Mannes gesehen habe. Als halte er einen Stern, ein geliebtes, heiliges Stück Himmel in den Händen.

In diesem Moment erkenne und akzeptiere ich, wenn Ellie den Gang entlang auf mich zuschreitet und wir unsere Gelöbnisse sprechen und die Ringe tauschen ... Dann werde ich sie ganz genauso ansehen.

Ich sehe sie jetzt so an.

Und ich kann mich nicht erinnern, was ich mir dabei gedacht habe, mich so heftig dagegen zu wehren. Aber das hört jetzt auf. Heute Nacht.

Ellie steht auf der anderen Seite des Gartens und betrachtet die Zeremonie. Ich gehe langsam zu ihr hinüber, um mich hinter sie zu stellen, nah genug, um sie einzuatmen, aber nicht so nah, dass es unangebracht wirkt.

«Ich komme heute Nacht in dein Zimmer», flüstere ich an ihrem Haar. «Wenn du das nicht willst, dann sag es mir jetzt. Ich kann mich nicht zurückhalten, Ellie.»

«Ich will nicht, dass du dich zurückhältst, Logan. Niemals.» Sie dreht sich um, und ihre blauen Augen schimmern im Mondlicht. «Komm in mein Zimmer ... Ich werde auf dich warten.»

18

ELLIE

Ich zünde alle Kerzen in meinem Zimmer an, die langen beigen Tafelkerzen auf dem Kaminsims und die leicht duftenden Votivkerzen auf den Nachttischchen neben dem Bett. Dann dimme ich das Deckenlicht und putze mir die Zähne, hinterher fahre ich mir mit den Händen durchs Haar und streiche es auf einer Seite hinters Ohr. Mein vom Regen durchnässtes blaues Kleid habe ich schon, als wir in den Palast zurückgekommen sind, gegen ein kurzes nudefarbenes plissiertes Chiffonkleid ausgetauscht, und das ziehe ich jetzt aus, sodass ich nur noch ein Unterkleid aus champagnerfarbener Seide trage. Darunter bin ich nackt. Ich starre mein Spiegelbild an. Meine Augen leuchten, und meine Wangen sind gerötet. Jedes Nervenende ist hellwach und lebendig.

Ich zittere.

Nicht vor Nervosität; ich könnte bei Logan nie nervös sein, dazu ist er zu vorsichtig, zu behutsam mit mir. Nein, ich bebe vor *Erwartung*. Verlangen wirbelt durch mich hindurch, lässt mein Blut schneller rauschen und mein Herz galoppieren.

Ich habe so lange auf das hier gewartet, es mir schon so lange gewünscht. Und jetzt passiert es. *Bitte, Gott, bitte, mach, dass er sich beeilt.*

Nach Henrys und Sarahs wunderschöner Zeremonie haben wir mit Champagner angestoßen. Logan hat nicht teilgenommen. Er stand neben der Tür und hat seinen Dienst versehen.

Olivia klebte regelrecht an mir, berührte immer wieder meinen Arm und hielt meine Hand, als müsse sie sich versichern, dass ich wirklich da war. Ich kann es ihr nicht verdenken. Ich fühle mich mies, weil ich ihr und meinem Dad – allen – so schreckliche Angst gemacht habe.

Aber gleichzeitig verspürte ich das drängende Bedürfnis, die Gruppe zu verlassen und in mein Zimmer zu gehen, um auf Logan zu warten. Endlich, *endlich*, wünschten wir alle uns gute Nacht. Da war Logan schon verschwunden, nicht mehr neben der Tür, als wäre er mit den Schatten verschmolzen. Niemand außer mir bemerkte es. Ich begleitete Nicholas und Olivia zurück zur ihrer Suite und umarmte meine müde Schwester und meinen erleichterten Schwager noch einmal, bevor ich mich in mein Zimmer zurückzog.

Und nun warte ich. Ich habe bereits so lange gewartet, man sollte meinen, ich wäre daran gewöhnt. Aber dieses Sehnen in mir ist stärker denn je – hitziger, intensiver, fieberhaft. Jeder Muskel meines Körpers ist angespannt, und meine Haut ist übermäßig empfindsam. Ich knirsche mit den Zähnen, und das Blut, das mir in den Ohren rauscht, scheint zu flüstern: *Bald. Bald, bald, er wird bald hier sein.*

Es klopft an meiner Tür.

Und ich fliege zur Tür und öffne sie. Bevor ich Atem holen oder ihn deutlich sehen kann, betritt Logan das Zimmer, packt mich, zieht mich an seine Brust, tritt mit einem Knall die Tür zu und wirbelt uns herum, um mich an die Wand zu drücken. Und er küsst mich, wir küssen einander, verzweifelt und fieberhaft und wild.

Er schmeckt nach Rotwein – nach Eiche und Brombeeren – und sein Mund auf meinem macht mich betrunken. Logan hebt mich hoch, als wäre ich schwerelos. Seine Hände gleiten über meine Schenkel, er drängt die Hüften zwischen meine Beine und presst mich gegen die Wand, dabei reibt er sein Becken an mir, was mich pulsierend feucht werden lässt.

Jemand hat mir mal gesagt, ein langsam brennendes Feuer ist am heißesten, und das muss stimmen. Denn Logan und ich sind nach all der Zeit ein verdammtes Inferno.

Er zerrt am Träger meines Unterkleids; als der Träger reißt, zieht Logan den Stoff herunter, um meine Brust zu enthüllen, und sein Mund verschlingt mich. Er saugt und leckt drängend, öffnet den Mund noch weiter, um fast meine ganze Brust zu umfassen. Es ist, als wolle er jeden Zentimeter meiner Haut auf einmal kosten.

Dann ist er wieder zurück auf meinem Mund und küsst mich lang und tief und feucht, bis ich in seinen Armen erzittere.

«Ich werde zärtlich sein, Ellie», keucht er schwer atmend. «Ich schwöre, ich werde es so verdammt schön und zärtlich für dich machen ... aber jetzt gerade ... brauche ich ...»

Meine Hüften kreisen, und ich reibe mich an der steinharten Länge seiner Erektion unter der Hose und werfe den Kopf hin und her.

«Ich weiß. Ich weiß, Logan. Nimm mich ... bitte.» Ich brauche ihn in mir, sofort. Tief in mir. Ich halte mich an seinen Schultern fest, klammere mich an den Baumwollstoff seines Hemds. Sein Duft, sein raues Stöhnen, der feste Griff seiner großen Hände, das Stoßen seiner heißen Zunge, alles an Logan ist stark und hart, beherrschend und so herrlich männlich.

Er nimmt eine Hand von meinem Bein, und ich spüre, dass er an seiner Hose zerrt, spüre das Kratzen seines Gürtels an meinem Oberschenkel, als er sich befreit.

Ja, ja …

Kurz überlege ich, mein Verlangen zu zügeln, weil ich ihn sehen möchte, alles sehen möchte. Ich will ihn in der Hand halten, massieren und ihn stöhnen hören. Aber dieser Wunsch wird verdrängt, als ich seine Hitze spüre. Ich spüre den Umfang seines Schwanzes an meiner weichen Öffnung. Ich bin feucht, bereit für ihn, aber er ist so groß, dass ich die Knie heben, mich ganz für ihn öffnen muss, um ihn aufnehmen zu können.

Langsam bewegt er sich vorwärts, gleichmäßig und unnachgiebig. Und dann gleitet Logan in mich. Tiefer, immer tiefer. Da ist ein dumpfes Brennen, als ich mich um ihn herum weite, bis er vollständig in mir ist, und sein Schamhaar die empfindsame Haut an der Innenseite meiner Oberschenkel kitzelt. Ich fühle mich so ausgefüllt. Vervollständigt. Heftig ziehe ich meine Muskeln zusammen, nur um noch mehr von ihm zu spüren.

Seine Arme sind angespannt unter meinen Händen, sein Atem streift meine Lippen, seine Stirn ruht an meiner. «Ellie», flüstert er, und kein Wort hat sich je süßer angehört. «Ellie … Ellie …»

Wir küssen uns rau, meine Zunge dringt in seinen Mund ein, liebkost die seine, leckend, suchend. Logans Hüften ziehen sich zurück, und er gleitet ein wenig aus mir heraus, dann dringt er wieder ein, und wir stöhnen beide auf, gierig nach dieser Verbindung. Wieder zieht er sich zurück, weiter diesmal, dann stößt er erneut zu, härter. Drängender.

Und der Tanz beginnt. Ein perfekter Rhythmus, das feuchte Gleiten seines Schwanzes, mein sehnsüchtiges Zusammenziehen und das tiefe Wiedereindringen. Immer wieder.

Es ist mehr, als ich mir erträumt habe, besser, als ich es mir vorgestellt habe. Es ist kraftvoll und intensiv und perfekt, und ich will für den Rest meines Lebens mit Logans hartem Schwanz tief in mir leben. Mich nehmend, mich vögelnd, mich brauchend, mich liebend.

Seine Hüften kreisen zwischen meinen Beinen, während er stößt, sein Bauch reibt über meine Klitoris. Und der Druck, die köstliche Spannung, baut sich zwischen meinen Beinen auf.

«Hör nicht auf! Oh Gott, mehr ... mehr ... *fuck* ...»

Ich beiße ihn in den Hals, ins Ohrläppchen – in Ekstase, nicht sanft. Weil es so gut ist. Weil ich das ganze verdammte Haus zusammenschreie, wenn ich ihn nicht beißen darf.

Ich spüre das gierige Kneten seiner großen Hand auf meiner Brust, das Stoßen seiner Hüften zwischen meinen Beinen. Es ist wild und ungezähmt und roh. Wir bewegen uns, reiben uns aneinander, ohne einen klaren Gedanken. Es sieht aus wie Vögeln, klingt wie Ficken ... und fühlt sich an wie Liebe machen.

Ich halte sein Gesicht in den Händen, küsse ihn mit gierig geöffnetem Mund und atme die Luft ein, die er ausatmet.

«Komm in mir, Logan.»

Mein Flehen entreißt ihm ein Stöhnen, tief und langgezogen an meiner Schulter.

«Komm in mir.» Ich fahre mit den Händen durch sein Haar, an seinem Rücken entlang, unter sein Hemd, streichle seine Haut, klammere mich an ihn. «Ich will es spüren, dich spüren.» Und dann flehe ich in rhythmischem Singsang: «Bitte ... bitte ... bitte ... bitte.»

Ich bin kurz davor, unmittelbar vor dem Gipfel. Ich kippe die Hüften, versuche, auf ihn zu warten, während sich die Lust in mir zusammenzieht, bereit zu explodieren.

«Bitte … bitte … *Logan* …», schluchze ich seinen Namen, und mein Kopf sinkt gegen die Wand, als Sterne hinter meinen Augenlidern zerbersten. Meine Beine umklammern ihn, und meine Muskeln krampfen sich zusammen, überall, ich komme und komme …

Logan stößt ein letztes Mal in mich und stöhnt an meiner Haut. Ich spüre das Pulsieren seines Schwanzes, den heißen Strahl seines Spermas, und verdammt, das lässt mich sogar noch heftiger kommen.

Gefühlte Minuten später, nachdem der Griff unserer Orgasmen sich zu schlaffer Benommenheit gelockert hat, hebt Logan den Kopf und führt seine Lippen an meine. Und sein Kuss ist zärtlich und sanft. Seine Fingerknöchel liebkosen meine Wange, als wäre ich zerbrechlich. Aus Glas. Sanft gleitet er aus mir heraus und stellt mich auf den Boden.

Mit puddingweichen Knien lehne ich mich an Logan. Ohne ein Wort knöpfe ich sein Hemd auf und schiebe es ihm über die Schultern, weil ich ihn sehen will. Ich will jeden Zentimeter dieses schönen Körpers genießen. Und er will, dass ich es tue. Das sagen mir sein Lächeln und sein verhangener, amüsierter Blick.

Sobald ich ihn von seinen Kleidern befreit habe, geht er auf die Knie, dann küsst er mich zwischen den Brüsten. Während seine Lippen an meinem Bauch hinunterwandern, schiebt er das ruinierte Unterkleid über meine Hüften zu Boden.

Mit einem sexy Grinsen steht er wieder auf, hebt mich hoch und trägt mich zum Bett.

Und dort, wie er es versprochen hat … macht Logan es zärtlich für mich.

Nach unseren Anstrengungen an der Wand und im Bett genießen Ellie und ich gemeinsam eine Dusche. Ellie ist sehr hübsch, wenn sie nass ist.

Ich wasche ihr die Haare, massiere ihre Kopfhaut und neige ihren Kopf nach hinten, als ich das Shampoo ausspüle, was ihre bezaubernden kleinen Brüste meinem Mund entgegenhebt. Und diese Schönheiten schmecken ganz genauso gut, wie sie aussehen.

Dann wasche ich Ellie überall sonst, dabei massiere ich ihre Beine und ihren Rücken, damit sie morgen keinen Muskelkater hat. Ich küsse ihre Stirn, und sie lächelt zu mir hoch, als wäre ich der verdammte König der Welt. Ihrer Welt.

Nachdem ich sie so sehr, so lange gewollt habe, hat mich das Gefühl ihrer feuchten, heißen Enge um mich herum ein wenig den Verstand verlieren lassen. Aber in der beruhigenden Gelassenheit unter der Dusche frage ich sie, was ich sie eigentlich vorher hätte fragen sollen: nach der Verhütung. Es ist mein Job, in jeder Hinsicht für ihre Sicherheit zu sorgen, und ich komme mir wie ein Vollidiot vor, so leichtsinnig gewesen zu sein.

Ellie sagt mir, dass sie seit Jahren die Pille nimmt. *Frauenprobleme*, sagt sie mit ungewöhnlicher Schüchternheit.

Und ich bin froh darüber. Ich mag es, sie nackt zu spüren, ohne etwas zwischen uns, Haut an Haut.

Aber wenn sie ein Baby bekommen würde, dann würde ich für sie sorgen, ihr alles geben, was sie braucht, alles *sein*, was sie braucht.

Es gibt Fertigkeiten, in denen ich bewandert bin, mit denen ich vertraut bin: Kämpfen und Vögeln, Gefechte und Waffen, das Spüren von Gefahr und das Wissen, wie ich meine Schützlinge vor Schaden bewahre. Aber Liebe ... Da bin ich ahnungslos. Das Wort ist mir nie über die Lippen gekommen, und das Gefühl ist mir ebenso fremd wie der Gedanke.

Aber was ich weiß, worin ich mir sicher bin, ist, dass ich für Ellie töten, für sie sterben würde. Für sie leben. Der Schwur hallt mit jedem Schlag meines Herzens in mir wider. Sie ist der wichtigste Mensch in meinem Leben. Das war sie von Anfang an, und das wird sie immer sein. Es wird nie eine andere geben.

Ich weiß nicht, ob ich auch nur halbwegs gut in Sachen Liebe sein werde. Ich bin mir nicht sicher, wie man das macht. Aber für sie werde ich es lernen.

Und ich werde verdammt noch mal mein Bestes geben.

Wir liegen auf der Seite, rastend, aber nicht verausgabt, und streicheln einander, lächeln einander an. Ich fand den Ausdruck, *einander verträumt in die Augen sehen* immer dumm. Ich meine, echt jetzt, welcher Mann macht so einen Mist?

Wie es aussieht ... mache ich jetzt so was. Und es ist überhaupt nicht dumm oder künstlich. Weil Ellie faszinierend ist. Ihr Gesicht ist eine sich ständig verändernde Landschaft an Ausdrücken, jeder einzelne süßer, sexyer, bezaubernder als der vorherige. Ihre Lippen lächeln auf tausend verschiedene Arten, und ihre Augen funkeln in unendlich vielen Blautönen.

Wenn ich es schaffe zu sterben, während ich verträumt in Ellie Hammonds Augen sehe, dann sterbe ich als glücklicher Mann.

«Wann hast du es gewusst? Zum allerersten Mal?», fragt sie.

Ich spiele mit einer Strähne ihres Haars und streiche mit seiner Weichheit über meine Fingerspitze, während ich weit zurückdenke.

«Das war im Museum, denke ich. Als du mit mir geflirtet hast … und ich dachte, wenn dieses Mädchen ein bisschen älter wäre, dann wäre ich wie verrückt hinter ihr her.»

Ihre Augenbrauen schnellen hoch. «So lange schon? Davon hatte ich gar keine Ahnung.»

«Ich wollte nicht, dass du es weißt. Ich dachte, wenn ich es verdränge, wenn ich es lange genug ignoriere, würde es weggehen.» Ich küsse ihre Nase und flüstere verschwörerisch: «Ist es nicht.»

«Hast du gewusst, dass ich dich mag?»

Ich lache leise. «*Aye.* Dein Pokerface ist … Na ja, du hast keins.»

Ellie streckt mir die Zunge raus, diese süße verdammte Zunge, die mich schon seit Jahren neckt. Ich fange ihren Mund ein und sauge an ihrer Zunge. Dann sage ich lachend zu ihr: «Ich dachte, es wäre nur eine Schwärmerei. Eine kindliche Phantasie, die verblassen würde, sobald du erwachsen bist.»

Ellie beugt sich über mich, küsst mich auf die Nase und flüstert im selben verschwörerischen Tonfall: «Ist es nicht.»

«Nein.» Ich fahre mit den Fingern durch die feuchten Strähnen ihres Haars. Erleichtert. Erleichtert und … wunderbar zufrieden.

«Also, was geschieht jetzt?», fragt sie.

Ich öffne den Mund, um zu antworten, aber da klopft es an der Tür.

«Ellie? Ich bin's. Bist du wach?»

Es ist Olivia. Der Türknauf wackelt, und zum Glück ist abgeschlossen, sonst wäre das ein erhellender Besuch für die Herzogin geworden. Ich zeige mit dem Kopf zum Badezimmer, und Ellie nickt.

Eine Minute später höre ich ihre Unterhaltung durch die Tür.

«Ist alles okay?», fragt Ellie.

«Ja, ich wollte ... dich einfach nur sehen. Ich hatte einen Albtraum. Nicholas schläft noch. Ich wollte ihn nicht aufwecken. Ich musste mich einfach vergewissern, dass du okay bist.»

Ich höre Ellie hinaus in den Flur treten, wahrscheinlich, um ihre Schwester zu umarmen. «Es geht mir gut, Livvy. Es tut mir so, so leid. Ich werde dir nie wieder einen solchen Schrecken einjagen, das schwöre ich.»

«Ich hab dich lieb, Ellie.»

«Ich hab dich auch lieb.»

Dann wird ihr Tonfall neckend. «Und euch Scheißerchen hab ich auch lieb ... selbst wenn ihr euch als die kleine Ernie und ein dämonisches Omen-Baby herausstellt.»

Die beiden Schwestern lachen.

Als ich Ellie die Schlafzimmertür wieder schließen höre, komme ich zurück ins Zimmer.

«Die Luft ist rein.» Grinsend verriegelt sie die Tür.

Ich falle aufs Bett, rücke in die Mitte und fahre mir mit der Hand durchs Haar, während ich ihr dabei zusehe, wie sie auf mich zugeht.

«Ich muss es Prinz Nicholas sagen», sage ich mit einem Seufzen.

Ellie schlüpft aus ihrem Bademantel und kommt zu mir ans Bett. Schmollend.

«Willst du nicht, dass ich es ihm sage?», frage ich sie.

Den bezaubernden Po in die Luft gereckt, kriecht sie zu mir rüber. «Nein, ich verstehe die Situation.»

Die Sache ist die, ich glaube nicht, dass sie das tut. Sie ist sich der zu erwartenden Komplikationen nicht bewusst oder der Vorkehrungen, die getroffen werden müssen. Aber ich habe meinen Frieden damit geschlossen. Ich werde tun, was getan werden muss, solange ich sie behalten darf.

Ellie haucht federleichte Küsse an meinen Rippen entlang. «Vielleicht könntest du damit warten, an Nicholas zu denken ... bis dein Samen nicht mehr aus mir herausläuft?»

Ich stoße ein ersticktes Lachen aus. «Verdammt ... was für Dinge aus deinem Mund kommen.»

Sie lächelt verschmitzt und küsst sich tiefer, an meinem Bauch hinunter, um meinen Nabel herum, und noch tiefer.

«Im Moment möchte ich, dass du dich mehr auf die Dinge konzentrierst, die *in* meinen Mund kommen.»

Und mir entweicht pfeifend der Atem.

«Ach ja?» Ich schiebe meine Hand in ihr Haar und ziehe ein bisschen daran, gerade fest genug, dass sie es spürt.

«Ja.» Ellie leckt sich die Lippen. «Große, harte Dinge.»

Ich fahre mit den Zähnen über meine Unterlippe, so, wie ich damit über ihre weiche, blasse Brust fahren will, so, wie ich es sehr bald tun werde. «Ist das so?»

Sie nickt. Und dann grinst mein Mädchen, frech. Meine Lippen verziehen sich zu dem Lächeln, von dem ich weiß, dass sie es liebt.

«Denkst du je daran?», fragt sie. «Dass ich das hier bei dir mache?»

«Daran denke ich am allerliebsten.» Ich umfasse meinen

steif werdenden Schwanz und zeichne ihre Lippen mit seiner Spitze nach. «Das hier, Liebes? Ist es das, was du willst?» Und sie stöhnt verdammt noch mal. Ich spüre es an meinem Schwanz.

«Ja, das will ich, sehr sogar.» Sie hält meinen Blick fest und lässt ihre kleine Zunge hervorschnellen, leckend, nur die Spitze. Ich streiche mit meinem Schwanz an ihrer Zunge vor und zurück, feucht und warm. Es fühlt sich unglaublich an und sieht phantastisch aus. Und dann wird phantastisch sogar noch besser. Ellie öffnet diesen rosigen Mund, hält sich aber zurück. Sie bringt uns in Position und wartet ... wartet darauf, dass ich die Führung übernehme. Und ich tue ihr gern jeden Gefallen. Also dränge ich die breite Eichel zwischen ihre Lippen und stoße in die feuchte, saugende Hitze ihres Mundes. Und sie schließt genüsslich die Augen, als wäre es das Herrlichste, das sie je gekostet hat.

Gott, sie versucht, mich umzubringen.

Als mein Schwanz tief in ihrem Rachen ist, höre ich auf. Und Ellie übernimmt bereitwillig. Sie legt die Hand um den dicken Schaft und bewegt die Lippen auf und ab, nimmt so viel von mir in ihren himmlischen Mund, wie sie kann.

Es ist nass und ungeschickt und wunderbar.

Sie betet meinen Schwanz an. Verschlingt ihn. Summt um ihn herum, küsst und vergöttert ihn mit jedem Saugen und Gleiten ihrer perfekten Lippen. Ellie leckt meinen Schwanz wie einen Lolli und umfasst meine Eier, als wären sie ihr neues Lieblingsspielzeug. Mein Herz rast, und mein Atem geht stoßweise.

«Ellie ...», warne ich sie, weil ich spüre, wie sich die flüssige Hitze brodelnd in mir zusammenzieht. «Ellie ...»

Sie bewegt sich schneller, massiert fester, saugt stärker, wringt die Lust aus mir heraus. Meine Hüften heben sich ihr entgegen, sie stöhnt. Und ich bin völlig vernichtet.

«... fuck ... *fuck* ...» Mit einem Stöhnen komme ich in ihrem Mund. Es fühlt sich an, als würde ich fliegen, und hört sich an, als würde ich sterben.

Als es vorbei ist, nachdem der Nebel der Lust aus meinem Sichtfeld verflogen ist, packe ich mein schönes Mädchen und ziehe sie an meinem Körper hoch. Mit nur einem einzigen Gedanken im Sinn, demselben Gedanken zufälligerweise, den ich auch vor langer Zeit an jenem Tag im Museum hatte: *Ich gebe so gern zurück, wie ich nehme.*

♛

Sonnenlicht wirft einen goldenen Streifen herein, der näher kriecht, bis er Ellies Gesicht findet. Die Brust an ihren Rücken geschmiegt, schiebe ich mich hoch und lehne mich über sie, um zuzusehen, wie sie die Augen zusammenkneift und die Nase krauszieht, als sie langsam aufwacht und dem Himmel entgegenblinzelt. Dann ist mein Gesicht in ihrem Haar und ihrer weichen Halsbeuge vergraben. Sie riecht nach Sex und Schweiß und mir.

Ellie rollt sich herum und schubst mich auf den Rücken, um das Fenster mit ihrem verführerischen kleinen Körper zu verdecken und begierige, sanfte Küsse auf meine Wangen, auf meine Augenlider regnen zu lassen.

«Das ist ein Traum. Schlaf wieder ein. Es ist noch nicht Morgen.» Sie drückt ihre Wange an meine Brust, mich festhaltend, umarmend, umklammernd. «Verlass mich nicht.»

Und wie sie es sagt, zerrt an meinen Eingeweiden, denn es fühlt sich überhaupt nicht neckend an.

Ich hebe ihr Gesicht am Kinn hoch, damit ich ihre Augen sehen kann. «Was soll das heißen?»

«Sag mir, dass wir zusammen sein werden. So», fleht sie.

Und ich zögere nicht. «Wir werden zusammen sein. Jeden Tag und jede Nacht, genau so.» Ich küsse sie, um die Worte zu besiegeln. Dann füge ich hinzu: «Aber ich muss mit Prinz Nicholas sprechen, bevor irgendjemand davon erfährt. Sogar noch bevor du es deiner Schwester erzählst.»

«Aber ...»

«Er ist wie ein älterer Bruder für mich, Ellie. Seine Meinung ist mir wichtig. Ich will nicht, dass er denkt, ich würde dich nicht respektieren oder dich ausnutzen. Ich will klarmachen, was meine Absichten sind, und ich will, dass er es von mir hört. Er vertraut mir. Ich will nicht, dass er glaubt, ich wäre wie all die anderen Versager, die ihn enttäuscht oder hintergangen haben.»

Sie denkt darüber nach, und ihre Augen sind warm und hell, beinahe silbern. «Denkst du, er wird wütend sein?»

«Ich kann mir nicht vorstellen, dass er oder irgendeiner von ihnen begeistert sein wird.» Meine Fingerknöchel streicheln über die reizende Rundung ihrer Wange. «Sie hatten Pläne für dich.»

«Wirst du Schwierigkeiten bekommen?»

«Das kommt auf deine Definition von Schwierigkeiten an.» Ich zucke mit den Schultern. «Vielleicht werfen sie mich in den Kerker, wegen Vögelns oberhalb meines Ranges.» Meine Hand findet ihren Hintern und knetet ihn. «Aber, oh, das war es wert.»

Ellie beißt mich in den Arm.

«Keine Sorge.» Ich nehme ihre Hand in meine und verschränke unsere Finger miteinander. «Alles wird gut, das verspreche ich.»

Wie sich herausstellt, lüge ich manchmal – und weiß es nicht.

19

LOGAN

Ich habe vor, noch am selben Tag mit Nicholas über Ellie zu sprechen, aber er soll eine Rede bei einer Wohltätigkeitsveranstaltung für Kinder halten, zu der er mit dem Hubschrauber fliegen muss, und wir haben keine Gelegenheit, uns allein zu unterhalten. Am nächsten Tag fühlt Olivia sich schlecht, und der Prinz und sie ziehen sich in ihr Schlafzimmer zurück.

Und so geht es weiter, am nächsten Tag und am übernächsten. Ich versuche, ihn beiseitezunehmen, einen Moment mit ihm allein zu ergattern, aber es kommt immer irgendein Mist dazwischen.

Doch nichts kommt zwischen Ellie und mich. Ich würde alles und jeden vernichten, der es versuchen sollte. Wir halten Abstand, wenn wir in Gesellschaft anderer sind, benehmen uns freundschaftlich, normal. Nachts jedoch gehe ich in ihr Zimmer, oder sie kommt zu mir. Sie lässt ihrer Schwester ausrichten, dass sie ins Kino geht, und ich biete mich freiwillig an, auf sie aufzupassen. Aber stattdessen fahren wir zu mir nach Hause, wo wir nicht auf unser Stöhnen und Schreien und Keuchen zu achten brauchen. Wir sind verrückt nach einander. Unersättlich. Und alles ist so gut … so einfach.

Am vierten Tag sitzen sie zusammen beim Frühstück, Ellie, Olivia, Nicholas, Henry und Lady Sarah. Ellie wirft ein warmes, heimliches Lächeln in meine Richtung, und ich bin fest entschlossen, es dem Prinzen heute zu sagen.

Ich räuspere mich. «Prinz Nicholas …»

«Ein Geschenk wurde für Sie abgegeben, Lady Olivia. Wie es aussieht, ist es für die Kleinen.» Sylvie, das neue Küchenmädchen, stellt ein quadratisches, in rosa und blaues Papier verpacktes und mit einer weißen Schleife versehenes Paket vor Olivia auf den Tisch.

«Danke, Sylvie.» Olivia betrachtet das Geschenk, dann fängt sie an, das Papier aufzureißen. Darunter kommt ein abgenutzter brauner Pappkarton zum Vorschein, an den eine zusammengefaltete Notiz geklebt ist. Und etwas daran kommt mir ganz und gar nicht richtig vor. Es sieht nicht aus wie etwas, das man der königlichen Familie schicken sollte.

Ich trete vor und strecke meinen Arm vor Olivia, um sie daran zu hindern, es zu öffnen.

«Ist das durch die Security gegangen?», frage ich das Küchenmädchen.

Ihre Augen weiten sich. «Nein, es wurde gerade eben an den Hintereingang geliefert. Ich dachte, ich bringe es gleich herein.»

Ich nehme Olivia die Schachtel ab. Sie hat ein ordentliches Gewicht. Vorsichtig stelle ich sie auf die Kommode, weg vom Tisch, dann nehme ich mein Messer und hebe mit der Klinge eine der Kanten an, nur leicht. Gerade genug, um zu sehen, was drin ist.

Ich stoße einen Fluch aus.

«Was ist es?», fragt Ellie und steht auf, mit weit aufgerissenen, runden Augen. Sie sieht jung und unschuldig aus, und etwas in mir drängt mich, sie vor dem hier zu beschützen.

«Was ist in dem Karton, Logan?», fragt Olivia.

Ich schüttle den Kopf. «Ich kümmere mich darum. Sie brauchen sich keine Sorgen zu machen.»

«Logan.» Ihre Stimme ist fest, eher ein Befehl. «Sagen Sie mir, was drin ist.»

«Ja, was ist es?», flüstert Ellie. «Komm schon, Morgan Freeman, das hier ist nicht *Sieben*, was ist in dem Karton?»

Nicholas schließt die Augen, aufgewühlt, aber resigniert. Dann nickt er mir knapp zu.

«Welpen», sage ich ihnen. Ich hasse es, dass ich die Worte aussprechen muss. «Zwei kleine Hundewelpen.»

Lady Sarah schlägt sich die Hände vor den Mund, und Henry zieht sie an sich.

Olivia legt schützend die Hände um ihren schweren Bauch, wo ihre Zwillinge in Sicherheit sind. «Sind sie tot?»

Ich nicke steif. Wut baut sich in mir auf.

«Was steht in der Nachricht?», fragt Olivia mit Angst in der Stimme.

Wieder sehe ich zu Nicholas. Er legt die Arme um seine Frau. «Lesen Sie vor, Logan.»

Mit einem Stück Stoff, um keine Fingerabdrücke zu vernichten, löse ich die Nachricht ab und öffne sie.

Meine Augen gehen direkt zu Ellie, um sie mit meinem Blick zu umarmen, um sie wissen zu lassen, dass alles in Ordnung ist, dass nichts ihr etwas anhaben wird oder ihrer Schwester. Nicht solange ich lebe.

Und dann sage ich es ihnen: «Da steht ... *bald*.»

♛

Der Stuhl zerschellt an der Wand und lässt hölzerne Splitter durch die Luft und über den Boden regnen. Prinz Nicholas ist Experte darin, seine Emotionen im Zaum zu halten, eine

Maske der Gleichgültigkeit zu tragen, um seine Gefühle zu verbergen. Er verliert nicht oft die Beherrschung. Aber wenn doch, ist es ein ziemlicher Anblick.

Ein Beistelltisch folgt auf den Stuhl und reißt dabei eine Porzellanvase mit sich.

«Dieser Hurensohn!»

Wir sind in Winstons Büro, nachdem wir gerade die Aufnahmen der Überwachungskameras am Hintereingang durchgesehen haben, wo das Paket gefunden wurde. Und da ist nichts, nichts Brauchbares.

Eben noch ist der Hintereingang leer, dann strömt ein Haufen Leute während eines Schichtwechsels heraus, und als der Letzte weg ist, steht der Karton vor der Tür. Es gibt keine Aufnahme von irgendeinem der Arbeiter, wie er ihn dort platziert. Sie alle wurden befragt, ohne Ergebnis.

Wer auch immer das getan hat, ist ein verdammter Geist. Ein Geist, der den Palast gut kennt. Er ist ein Insider oder war es einmal, und das macht es so viel schlimmer.

Nicholas geht zur Tür, aber sein Bruder verstellt ihm den Weg.

«Wo gehst du hin?»

«Ich werde diesen Bastard finden.»

«Er tut das, um Sie aus der Reserve zu locken», erinnere ich ihn. «Um Sie zu einem Fehler zu verleiten, damit er näher herankommen kann.»

«Dann werde ich es ihm einfach machen!», funkelt Nicholas wütend. «Und wenn er mich angreift, reiße ich ihm den verdammten Kopf ab.»

Henry hebt die Hände und spricht in beruhigendem Tonfall – wie zu einem Mann, der auf der Brüstung einer Brücke steht und vorhat zu springen. «Ich weiß, glaub mir, wenn es Sarah wäre, ginge es mir genauso. Aber, Nicholas, wenn du unvorbereitet rausgehst, machst du alles nur noch schlimmer. Du weißt, dass es stimmt.»

Nicholas' Gesicht ist verzerrt vor Frustration. Dann kommt er näher, bis er Nase an Nase mit Winston steht. «Finden Sie ihn!», dröhnt seine Stimme. Er klingt wie der König, zu dem er erzogen wurde. «Es ist mir egal, was Sie tun müssen. Lassen Sie Ihre gefährlichsten Hunde von der Leine, schauen Sie in jeden Schrank, jeden Winkel, stellen Sie jedes Haus in der verdammten Stadt auf den Kopf. Finden. Sie. Ihn.»

Winston verbeugt sich. Er ist ein pensionierter Killer, ein Attentäter, von der Sorte, die einem Mann ins Gesicht schießen und gleichzeitig ein Tässchen Tee schlürfen kann, ohne einen Tropfen zu verschütten. Und er ist der Krone absolut ergeben.

«Wird erledigt, Hoheit.»

Nicholas, ruhiger nach Winstons Worten, oder vielleicht einfach nur erschöpft, nickt. «Ich werde bei meiner Frau sein.»

Heute ist definitiv nicht der Tag, mit ihm zu reden.

Ich verbringe den nächsten Tag in Winstons Büro, über die Pläne für die nur noch fünf Wochen entfernte offizielle Hochzeit von Prinz Henry und Lady Sarah gebeugt. Angesichts der gegenwärtigen Bedrohung betrachten wir die geplanten Maßnahmen neu, suchen nach Schwachstellen und finden Möglichkeiten, sie auszumerzen.

Ich sehe Ellie den ganzen langen Tag kein einziges Mal, und ihre Abwesenheit nagt an mir, macht mich sehnsüchtig, hungrig. Ich will sie in meiner Nähe haben, bei mir, die ganze Zeit. Und weil bereits Stunden vergangen sind ohne auch nur einen flüchtigen Blick auf sie, bin ich angespannt wie eine Sprungfeder.

Dann, gerade als meine Schicht zu Ende geht, bekomme ich eine Textnachricht. Die mir sagt, dass sie mich sehen will.

Der Thronsaal wird heutzutage nicht mehr für Dekrete benutzt. Er ist ein öffentliches Ausstellungsstück, Teil der Führung, aber um diese Uhrzeit, um halb elf, ist er geschlossen und leer. Ich betrete den düsteren, hallenden Saal, der nur von den elektrischen Kerzen an den Wänden erhellt wird. Ellie steht auf der erhöhten Plattform neben dem juwelenbesetzten Thron und streicht mit der Hand über die glatte goldene Armlehne.

Als sie mich sieht, rennt sie los. Und es ist ein herrlicher Anblick. Ich fange sie auf, als sie springt, und sie schlingt Arme und Beine um mich wie eine bezaubernde Schlingpflanze.

«Du hast mir gefehlt», seufzt sie an meinem Mund.

Sie spürt es also auch. Die Sehnsucht, die Gier, das unangenehme Sehnen, das nur gestillt werden kann, wenn wir zusammen sind.

«Habe ich dir auch gefehlt?», fragt sie.

Ich stöhne an ihren Lippen. «Ich brenne für dich, süßes Mädchen. Ich träume von dir, selbst wenn ich wach bin.»

Ihr Lächeln ist warm, ihre Wangen sind rosig, als sie sich über mein Hemd hermacht, an den Knöpfen nestelt und meine Haut küsst.

«Was träumst du? Sag es mir.»

Ich trage sie zu dem Bärenfell vor dem kalten Kamin. «Vor einer Stunde habe ich mir dich in der Küche vorgestellt, mit nichts an als einem winzigen Höschen und einem engen Baumwollshirt, das deine vorwitzigen, phantastischen Titten unterstreicht.»

Sie kichert an meinem Hals und beugt sich hinunter, um mit der Zunge über mein Tattoo auf Arm und Schulter zu lecken.

«Und du hast getanzt», sage ich ihr, während ich an ihrem Ohrläppchen knabbere. «Mit deinem süßen, knackigen Hintern gewackelt, wie du es immer gemacht hast, wenn du im Coffee Shop deine Pies gebacken hast.»

Ellie legt den Kopf zurück und sucht meinen Blick. «Ich dachte, das hättest du nicht bemerkt.»

Ich nehme ihre Unterlippe zwischen die Zähne und fahre mit der Zungenspitze darüber.

«Das war alles, was ich verdammt noch mal bemerkt habe.»

Ich löse ihre Beine von meinen Hüften. Aber als ihre Füße das Fell berühren, legt sie sich nicht auf den Boden, wie ich es erwartet hatte. Stattdessen geht sie rückwärts mit einem sündigen Funkeln in den Augen auf den goldenen Thron zu und zieht mich an der Hand mit sich.

«Ich hatte auch einen Traum. Deshalb habe ich dir gesagt, dass du herkommen sollst.»

Sie setzt sich auf den königlichen Thron, zieht einen Fuß auf die Sitzfläche, hebt den Rock ihres hübschen rosa Kleides und präsentiert mir ihre nackte, glänzende Pussy.

Verruchtes, kluges Mädchen.

Ellie fährt sich mit einem Finger durch ihre Spalte. Mein Schwanz zuckt, und mein Puls hämmert.

«Ich habe mir vorgestellt, wie du mich kostest, genau so, genau hier.»

Ich lecke mir die Lippen. «Hast du das?»

«*Aye*», macht sie mich mit einem frechen Lächeln nach. «Und dann hast du dich hingesetzt, und ich habe dich geritten, dich gevögelt, genau hier.»

Das hier ist ein heiliger Ort, der Thron ein heiliger Gegenstand, wie ein Altar in einer Kirche oder eine dieser unheimlichen Statuen, deren Augen dir überallhin folgen und nur darauf warten, dass du sündigst. Aber in diesem Moment ist mir das egal.

«Dafür komme ich in die Hölle», murmle ich.

Ellie grinst. «Dann solltest du das Beste daraus machen.»

Guter Ratschlag.

Wie der Sünder, der ich bin, gehe ich auf die Knie. Grob vor Ungeduld, spreize ich ihre Beine mit den Händen und lege mir ihren Unterschenkel über die Schulter. Und ich küsse sie, mit offenem Mund, zwischen den Beinen. Sie fühlt sich so verdammt weich an meinen Lippen an, so heiß und feucht an meiner Zunge. Und sie ist süß, wie zäher, geschmolzener Zucker.

«Heilige ...», setzt Ellie an, bringt es aber nicht zu Ende. Ihre Worte verlieren sich in einem Stöhnen.

Ich sauge an ihr, lecke an ihr, vernasche sie wie einen reifen Sommerpfirsich. Das könnte ich ewig tun, nur von ihr leben. Ellie rutscht auf dem Thron nach unten und hebt die Hüften, um sich meinem Mund darzubieten. Mit der Zunge stoße ich in ihre Hitze, und sie keucht auf und zieht sich um mich herum zusammen. Ich packe ihre Hüften, wiege sie an mir vor und zurück und vögle sie mit meinem Mund, dabei zerkratze ich die zarte Haut ihrer Schenkel mit den Bartstoppeln an meinem Kiefer. Dann wandern meine Lippen zu ihrer prallen, geschwollenen Klitoris. Eine harte, bebende, gierige kleine

Knospe. Ich küsse sie dort, liebe sie dort, reibe mit der Zunge in perfekten kleinen Kreisen über sie, bis Ellies Beine beben und ihre Hüften zucken.

Ellie kommt mit einem Schrei, wild und schamlos. Ihre Hand zieht an meinem Haar, während ihre Hüften an meinem Mund kreisen. Zärtlich lecke ich an ihr, als die letzten Zuckungen der Lust in ihr verebben. Ich wische mir mit dem Ärmel über den Mund und drücke einen sanften, zarten Kuss auf ihr geschmeidiges Becken.

Dann stehe ich auf, reiße mir das Hemd vom Körper und zerre ihr hübsches rosa Kleid hoch, weil ich sie spüren muss, Haut auf nackter Haut. Ich schiebe meine Hose runter, gerade weit genug, um meinen fordernden Schwanz zu befreien, dann hebe ich sie hoch und nehme ihren Platz auf dem Thron ein. Sie sitzt rittlings auf meinen Hüften, und ihre Pussy, so feucht und heiß, schwebt über meinem Schwanz.

Mit einer einzigen Bewegung ziehe ich sie herunter und stoße hoch, um mich in ihrer schönen, massierenden Enge zu versenken. Wir stöhnen beide auf.

Ellie streichelt mein Gesicht und sieht mir mit trägem, verhangenem Blick in die Augen. Ich gebe ihr einen Klaps auf den Oberschenkel, gerade hart genug, dass es brennt.

«Komm schon, Ellie», zische ich. «Reite mich, verdammt. Lass deinen Traum wahr werden.»

Mein schmutziger Befehl lässt ihre Benommenheit verschwinden. Ihr Becken wiegt sich vor und zurück, massiert mich von der Wurzel bis zur Spitze. Ihre Atemzüge kommen heftig, ihre Brust hebt und senkt sich schwer. Sie reitet mich schneller, findet ihren Rhythmus, nimmt sich ihr Vergnügen.

Und sie ist wunderschön.

«Ich liebe deinen Schwanz», keucht Ellie. «Er ist so groß, er füllt mich aus ... so gut ... das ist so gut.»

«Mein Schwanz findet dich auch ziemlich toll.»

Wir lachen gemeinsam, auf die geheime, sinnliche Weise, wie es nur Liebende können.

Aber dann gibt es kein Necken mehr. Ich packe ihren Hintern, meine Finger graben sich in ihr Fleisch, und unterstütze ihre Bewegungen. Sie wiegt sich auf mir, heftiger, wilder. Und die Hitze baut sich auf, steigt an; meine schweren Eier ziehen sich zusammen, mein Schwanz verlangt danach, sie zu überfluten, sie auszufüllen.

«Du kommst mit mir zusammen, Ellie», stöhne ich. «Komm mit mir.» Ich nehme ihre Brustwarze in den Mund und sauge erbarmungslos.

«Oh ... oh ... oh ...», stöhnt sie.

Und dann krampft sie sich um mich herum zusammen, entringt mir meinen Orgasmus, aus den Tiefen meiner verdammten Seele.

Hinterher sind wir ein bisschen albern vor Befriedigung. Nicht müde oder verausgabt, sondern beinahe euphorisch. Küssend und uns kitzelnd stehen wir auf, nichts als zärtliche, neckende Berührungen und sanftes Lächeln.

Ellie bückt sich, um ihr Kleid aufzuheben, und ich bin so gefesselt vom Anblick ihres Hinterns, dass ich nicht bemerke, dass sich die Tür des Thronsaals öffnet, bis drei Leute hereinkommen.

Ohne Hemd und mit offener Hose wirble ich herum und halte Ellie hinter mich, um sie vor den Blicken abzuschirmen.

«Logan?» Prinz Nicholas blinzelt, als sähe er einen Geist.

Lady Olivia und Prinz Henry gucken genauso.

Bevor ich eine Antwort formulieren kann, späht Ellie hinter mir hervor.

«Hey, Leute ... Was gibt's?»

♛

«Was haben Sie sich dabei *gedacht?*»

Ich habe nicht gedacht. Das ist das Problem, wenn man seinem Schwanz die Führung überlässt. Er denkt nicht. Oder wenn er es tut, dann nur an das eine. Verdammt.

«Ist Ihnen klar, wie leichtsinnig Sie waren?»

Sicher. *Hinterher.*

Nachdem Olivia Ellie zu ihrem eigenen Verhör aus dem Thronsaal fortgebracht hatte, bin ich hierherzitiert worden, in Nicholas' Büro.

Ich nicke. «Das war dumm.» *So verdammt dumm.*

Hinter Nicholas marschiert Henry hin und her, ein großes offenes Buch in den Händen.

«Hatten wir unten nicht einen Kerker?», fragt der blonde Prinz seinen älteren Bruder. «Hätte schwören können, dass ich ihn gefunden habe, als ich sechs oder sieben war. Hatte eine Woche lang Albträume davon.» Mit einem irren Lächeln zeigt er auf ein Bild in dem Buch. «Die Gerätschaft hier sieht aus, als würde sie weh tun. Wir bestellen zwei davon.»

Hm. Ich dachte, ich hätte nur einen Witz gemacht, als ich Ellie das mit dem Kerker gesagt habe.

Nicholas ignoriert seinen Bruder und bedenkt mich mit einem bösen Blick. «Jeder hätte Sie beide erwischen können, Logan. Das Personal, Besucher ... Fotografen.»

Bei dem Gedanken, dass Ellies süße nackte Vorzüge ohne

ihre Einwilligung fotografiert und für die ganze Welt sichtbar auf den Titelseiten ausgebreitet werden könnten, dreht sich mir der Magen um.

«Hängen wir eigentlich noch Leute auf?», fragt Henry nachdenklich. Als er keine Antwort bekommt, fügt er hinzu: «Falls nicht, führe ich Erhängen wieder ein.»

Seufzend reibt sich Nicholas die Stirn. «Wie lange läuft das schon?»

Ich hebe das Kinn. «Das kommt darauf an, was Sie mit *das* meinen, Sir.»

Henry klappt das Buch zu. «Mir hat nicht gefallen, wie Sie sie bei der Hochzeit angesehen haben.» Er stützt sich neben Nicholas mit den Händen auf dem Schreibtisch ab, beugt sich vor und funkelt mich wütend an. «Er meint, wie lange genau vernaschen Sie schon das Mädchen, das wie eine kleine Schwester für uns ist?»

«Das ist ... eine Entwicklung jüngeren Datums», sage ich und versuche, seinem Blick standzuhalten. Dann wird meine Stimme fester. Weil ich mich nicht schäme. «Aber ich liebe sie schon sehr, sehr lange.» Das hatte ich nicht sagen wollen, wollte es nicht einmal denken. Aber es ist die Wahrheit. Schlicht und einfach.

Und das nimmt Henry den Wind der Entrüstung aus den Segeln.

Es klopft.

«Herein», sagt Nicholas.

Lady Sarah tritt ein. Sie trägt ihre Nachtwäsche unter einem flauschigen elfenbeinfarbenen Bademantel und eine tadelnde Miene auf dem Gesicht. Hinter ihrer Brille richtet sie einen unzufriedenen Blick auf Henry.

«So läuft das also? Erst ein paar Tage verheiratet, und schon muss ich den Palast absuchen, um meinen Mann ins Bett zu schleifen?»

Henry geht zu Sarah, wie von einer unsichtbaren Leine gezogen. «Mich in dein Bett zu schleifen ist etwas, das du nie wirst tun müssen, Liebes. Du kannst mich sogar dort festbinden, wann immer du willst, und ich werde mich mit Freuden erkenntlich zeigen.» Bei seinen Worten errötet sie heftig, und er küsst sie auf den Mund.

Sie lehnt sich zurück. «Warum bist du dann hier anstatt oben bei mir?»

«Es gab einen Notfall.»

«Was für einen Notfall?»

«Du wirst es nicht glauben.»

«Versuch's.»

«Logan und Ellie ficken miteinander.»

Automatisch schaut sie zu mir rüber und wird schon wieder rot. «Ich bin sicher, es gibt eine feinere Art, das zu formulieren, Henry.»

Henry nickt nüchtern. «Du hast recht, tut mir leid. Lass es mich noch mal versuchen: Logan und Ellie rammeln wie unersättliche Karnickel, überall im Palast.»

Sarah schüttelt den Kopf. «Du bist hoffnungslos.»

Der Prinz grinst breit. «Das ist Teil meines Charmes.»

«Was soll ich nur mit dir machen?»

Henry küsst sie erneut. «Mich ins Bett bringen. Offensichtlich.» Er nickt seinem Bruder zu. «Du hast das hier im Griff?»

«Ja. Gute Nacht, Henry, Sarah.»

Und die glücklich Frischvermählten verlassen das Zimmer. Was Prinz Nicholas und mich allein zurücklässt.

Er starrt mich über den Schreibtisch hinweg mit durchdringender, unlesbarer Miene an. Dieser Mann, den ich respektiere und bewundere. Der mir mehr ein Mentor, ein älterer Bruder war als irgendein Blutsverwandter von mir.

«Prinz Nicholas ...»

«Ich bin kein Idiot, Logan.»

Ich hätte es ihm von Anfang an sagen sollen. Einen Moment finden, die Zeit schaffen sollen. Bevor ich überhaupt einen Finger an sie legte. «Nein, das sind Sie nicht.»

«Ich habe seit einer Weile eine gewisse ... Anziehungskraft ... zwischen Ihnen und Ellie erahnt, möglicherweise noch vor Ihnen.»

«Mir ist bewusst ...», setze ich an.

«Sie sind alles, was ich mir für Ellie erhofft habe. Alles, wofür ich gebetet habe, dass sie es findet.»

Meine Gedanken kommen jäh zum Stillstand. Und meine Stimme ist schwach vor Überraschung. «Wirklich?»

«Natürlich.» Er nickt lächelnd, mit Wärme in den Augen. «Sie sind ein guter Mann, engagiert, hart arbeitend, loyal. Ich weiß, dass Sie Ellies Glück über alles andere stellen und sie beschützen werden. Olivia glaubt dasselbe.»

Es fühlt sich wie ein Segen an. Der besten Art. Dann werden Nicholas' Züge nüchtern und ernst. «Aber ... Logan ...»

Ich hebe die Hand. «Sie brauchen es nicht zu sagen. Ich verstehe. Ich werde gleich morgen früh mit Winston sprechen.»

20

ELLIE

Du eingebildeter, arroganter Bastard!», schreie ich, als ich in den privaten Speisesaal von Nicholas und Olivia stürme wie Johanna von Orléans übers Schlachtfeld. Ich bin schnurstracks hierhergekommen, nachdem ich mit Logan gesprochen habe, gleich nach seinem Treffen mit Winston, dem Chef der Security. Gleich nachdem er sein Abzeichen oder seine sexy dunklen Klamotten abgegeben hat oder was zum Teufel Bodyguards auch immer abgeben müssen, wenn sie aufhören, Bodyguards zu sein.

Eigentlich liebe ich Nicholas, er ist ein toller Kerl, was seine aktuelle Arschlochigkeit umso ärgerlicher macht.

«Ellie!» Meine Schwester steht auf.

«Er hat Logan gefeuert», sage ich zu ihr. Dann habe ich nur noch vernichtende Blicke für ihren Ehemann, der in aller Seelenruhe dasitzt. «Wie konntest du ihm das antun? Dieser Job ist sein Leben, er bedeutet ihm alles.»

«Nicht alles.» Nicholas' Augen sind kühl und eindeutig nicht überrascht. Er wirft seine Serviette auf den Tisch. «Und nur fürs Protokoll, ich habe ihn nicht gefeuert. Er hat gekündigt.»

«Aber du hättest ihn gefeuert, wenn er nicht gekündigt hätte.»

«Ja, das hätte ich.»

Langsam dreht meine Schwester sich um. «Nicholas?»

«Ich würde Logan ebenso wenig erlauben, dich oder Ellie zu bewachen, wie ich einem Chirurgen erlauben würde, seine eigene Frau zu operieren. Ich war in seiner Situation. Ich musste mich zwischen Pflicht und Liebe entscheiden, und du weißt, wie es ausging.»

«Aber bei Logan ist das anders. Er kann doch Bodyguard und trotzdem mit mir zusammen sein.»

«Wirklich?», fragt mein Schwager. «Und wie genau würde das funktionieren? Bei dem kommenden Ball, der die Hochzeitsfeierlichkeiten von Henry und Sarah einläutet, willst du, dass Logan da mit dir hingeht? An deiner Seite, als dein Date, als ein Gast?»

So hatte ich mir das vorgestellt. An Logans Arm zu sein, mit ihm zu tanzen, mit ihm zu lachen, während er einen schicken, perfekt sitzenden Smoking trägt wie James Bond.

«Ähm ... ja. Das will ich.»

Nicholas nickt. «Und wie soll er die Party genießen, sich um dich kümmern ... und gleichzeitig die Tür bewachen?»

Frustriert stampfe ich mit dem Fuß auf, weil ich den Sinn in Nicholas' Worten erkenne – und das will ich nicht.

«Dann sollte er an dem Abend eben nicht im Dienst sein.»

«Gut, dann stellen wir uns einmal vor, wie es wäre, wenn er im Dienst ist. Stell es dir vor: Wir sind alle zusammen bei einem Event, schütteln Hände, nehmen Blumen entgegen. Dann fällt plötzlich ein Schuss. Was tut Logan? Wen schützt er zuerst?»

«Ich weiß es nicht.»

«Doch, das weißt du. Denk nicht nach, antworte einfach. Wen?»

Ich sage die erste Antwort, die mir in den Sinn kommt, die einzige Antwort.

«Mich. Logan würde mich zuerst beschützen.»

Nicholas lehnt sich vor, und seine Züge werden weicher. «Natürlich würde er das. Genau wie er es sollte. Ich würde nicht weniger von ihm erwarten.» Sein Blick zuckt zu meiner Schwester. «Aber Tatsache ist, dass ich an Olivia denken muss, an unsere Kinder. Und für die Männer, deren Aufgabe es ist, sie zu beschützen, muss *sie* an erster Stelle stehen; sie hat Priorität. Ich mag Logan sehr, schon immer. Ich vertraue ihm. Ich mag auch euch beide zusammen, Ellie. Aber seine Gefühle für dich beeinträchtigen ihn, und er ist nicht mehr in der Lage, die Aufgaben zu erfüllen, die seine Position mit sich bringen. So einfach ist das.»

Ein Gewicht legt sich schwer auf meine Brust. Erdrückende Schuldgefühle.

«Das ist nicht fair.»

«Das Leben ist oft nicht fair», erwidert Nicholas sanft. «Logan hatte eine klare Entscheidung zu treffen. Er wusste, dass er entweder dich haben kann oder seinen Job, nicht beides. Und er hat sich für dich entschieden.»

LOGAN

Ich finde immer noch, das ist beschissen.»

Ich liege auf der Matratze im halb fertiggestellten Wohnzimmer meines Hauses und höre zu, wie Ellie über die Ungerechtigkeit des Lebens wettert, während sie blassgelbe Vorhänge an den Vorhangstangen aufhängt, die ich heute Vormittag angebracht habe. Sie trägt eines meiner Hemden und nichts drunter. Es ist lang an ihr, aber wenn sie sich streckt, um die

Vorhänge zurechtzurücken, lädt ihr verführerisches Hinterteil mich ein hinzuschauen. Sie hat ein bezauberndes Hinterteil. Ich will sie dort küssen, dort lecken, das hohe Wimmern hören, mit dem sie kommt, wenn ich sie dort vögle. Mein Schwanz schnellt vor, hart und bereit, und meine Eier pochen. Sie muss mit diesen verdammten Vorhängen fertig werden. Und zwar schnell.

«So ist es nun mal, Ellie-Girl. Ich wusste das, als ich mich als Bodyguard verpflichtete, und ich war mir dessen vollauf bewusst, als ich in jener Nacht in dein Zimmer kam.»

Sie schaut über ihre Schulter. Ihr blondes Haar schimmert im Sonnenlicht, und das Hemd rutscht an ihren makellosen Schenkeln hoch, als sie sich dreht.

«Hast du dich deshalb all die Jahre in New York von mir ferngehalten? Obwohl du wusstest, dass ich dich ... mag? Weil du wusstest, dass du dann deinen Job aufgeben müsstest?»

«Ich habe mich von dir ferngehalten, weil du jung warst. Und ich war nicht sicher, ob du bei einem Kerl wie mir bleiben wollen würdest.»

Ellie schüttelt den Kopf. «Dummerchen.» Dann begutachtet sie ihr Werk, indem sie den Kopf schief legt und einen Schritt zurücktritt ... direkt in meine wartenden Hände.

Ich packe ihre winzige Taille, ziehe sie zu mir und rolle sie auf der Matratze unter mich. Dann mache ich mich sofort ans Werk, sie aus meinem Hemd zu schälen und all diese hübschen Stellen zu entblößen, an denen ich so gerne sauge.

Sie fährt mit den Fingern durch mein Haar. «Aber was wirst du jetzt machen, Logan?»

«Im Moment? Werde ich dich um den Verstand vögeln.»

Meiner Ellie gefällt diese Idee. Sie lächelt. «Und dann?»

Nachdenklich schaue ich zur Decke. «Dann werde ich diese Matratze nach oben schleppen und dich langsam und zärtlich unter den Sternen vögeln.»

Das bringt sie zum Kichern. «Und morgen?»

Ich stoße mit den Hüften zwischen ihre gespreizten Beine und gleite mit meiner Härte durch ihre weiche, herrlich feuchte Hitze.

«Dann wiederhole ich das Ganze.» Mein Atem geht schneller, weil sie sich so gut anfühlt. «Aber in anderen Stellungen. Du bist leicht hochzuheben und herumzuwirbeln. Ich kann ziemlich kreativ sein.»

«Logan ...» Stöhnend hebt Ellie die Hüften und fleht mich ohne Worte an, in sie zu stoßen. Sie zu nehmen, zu reiten, sie sich stöhnend winden zu lassen.

Ihre Hände greifen zwischen uns, und sie hält sich an meinen Hüften fest. «Ich liebe es auf diese Weise. Wenn du dich in mich presst, ich dein Gewicht spüre, wenn du dich genau so an mir wiegst.»

Ein Blitz der Leidenschaft zuckt mein Rückgrat empor, und ich küsse sie tief und schnell. Ich presse meine Lippen zu hart auf ihre, aber ich bin nicht mehr in der Lage aufzuhören.

«Ich kann nicht genug von dir bekommen, Ellie ... Ich werde nie, nie genug bekommen ...»

ELLIE

Ich werde davon geweckt, dass Logan meinen Nacken küsst.

Er ist immer schon vor mir auf, aber eines Tages werde ich eine Möglichkeit finden, als Erste die Augen aufzubekommen, damit ich den Anblick seines schlafenden Gesichts genießen kann, entspannt und friedlich. Ich frage mich, ob sein Mund lächelt, wenn er träumt, oder ob er so ernst wirkt wie im Dienst. Eines Tages werde ich es wissen.

Sein Atem kitzelt meinen Hals, und er küsst mich erneut. Seine Lippen sind herrlich warm auf meiner Haut. Als ich die Augen öffne, sehe ich das Wohnzimmer, erleuchtet von Tageslicht, das durchs Fenster hereinfällt, aber nicht gleißend hell, dank meiner Vorhänge. Wir haben es gestern Nacht nicht nach oben geschafft. Ich habe den Kerl ausgelaugt. Wir haben einander ausgelaugt. Und heute fühlt meine Brust sich an, als wäre mein Herz zu groß dafür geworden.

Ich drehe mich auf den Rücken und schaue hoch in diese tiefen braunen Augen, die ich schon vom ersten Moment an geliebt habe. Logans Lächeln versiegt, und seine Stirn runzelt sich, als er auf mich herabsieht. Seine Hand legt sich an meine Wange und wischt eine Träne fort, die mir aus dem Augenwinkel sickert.

«Was ist los, Ellie-Liebes?»

Mir war nicht mal bewusst, dass ich weine. Vielleicht ist es das Wissen, dass er sich für mich entschieden hat, und zugleich ganz genau zu verstehen, was das bedeutet, was er dafür aufgibt. Vielleicht ist es, in diesem Haus zu sein, das nach Holz riecht, nach warmem Stein … und nach Zuhause. Oder vielleicht ist es, in seinen Armen aufzuwachen, durch seinen Kuss, den Kuss dieses Mannes, der alles für mich geworden ist. Für den ich alles tun würde. Diese Worte habe ich vorher nicht verstanden, nicht wirklich, aber jetzt weiß ich es. Ich weiß, was mein Vater für meine Mutter empfunden hat, was Liv für ihren Mann empfindet.

Ich will Logan in Ehren halten. Ihn anbeten. Mein Herz, mein Körper, meine Seele – sie gehören bereits ihm.

Das Einzige, was ich ihm noch zu geben habe, sind Worte.

«Ich liebe dich, Logan.» Mir geht das Herz über. «Ich liebe dich. Ich liebe dich. Ich liebe dich ...»

Seine Mundwinkel heben sich, und er beugt sich dicht zu mir herunter.

«Ellie, ich ...»

Ein Krachen kommt von der Vordertür. Hupen, Schreie, Geschimpfe.

Fluchend sieht Logan in diese Richtung. «Was zum Teufel ...»

Er steht von unserer Matratze auf, schlüpft in eine Jeans und geht ohne Hemd auf den Lärm zu. «Bleib hier.»

Ich höre nicht auf ihn. Ich ziehe mir sein Hemd über, schlüpfe in meine schwarze Leggins und hole ihn im Flur ein. Durch die vorhanglosen Vorderfenster sehe ich Menschen, und zwar jede Menge. Da sind auch Autos und Lieferwagen.

Als Logan die Tür öffnet, klicken hundert Kameras auf einmal los, wie Maschinengewehrfeuer. Es sind Reporter, Fotografen ... und sie sind in Logans Vorgarten.

Eine Lücke tut sich in der Menge auf, das Meer teilt sich, und James drängt sich ins Haus und schlägt die Tür hinter sich zu. James ist ein guter Freund von Logan und ein ehemaliges Mitglied von Nicholas' persönlichem Security-Team. Er ist in jenem ersten Sommer mit ihm und Olivia nach Wessco gegangen und bewacht jetzt die königliche Familie im Palast.

«Morgen, Lo.» Er nickt mir zu. «Miss Ellie.»

«Was zum Teufel ist hier los, James?», fragt Logan.

James neigt entschuldigend den Kopf. «Ihr.» Er blickt zwischen Logan und mir hin und her, dabei fällt ihm das blonde Haar in die Stirn. «Während die Pressefuzzis darauf warten, dass die Babys auf die Welt kommen und der Tag der Hochzeit heranrückt, müssen sie schließlich ihre Seiten mit irgendeinem Skandal füllen. Und der seid ihr beide.»

Logan legt den Arm um mich.

«Außerdem», fährt James fort, «habe ich den Wagen gebracht. Die Queen will euch sehen. Sofort.»

Das hört sich nicht gut an.

♛

In den zerknitterten Klamotten von letzter Nacht, die wir rasch übergeworfen haben, warten Logan und ich im privaten Salon der Queen, einem beeindruckenden Raum mit Akzenten in Senfgelb und dunklem Holz. Queen Lenora schreitet herein wie ein verärgerter General – wenn denn eine Militäruniform aus rosa Kostüm und Pillbox-Hut bestünde.

Logan verbeugt sich, und ich knickse.

Sie wirft mehrere Zeitungen auf ihren Schreibtisch. Klatschblätter. Alle mit reißerischen Schlagzeilen über mich, die muntere Verwandte des Königshauses, die mit dem aus einer zwielichtigen Familie stammenden rauen Bodyguard rummacht. *Großartig.*

«Ich bin enttäuscht von dir, Eleanor.» Sie schüttelt den Kopf. «Der arme George. Der junge Bürgermeister war so vielversprechend. Ich kann mir gar nicht vorstellen, was er dazu sagen wird.»

Ich hebe die Hand. «Genau genommen hat er mir heute Morgen eine Nachricht geschrieben. Er hat sich bedankt. Er schwärmt seit einer Ewigkeit für das Zimmermädchen, und jetzt hat er endlich den Mut gefunden, sie um eine Verabredung zu bitten.»

Die Queen hebt die Nase. «Du hättest nach so viel Höherem greifen können. Nach einem wichtigen, bedeutenden Mann.»

Sie wendet sich Logan zu und sieht ihn ernst an. «Und Sie. Sie hatten dieser Familie gegenüber die Pflicht, Eleanor zu beschützen …»

Ich trete vor und muss ihr einfach ins Wort fallen, obwohl ich weiß, dass es ungebührlich und unangemessen ist, aber das ist mir scheißegal.

«Er *hat* mich beschützt. Seit dem Tag, an dem ich ihn kennengelernt habe, auf jede erdenkliche Weise. Wagt es nicht, seine Loyalität Eurer Familie gegenüber in Frage zu stellen.»

«Ellie!», zischt Logan leise. Sogar jetzt versucht er, mich zu beschützen.

Queen Lenora schüttelt den Kopf. «Du hättest Madam Eleanor, Lady Eleanor, Herzogin Eleanor werden können … und du hast dich entschieden, diese Gelegenheit wegzuwerfen.»

Ich straffe den Rücken und stehe noch ein bisschen aufrechter. «Mein Name ist nicht Eleanor. Ich heiße Ellie. Und Logan St. James *ist* ein bedeutender und wichtiger Mann, und wenn Ihr das nicht sehen könnt, dann ist das Euer Verlust. Ich brauche keinen Titel.» Ich sehe Logan an. «Ich brauche nur ihn.»

Die Queen schnaubt, königlich natürlich. «Oh, du meine Güte.» Sie wendet sich zu dem Gemälde hinter ihr um, dem von ihrem Ehemann Edward, und sieht es kopfschüttelnd an, als wäre Edward der Einzige, der sie versteht. Dann, mit einem Seufzen, richtet sie ihre Aufmerksamkeit wieder auf Logan. «Lassen Sie uns allein.»

Logan zögert eine Sekunde, um mich anzusehen, stumme Rücksprache mit mir zu halten, und als ich nicke, verbeugt er sich tief vor der Queen, geht hinaus und schließt die Tür hinter sich.

Queen Lenora tritt näher. «Ich war einmal in deinem Alter. Auch wenn ich sicher bin, dass meine Enkel sich das nicht vorstellen können, so ist es doch wahr. Du bist jung und voller Hoffnung und Schönheit und törichtem Vertrauen. Du glaubst, dass Liebe alles richten kann. Jedes Übel heilen.» Kopfschüttelnd sieht sie mir in die Augen. «Das kann sie nicht. Und obwohl ich andere Hoffnungen für dich hatte, hast du deine Wahl getroffen. Ich wünsche dir alles Gute, wirklich. Ich hoffe, du und dein Bodyguard findet alles Glück der Welt.»

Die Queen geht steif wieder hinter ihren Schreibtisch.

«Aber, Ellie, falls du glaubst, dass die Dinge jetzt einfacher werden, dass ihr zwei einfach von der Realität eurer Situation unberührt in den Sonnenuntergang reiten könnt ... dann solltest du dich darauf gefasst machen, im Irrtum zu sein.»

21

LOGAN

Ich sitze in dem antiken Sessel vor dem Büro der Queen und warte auf Ellie. Mir gegenüber an seinem Schreibtisch sitzt Christopher, der persönliche Sekretär Ihrer Majestät. Er ist ein Schrank, ein Riesenkerl, große Reichweite. Das bringt mich zum Nachdenken.

«Hey, Christopher, haben Sie je gekämpft? Boxen? So was in der Art?»

Er rückt seine Brille zurecht. «Ich fechte.»

Fechten. Damit kann ich arbeiten.

Das Telefon auf seinem Schreibtisch klingelt. «Ja. Ja, sofort.» Er sieht mich an. «Winston würde gern mit Ihnen sprechen.»

Ich deute mit dem Daumen zur Tür. «Sagen Sie Ellie, wir sehen uns in ihrer Suite, wenn sie hier fertig ist.» Dann, als ich an seinem Schreibtisch vorbeigehe, füge ich hinzu: «Wir sollten uns mal unterhalten, über Training. Sie sind der Sekretär der Queen. Sie sind ständig bei ihr, ihre letzte Verteidigungslinie. Es wäre gut für Sie zu wissen, wie man sich verteidigt. Ich könnte Ihnen ein paar Dinge zeigen.»

Er denkt darüber nach … und dann nickt er.

Unten in Winstons Büro finde ich ihn und ein paar der Jungs dabei vor, wie sie die Security-Einzelheiten für die Hochzeit durchgehen. Da ich nicht länger zum Kreis der Eingeweihten zähle, unterbrechen sie ihre Unterhaltung, als ich zur Tür hereinkomme.

«Sie wollten mit mir reden?»

Winstons ausdruckslose Augen und leere Miene wenden sich in meine Richtung. «Ich wollte Sie informieren, dass ich Bodyguards für Ihr Haus, sowie einen Wagen mit Chauffeur für Sie und Miss Hammond eingeteilt habe.»

Eine Sekunde lang glaube ich, ihn nicht richtig verstanden zu haben.

«Warum?»

«Kurzfristig werden die Bodyguards die Presse in Schach halten. Langfristig werden sie Sie und Miss Hammond beschützen. Der Wagen und der Fahrer ebenso.»

«Ich will keine verdammten Bodyguards vor meinem Haus haben.»

«Es kümmert mich nicht, was Sie wollen, St. James. So ist das Protokoll, das wissen Sie.»

Beinahe lache ich. Denn das verdammte Protokoll ist für Aristokraten, nicht für mich.

«Ich kümmere mich um die Presse. Und ich kann Ellie sehr gut beschützen.»

Was Winston so unheimlich macht, ist, dass er so gut wie keine Betonung in der Stimme hat. Keine Emotion. Er klingt nicht aufgebracht oder verärgert. Er diskutiert nicht. Er ist wie der Terminator. Ganz egal, was du tust oder sagst, er macht einfach weiter, fährt fort, regelt die Dinge auf seine Weise.

«Nein, das können Sie nicht. Darum geht es ja.»

Einer der neueren Jungs, ein massiger, großmäuliger Fiesling, meldet sich von dem Sofa auf der anderen Seite des Raums zu Wort. «Überlass das Bewachen uns, St. James. Konzentrier du dich einfach darauf, deine hübsche kleine goldene Eintrittskarte bei Laune zu halten.»

Mit schmalen Augen mache ich zwei Schritte auf ihn zu, und bemerke, dass Winston sich an meiner Flanke positioniert, nur für den Fall.

«Wie bitte?»

Der Vollidiot zuckt mit den Schultern. «Willst du vielleicht sagen, dass du dich beim kommenden Ball von Prinz Henry und Lady Sarah nicht in einen Smoking schmeißen und Champagner schlürfen wirst? Ich meine, freut mich für dich, Kumpel. Du hast den Jackpot geknackt. Ich sage, genieß es, solange es geht.»

Mein erster Impuls ist, ihm eine reinzuhauen, ihm die Lichter auszuknipsen. Aber dann sehe ich seine Miene, und sie ist dümmlich aufrichtig. Er will gar kein Idiot sein, sondern freut sich für mich ... und irgendwie macht es das nur noch schlimmer.

♛

Ellies Tür ist offen. Ich schließe sie und verriegle sie hinter mir. Ellie steht vor der offenen Balkontür und sieht zu, wie der Regen niederprasselt. Der Himmel ist von einem wütenden Grau, und der kühle Wind bauscht die Vorhänge und zerzaust die honigfarbenen Strähnen von Ellies Haar.

Sie steht ganz still da. Und ich frage mich, was ihr durch den Kopf geht. Ich trete hinter sie, lege die Arme um ihre Taille und ziehe sie an meine Brust. Dann küsse ich ihre Schläfe und rieche den Regen auf ihrer Haut, frisch und sauber. «Was machst du?», frage ich.

«Mir das Gewitter ansehen. Ist es nicht schön, Logan?»

Ich neige den Kopf, um ihr ins Gesicht zu blicken. «Atemberaubend.»

Sie lächelt.

«Ist alles okay? Nach deiner Unterhaltung mit der Queen?»

Ellie richtet den Blick wieder zum Himmel. «Es geht mir gut. Aber ich schätze, Nicholas nennt sie nicht umsonst eine Streitaxt, was?»

«Nein.» Ich lache leise. «Das ist ein wohlverdienter Spitzname.»

Ich küsse ihren Hals, ihr Ohr. Es gibt Dinge, die ich sagen sollte, Dinge, über die wir sprechen sollten, aber im Moment verzehre ich mich nach ihr. Ich will sie halten, sie spüren, unter mir und überall um mich herum. «Ich bin verrückt nach dir, Ellie. Ich will dich so sehr.»

An mich geschmiegt, dreht sie sich um und legt ihre Arme um meinen Hals. Ihre süßen blauen Augen sind voll von demselben Verlangen, das mich durchströmt.

«Du hast mich, Logan. Ich bin genau hier», sagt sie sanft. «Ich bin dein.»

Ich küsse sie behutsam und innig. Und ich höre nicht damit auf. Meine Lippen verlassen nicht ihre Haut, als ich sie zum Bett bringe, sie hinlege und aus dem Pullover und der Leggins schäle. Ellie sieht mir zu, wie ich mir das Hemd über den Kopf ziehe. Ihr Blick folgt meinen Händen, streichelt mich, während ich meine Hose aufknöpfe und sie zu Boden streife. Ihren Blick festhaltend, komme ich zu ihr aufs Bett, nackt in jeder Hinsicht.

Und während draußen der Wind und der Regen toben, schaffen Ellie und ich uns unseren eigenen Zufluchtsort, unser eigenes Paradies. Sie stöhnt meinen Namen, als ich tief in sie gleite, und klammert sich an mich. Ich halte sie fest, während ich mich langsam in ihr bewege, zärtliche Worte und Versprechen flüstere.

Es ist aufrichtig und roh, mehr als nur die Vereinigung unserer Körper. Es fühlt sich an, als hätten sich unsere Seelen ebenfalls vereinigt.

Als sie mir heute Morgen gesagt hat, dass sie mich liebt, war es das erste Mal überhaupt, dass jemand diese Worte zu mir gesagt hat. Das einzige Mal. Und das ist mir so kostbar, *sie* ist mir so kostbar, dass es mich erbeben lässt.

Wir finden einen gemeinsamen Rhythmus, kommen zur selben Zeit. Es fühlt sich exquisit an, es fühlt sich an wie Liebe. Was ich mit Ellie habe, was wir in diesem Augenblick geschaffen haben, ist, wonach ich mich mein ganzes Leben lang gesehnt habe: etwas Edles und Dauerhaftes. Rein und gut und wahr.

ELLIE

Die nächsten paar Tage sind verrückt und schwierig. Ich hatte gedacht, ich wäre an die Presse gewöhnt, an die Lügengeschichten, die sie sich aus den Fingern saugen. Aber das hier legt dem Wahnsinn noch eine Schippe drauf. Sie kampieren vor Logans Haus auf dem Bürgersteig und warten darauf, dass einer von uns sich zeigt. Was einmal sein privater Rückzugsort war, hat sich in einen Zirkus, eine Freakshow verwandelt.

Sie folgen uns überallhin. Logan wird auf dem Flohmarkt beinahe handgreiflich, als ein Paparazzo eine anzügliche Bemerkung über meine Brüste macht. Nur der Bodyguard, der uns folgt, verhindert, dass er sich auf den Typen stürzt.

Logan macht sich an die Fertigstellung des Hauses, und es wird wunderschön. Einmal habe ich zu ihm gesagt, dass er Häuserbauen zu seinem Beruf machen soll, nur halb im Spaß. Aber er antwortete nicht. Ich glaube, seinen Posten verlassen zu haben, erweist sich für ihn als schwerer, als er dachte. Wann immer wir in der Öffentlichkeit sind, ist er angespannt und still – nicht dass er vorher Mr. Plaudertasche war. Nur nachts, im Palast, wenn wir uns lieben – dann spüre ich ihn. Er sieht mich mit den Augen an, die ich kenne, lächelt und flüstert und küsst mich wie der Mann, den ich liebe.

In diesen Momenten, wenn es nur ihn und mich gibt und der Rest der Welt nicht existiert, sind wir vollkommen. Und glücklich. Und ich erhasche einen flüchtigen Blick darauf, wie unsere Zukunft sein wird, wenn wir es nur durch diesen Spießrutenlauf schaffen.

♛

Eine Woche später ist der Ball für Henry und Sarah. Erstaunlicherweise drang kein Sterbenswörtchen über ihre heimliche Gartenhochzeit nach draußen, und darüber bin ich froh. Sie gehört immer noch nur ihnen. Sie werden sie nicht mit der Welt teilen müssen.

Der Ball wird der erste gemeinsame öffentliche Auftritt von Logan und mir. Ich kann es nicht erwarten, an seinem Arm zu sein. Ich kann es nicht erwarten, sein Gesicht zu sehen, wenn er mein Kleid sieht, ein langes fließendes Abendkleid in der Farbe von Strandglas in der Sonne, das mein Dekolleté pusht und meinen Hintern betont. Platz da, @Elliesweettits; sobald Twitter Fotos von meinem Hintern in diesem Teil sieht, geht es da ab. Nicht dass mich das wirklich interessiert; der einzige Ort, an dem ich abgehen will, ist in Logan St. James' schmutzigen Phantasien.

Ich verbringe den Tag damit, mich zusammen mit Livvy und Sarah vom palasteigenen Glamour-Trupp hübsch machen zu lassen, einer der Vorzüge, in einer königlichen Residenz zu leben. Unser Haar wird gewaschen und geföhnt, unsere Nägel werden gefeilt und lackiert, wir werden fast zu Tode gewachst und gezupft. Und dann um Punkt sieben treffen wir uns auf der großen Freitreppe zum Fototermin.

Sarah trägt ein rotes trägerloses Ballkleid und ist umwerfend mit ihrem in zahllosen glänzenden Locken hochgestecken Haar. Henry, der auffallend gut in einem formellen Frack aussieht, kann die Augen nicht von ihr lassen.

Olivia mit ihrem großen, runden, schönen Bauch sieht herrlich aus in einem One-Shoulder-Kleid aus smaragdgrünem Chiffon, kombiniert mit schlichten – und bequemen – nudefarbenen Flats. Nicholas bestand darauf, weil er nicht wollte, dass ihr die Füße weh tun.

Der Palast hat die berühmte Fotografin Jillian Sabal beauftragt, gestellte Fotos und auch Momentaufnahmen der königlichen Familie zu machen. Logan verspätet sich, deshalb versuche ich, ihn anzurufen, aber der Anruf geht auf die Mobilbox. Auf Textnachrichten antwortet er auch nicht. Meine Nervosität wächst, als die Bilder auf der Treppe ohne ihn gemacht werden. Meine Enttäuschung ist niederschmetternd.

Obwohl es von ihm ohnehin keine Porträtfotos geben soll, hatte ich gehofft, dass wir das eine oder andere Foto allein von uns beiden bekommen würden, und sie wären so phantastisch geworden.

Wo ist er?

Dann ist es Zeit für die offizielle Begrüßung, und der Ball fängt ohne ihn an. Und ich habe dieses schreckliche, flaue Gefühl im Magen. Weil er in letzter Zeit gereizt, angespannt und unglücklich war. Da ist ein winziger Hauch Sorge, dass ihm vielleicht etwas passiert ist, ein Unfall oder eine Verletzung, aber tief in mir drin weiß ich, dass das nicht wahr ist.

Ich schreibe ihm noch mal. Ich rufe noch fünfmal an. Ich habe keine Angst, dadurch verzweifelt zu wirken, denn Logan und ich spielen keine Spielchen. Zumindest dachte ich das.

Ich beobachte den Eingang des Ballsaals in der Hoffnung, dass er auftaucht ... weil ich eben ein hoffnungsvoller Mensch bin.

Und erst nach einer Stunde Tanz, als die weißbehandschuhten Kellner auf eleganten Tellern das Dinner servieren, löst sich meine Hoffnung auf, und meine Enttäuschung beginnt, sich zu erhitzen, zu kochen, sich in Ärger zu verwandeln.

Denn Logan kommt nicht.

Als wir zum Haus fahren, wirkt es verlassen, still und dunkel, obwohl es jetzt Strom hat. In der Auffahrt steht ein schwarzer SUV, der den Bodyguards gehört, und zwei Typen, die ich nicht kenne, sitzen in dem Fahrzeug. Sie nicken James zu, als er die Autotür hinter mir schließt. Als er Anstalten macht, mich den

Weg hochzubegleiten, schicke ich ihn zurück, weil ich für das hier kein Publikum will.

Ich finde Logan in der Küche, im Dunkeln sitzend, an dem Tisch, den wir vor zwei Tagen auf einem Flohmarkt gefunden haben. Sein Hemd ist nicht zugeknöpft, und eine schwarze Fliege hängt locker um seinen Hals.

Und ich weiß nicht, was ich empfinde, es ist so viel auf einmal. Zum ersten Mal, seit ich ihn kennengelernt habe, sieht mein Held verloren aus, hat mein Schutzengel einen gebrochenen Flügel. Und ich will ihn wieder heil machen, ihn retten, wie er immer mich gerettet hat. Ich will ihn lieben, bis er sich wieder spüren kann. Aber da sind auch andere Emotionen, der Stich von Schmerz, das Brennen der Kränkung, der scharfe Hieb von Wut.

«Was ist los, Logan?»

Er sieht mich nicht an, sondern starrt nur weiter auf die halbleere Flasche vor ihm. «Ich bin ein Idiot. Ich *sehe aus* wie ein Idiot.»

Ich trete näher, nah genug, um das Aroma von Whiskey zu riechen, das ihn umweht. «Das ist nicht wahr.»

Er hebt den Finger. «Ich hätte mich wie ein Idiot gefühlt, wenn ich heute Abend mit dir bei diesem Ball aufgetaucht wäre.»

«Warum?»

Er hebt die Hand und weist zur Tür. «Das steht alles in den Zeitungen. Ich bin der verdammte Bodyguard aus East Amboy, der die Schwester der Prinzessin vögelt, um ein verwöhnter Royal zu werden. Ich habe Wachen um mein Haus herum, weil ich nicht fähig bin, mich selbst zu beschützen. Oder dich.»

«Mir ist vollkommen egal, was die schreiben, und dir sollte

es auch egal sein. Sie lügen. Sie verbreiten Lügen über Nicholas und Olivia und Henry. Sie haben auch schon über mich gelogen, das weißt du.»

Er schüttelt den Kopf. «Es fühlt sich anders an, der Mensch zu sein, über den sie Lügen verbreiten. Alles, was ich immer wollte, war, Teil von etwas Größerem zu sein, und jetzt bin ich Teil von gar nichts mehr.»

Ich versuche, nicht zusammenzuzucken. Denn er sieht nicht, dass er ein Teil von mir ist, ein Teil von *uns.*

«Du hast gesagt, du wärst einverstanden», erinnere ich ihn.

«Ich weiß, was ich gesagt habe!»

«Du hast gesagt, als du in jener Nacht in mein Zimmer gekommen bist, hast du gewusst, worauf du dich einlässt.» Ich hasse es, wie meine Stimme jetzt klingt: weinerlich und unreif.

«Es geht nicht nur darum. Es geht auch um dich. Die Queen hatte recht, Ellie.»

«Recht womit?»

«Mit allem, was du aufgibst.»

«Was ich aufgebe?»

«Schlösser und Kutschen. Das Märchen, das deine Schwester lebt. Ich werde nie in der Lage sein, dir das zu geben. Du wirst dich mit weniger zufriedengeben müssen. Es ist wichtig, dass du das jetzt begreifst, nicht erst in fünf Jahren, wenn du mich dafür hassen wirst.»

Ich starre an die Wand, denn wenn ich ihm ins Gesicht sehe, werde ich weinen. Und ich will stark sein. Wütend. Ich war noch nie gut darin, wütend zu sein, aber ich gebe mein Bestes.

«Fick dich, Logan. Für so eine hältst du mich? Du denkst, dass so was wichtig für mich ist?»

«Ich versuche nur, es aus allen Blickwinkeln zu betrachten. Mich vorzubereiten. Für dich ist es leichter. Mit der königlichen Familie verwandt zu sein ist etwas Gutes. Niemand wird deswegen auf dich herabsehen.»

«Es könnte etwas Gutes für uns beide sein.»

Sein Gesicht verhärtet sich, und Ärger liegt in den gefühlvollen Augen, die ich so sehr liebe.

«Ich bin für mich selbst verantwortlich. Ich kümmere mich um mich selbst und um alle um mich herum, das habe ich schon immer getan. Der Gedanke, dass die Leute mich als einen dahergelaufenen Goldgräber betrachten, als einen verdammten Arsch, der dich benutzt, macht mich krank. Bringt mich dazu, jemanden umbringen zu wollen. Ich kann es nicht ertragen.»

Die Heftigkeit in seiner Stimme schockiert mich. Logan hat bisher immer nur behutsam und freundlich mit mir gesprochen. Ihn mit so viel ... Abscheu sprechen zu hören ... Nun ... das tut verdammt weh.

«Wolltest du heute Abend überhaupt auftauchen? Oder anrufen? Oder hattest du von Anfang an vor, mich einfach ohne ein Wort hängen zu lassen?»

Das Schweigen, das auf meine Frage folgt, beantwortet sie.

«Das ist echt ein mieser Zug, Logan.»

Er starrt die Flasche auf dem Tisch an. «Es tut mir leid. Ich wollte kommen, und dann habe ich mich angezogen und mich im Spiegel gesehen und ... konnte es einfach nicht.» Er stößt den Atem aus. «Ich brauche Zeit, um herauszufinden, wie mein Leben weitergeht. Wo es für mich von hier aus hingeht.»

«Das können wir gemeinsam herausfinden», schlage ich vor.

Aber er sagt nichts. Und es fühlt sich an, als würde meine Brust zusammengepresst. Weil er *Zeit braucht.* Und jeder weiß, was das bedeutet.

«Machst du ... machst du Schluss mit mir?»

Es folgt eine winzige Pause, und in dieser halben Sekunde ist mein Kummer so gewaltig, dass ich keine Luft mehr bekomme. Es ist, als würde ich ertrinken.

Dann wirft Logan mir einen Rettungsring zu. «Nein, Ellie.» Leicht schwankend steht er vom Stuhl auf und kommt näher zu mir. «Nein, das tue ich nicht. Ich will nur ...»

Durch all die Jahre mit meinem Dad erinnere ich mich an das brennende Gefühl, nicht gewollt zu werden. Das Echo dieser Zurückweisung dringt durch meine Knochen und lässt mein Innerstes gefrieren. Ich weiß zu genau, wie es sich anfühlt, jemanden zu lieben, der sich wünscht, er müsste mich nicht ansehen oder mit mir reden.

«Okay, Batman, du kannst allein in deiner Bat-Höhle darüber nachgrübeln. Ich gehe.»

«Das ist nicht ...»

Aber ich stürme bereits zur Tür.

Als ich sie öffne, ist er hinter mir und drückt sie wieder zu.

«Das ist nicht, worum es hier geht.» Ich spüre seine andere Hand auf meiner Schulter, seine warme, harte Brust an meinem Rücken, seine Stimme in meinem Ohr, rau und bekümmert. «Du bist alles, was sich ein Mann nur wünschen kann, Ellie. Alles, was *ich* mir wünsche. Es liegt an mir. Ich muss nur ... Ich muss mir erst über alles klarwerden.»

Ich nicke knapp. «Ja, das hast du schon gesagt. Sag Bescheid, wenn du damit fertig bist.»

Erneut ziehe ich an der Tür, aber sie gibt keinen Zentimeter nach. Weil er so verdammt stark ist, und das macht mich auch wütend.

«Ellie, ich ...»

«Lass mich raus! Ich sollte gehen können, wenn ich will.» Meine Stimme ist lauter geworden. «Du darfst mich nicht hierbehalten, nur weil du es kannst!»

Als ich erneut versuche, die Tür zu öffnen, ist seine Hand fort. Die Tür geht auf, und ich renne über die Veranda, die Stufen hinunter.

«Warte.» Logans Hand packt meinen Arm, nicht fest, aber nachdrücklich.

Und dann kommt James' stählerne Stimme vom Auto herüber.

«Lass sie los.»

Logans Kopf fährt hoch, und seine Augen werden eisig.

«Was hast du gesagt?»

James kommt näher. «Ich sagte, lass sie los, Logan. Sofort.»

Logan tut es nicht. Und plötzlich fühle ich mich wie eine Gazelle zwischen zwei sehr wütenden Löwen, die darauf brennen, sich gegenseitig an die Kehle zu gehen.

«Ist das dein verdammter Ernst? Denkst du ernsthaft, ich würde ihr weh tun?»

James' Tonfall ist ruhig, aber energisch, und lässt keinen Widerspruch zu. «Ich denke, du hast zu tief ins Glas geschaut und bist aufgebracht. Und du hältst ihren Arm fest. Wenn du irgendwer anderes wärst, dann würdest du schon auf dem Boden liegen, mit meinem Fuß auf deiner Kehle. Ich kenne dich, Lo, ich weiß, dass du ihr nie weh tun wollen würdest. Aber ich sage dir jetzt, du musst runterkommen, dich beherrschen und *sie verdammt noch mal loslassen.*»

Logan starrt seinen Freund, seinen Waffenbruder, ein paar lange Sekunden an. Dann schüttelt er den Kopf und lässt ohne ein weiteres Wort oder einen Blick in meine Richtung meinen Arm los, dreht sich um, geht zurück in sein Haus und schlägt die Tür hinter sich zu.

22

LOGAN

Da ist ein verdammtes Dröhnen in meinem Kopf. Es prallt in meinem Schädel herum wie eine Flipperkugel. Warmes Sonnenlicht scheint auf mein Gesicht, und als ich schließlich die Augenlider einen Spaltbreit öffne, fühlt es sich an, als würde ein Laserstrahl durch meine Augäpfel schießen und mein Gehirn frittieren.

Ich liege auf dem Boden. Und die Morgensonne hat mich durch das Fenster über der Spüle gefunden. Ich hätte Ellies verdammte Küchenvorhänge aufhängen sollen.

Nachdem sie gestern Nacht gegangen ist, habe ich mich in der Küche dumm gesoffen ... noch dümmer. Offensichtlich habe ich auch hier geschlafen. Ich reibe mir über das schmerzende Gesicht, während ich mich an meinen Streit mit Ellie erinnere und daran, dass ich mich beinahe mit James geprügelt habe. Ich erinnere mich, wie sie gegangen ist wegen dem, was ich getan habe, und dem, was ich nicht getan habe.

Gott, wie konnte ich mich so schnell in ein solches Arschloch verwandeln? Es ist fast wie Magie. Magie der schlechten Art.

Das Dröhnen setzt wieder ein ... diesmal eher ein Klopfen ... und mir wird bewusst, dass es nicht aus dem Innern meines Schädels kommt. Es kommt von der Tür.

Wer zum Teufel sollte mich besuchen wollen? Jetzt um – ich sehe auf meinem Handy nach – sechs Uhr morgens? Ich raffe mich auf und lege den langen, schmerzhaften Weg zur Tür zurück.

Warum habe ich mir ein Haus gekauft, das so verdammt groß ist? Genau, weil ich ein Volltrottel bin. Definitiv. Ich mache auf und frage mich, ob ich träume. Oder noch betrunken bin.

Weil da ein Prinz auf meiner Veranda steht.

«Morgen, Logan», sagt Nicholas.

Ich überlege, mich zu verbeugen, wie ich es sollte, aber nein, da wird nichts draus. Ich würde verdammt noch mal umfallen oder ihn vollkotzen.

«Morgen, Hoheit.» Ich werfe einen Blick hinter ihn und sehe James neben dem Wagen stehen. Er winkt fröhlich. Ich nicke zurück, dankbar dafür, dass er es mir nicht übelnimmt, dass ich letzte Nacht so ein Arsch war.

«Was machen Sie hier?», frage ich.

«Ich habe Tee mitgebracht.» Er reicht mir einen der beiden Pappbecher mit Deckel. «James dachte, Sie könnten eine starke Tasse gebrauchen.»

James hat recht.

«Danke.» Ich zupfe am Rand des Deckels. «Falls Sie gekommen sind, um über Ellie zu sprechen ...»

«Eigentlich nicht. Aber ... an Ihrer Stelle würde ich Olivia aus dem Weg gehen. Sie hat ihren Baseballschläger aus New York mitgebracht, und der wachsende Bauch beeinträchtigt ihren Schlagarm nicht.»

«Danke für die Warnung.»

Der Prinz sieht hoch zum Dach der Veranda, dann über meine Schulter hinweg ins Haus hinein. «Ich wollte sehen, wie es mit dem das Haus vorangeht.»

«Mit dem Haus?»

Er nickt. «Ja. Ellie hat erwähnt, dass Sie den Innenausbau komplett selbst machen.»

«Ja.»

«Ich dachte, ich komme vorbei, um Ihnen ein wenig zur Hand zu gehen.»

Es ist zu früh. Viel zu früh. Mein Gehirn verarbeitet das noch nicht. «*Sie* wollen *mir* zur Hand gehen?»

Nicholas wirkt beleidigt. «Ich habe schon Häuser gebaut, Logan. Auf drei Kontinenten. Ich bin nicht völlig hilflos.»

Ich schüttle den Kopf. «Nein, ich weiß ... Ich bin nur ...»

«Und Wände hochziehen ist ein Zwei-Mann-Job. Außer es kommt sowieso einer der anderen Jungs vorbei ...»

«Nein.» Mit einem Kopfschütteln versuche ich, den Nebel zu vertreiben. «Nein ... Tommys Mum lässt ihn immer noch nicht aus seinem Zimmer. Alle anderen arbeiten. Also mache ich es allein.»

Dann sagt Nicholas mit diesem Tonfall, der keinen Widerspruch duldet: «Nein, heute nicht.»

Nachdem ich dem Prinzen bei einem Rundgang das Haus gezeigt habe, machen wir uns an die Arbeit. Rigipsplatten montieren und verspachteln ist nicht gerade eine leichte Übung, und da es ein ungewöhnlich warmer Tag ist, bin ich mittags klatschnass und habe mir alles Gift der vergangenen Nacht wieder rausgeschwitzt. Wir bestellen Sandwiches von dem Markt ein paar Blocks entfernt, und nach einer Flasche Wasser und einer heißen Dusche fühle ich mich schon etwas weniger wie ein Haufen Abfall, auf den jemand gepisst hat.

Es gibt da eine Zeile aus einem Film, ich habe vergessen, aus welchem. Jedenfalls heißt es da, dass die perfekte Art, einen harten Arbeitstag zu beenden, eine Flasche Bier ist. Wer auch immer das geschrieben hat, kannte sich aus. Denn später sitzen Nicholas und ich im Garten hinter dem Haus, jeder mit einem kalten Bier, und betrachten den Sonnenuntergang.

Er glüht tiefrosa und leuchtend orange, als hätte Gott ein Zündholz angemacht und den Himmel in Brand gesteckt. Und ich denke an Ellie ... Daran, wie sehr ich sie hierhaben möchte, um mit ihr den Sonnenuntergang anzusehen, sie in meine Arme gekuschelt, auf meinem Schoß, jeden einzelnen Abend.

«Ich werde Ihnen etwas erzählen, das ich noch niemandem erzählt habe», sagt Nicholas, den Blick auf den Himmel gerichtet. «Als ich nach meiner Abdankung zum ersten Mal nach Hause kam und an meiner ersten Veranstaltung teilnahm, war das ... unangenehm.»

Er stützt die Ellbogen auf die Knie, schaut auf seine Flasche hinunter und zupft am Etikett. «Wie man mich angesehen hat, hatte sich verändert. Man konnte es spüren. Ich glaube nicht, dass ich vorher vollständig begriffen hatte, über welchen Respekt ich verfügte, welche Macht ich hatte, nicht bis zu diesem Moment. Bis es weniger war als vorher. Ich fühlte mich ... kastriert.»

Ich nicke, weil es genau das ist – *weniger.* Trotz der Familie, aus der ich komme, habe ich mich nie geringgeschätzt gefühlt; seit ich fünfzehn Jahre alt war nicht mehr. Ich arbeite hart, ich bin der Beste in dem, was ich tue, und das ist wichtig für mich. Die Vorstellung, dass Leute denken, ich versuche, einen Fuß in die Tür zu kriegen, mir etwas – *jemanden* – zu nehmen, den ich nicht verdiene, ist … unangenehm. Sie liegt mir im Magen wie verdorbenes Essen.

«Wissen Sie, wie lange das angehalten hat?», fragt Nicholas.

«Wie lange?»

«Ungefähr fünf Minuten. So lange habe ich gebraucht, um Olivia auf der anderen Seite des Saals zu entdecken. Und dann dachte ich: *Ich darf sie haben. Sie behalten. Sie lieben und von ihr geliebt werden … für immer. Diese erstaunliche, brillante Frau.* Dann habe ich mich gefragt: *Warum gebe ich was auf die Meinung der Leute? Mich hat früher nicht interessiert, was andere denken, und das tut es auch jetzt nicht.*» Er schnippt mit den Fingern. «Und einfach so war es vorbei mit dem Unbehagen. Und ich fühlte mich wieder wie ich.»

Ich trinke einen Schluck von meinem Bier. «Dann ist es also so einfach?»

Nicholas sieht mich nachdenklich an. «Wenn Sie Ellie ansehen … verblasst dann die ganze Welt? Und ist sie das Einzige, was Sie sehen? Das Einzige, was Sie je sehen *wollen*?»

Ich lächle dümmlich. «Ja … ja, genau so ist es.»

«Dann ist es so einfach.» Nicholas trinkt sein Bier. «Außerdem … letzten Endes bin ich immer noch ein Prinz, und Sie können immer noch jeden im Raum mit bloßen Händen umbringen. Also …» Er stößt mit seiner Flasche an meine. «Prost.»

23

ELLIE

Nachdem ich gestern Abend Logans Haus verlassen habe, bin ich nicht wieder zurück auf den Ball. Das konnte ich nicht. Ich konnte mir nicht vorstellen, ein Lächeln aufzusetzen und so zu tun, als ginge es mir gut. Dass sich meine Brust nicht anfühlte wie mit Beton gefüllt. Aber obwohl ich traurig war, weinte ich nicht. Denn es fühlt sich nicht an, als wäre es zwischen Logan und mir aus, als wäre es vorbei, als müsste ich trauern. Es ist eher so, als säßen wir fest, hätten uns in irgendwas verfangen.

Olivia kam in mein Zimmer. Sie hatte die Party früher verlassen, weil sie müde war und ihre Füße und Knöchel sogar trotz der flachen Schuhe angeschwollen waren. Ihre Zehen sehen aus wie zehn dicke Würstchen – solche, von denen Bosco mal eine ganze Packung gefressen hat. Unser Dad kommt nächste Woche nach Wessco, damit er hier ist, wenn die Babys zur Welt kommen, und er bringt Bosco mit, den kleinen Teufel. Es wird schön sein, die beiden zu sehen, mit meinem Dad zu reden, ihn zu umarmen. Er fehlt mir. Er wird mich wieder daran erinnern, dass wir, selbst wenn das Leben schwierig ist, eine Lösung finden und es besser machen können.

Liv und ich haben über Männer gesprochen. Wie verbohrt sie sein können, wie stur. Sie sagte, dass Veränderung jeden vor Probleme stellt, aber für Anführer wie Logan und Nicholas ist es besonders schwierig. Was Olivia sagte, war sehr vernünftig. Sie gab mir den weisen Rat einer lange verheirateten Frau.

Dann bot sie mir ihren Baseballschläger an.

Ich liebe sie.

Und nun liege ich in meinem Zimmer auf dem Bett und starre hinauf an den Baldachin, während mein Handy Musik von einer zufälligen Playlist spielt. Es kommt *Collide* von Howie Day; den Song habe ich schon immer gemocht. Er erinnert mich an Logan und mich. Wie unsere Leben sich im Lauf der Jahre miteinander verwoben haben. So viele gemeinsame Erinnerungen und Augenblicke. Wir haben einander umkreist, einander beobachtet, sind ausgewichen oder haben versucht, uns dagegen zu wehren ... aber wir wurden immer wieder zueinander zurückgezogen. Kollision. Verschmelzung.

Es wird nie einen anderen für mich gegeben als Logan St. James. Und trotz allem, was gestern Abend zwischen uns vorgefallen ist, glaube ich, dass er ebenso empfindet. Ich erinnere mich an die Liebkosung seiner Hand auf meinem Gesicht, wie er mich ansieht. Ich höre sein Flüstern in meinem Kopf, Worte der Verehrung und Wertschätzung.

Der Songtext lässt mich darüber nachdenken, wie er sich gerade fühlen muss. Er sagte, dass er Teil von etwas Größerem sein wollte, aber jetzt Teil von gar nichts mehr ist. Logan hat seinen Platz verloren. Seinen Halt. Für jemanden wie ihn muss das schrecklich sein. Und weil ich ihn liebe, sollte ich Geduld haben und ihn unterstützen. Ich hatte recht damit, ihm vorzuwerfen, dass er mich versetzt hatte. Das war wirklich nicht okay. Aber ich hätte besser zuhören sollen. Ich sollte ihm helfen, seinen neuen Platz zu finden. Angesichts dessen, dass ich

Psychologin werden will, könnte ich wirklich an meinem Einfühlungsvermögen arbeiten.

Ich nehme mein Handy und schreibe eine Nachricht an Logan:

Ich liebe dich.

Aber bevor ich sie versenden kann, klopft es. Kurz denke ich, es könnte Olivia sein, die noch einmal nach mir sehen möchte. Dann fange ich an zu lächeln, als ich mir vorstelle, dass Logan vielleicht zur selben Zeit zu mir kommt, als auch ich auf ihn zugehe. Wäre das nicht romantisch?

Aufgeregt klettere ich aus dem Bett und gehe zur Tür. Doch als ich sie öffne, stürzt meine Aufregung ab, genauso wie mein Lächeln.

Denn es ist nicht Logan.

Er sagt mir, sein Name ist Cain Gallagher. Und es ist klar, dass er ein wütender Mann ist. Das zeigt sich im Zischen seiner Worte und dem harten Griff um seine Waffe, die er auf mich richtet. Er ist Ende dreißig, mittelgroß und dünn, aber kräftig gebaut, und seine Augen sind klein und stechend. Er ist beherrscht, konzentriert und rachsüchtig.

Er sagt mir, dass seine Mutter früher im Palast gearbeitet hat, dass er hier aufgewachsen ist, dass er sogar Hilfsgärtner war. Dann zog er weg, suchte sich einen Job und heiratete, aber sein Leben wurde nie so, wie er es wollte.

Wie er es verdiente.

Seine Mutter starb vor ein paar Jahren, und er zog zurück nach Wessco. Und dann ging alles richtig den Bach runter. Er verlor sein Haus und seinen Beruf, seine Ehe zerbrach, aber das hatte nichts mit dem zu tun, was er tat. Es wurde ihm *angetan.*

Und irgendwie, in seiner verdrehten Wut ... wurde es Nicholas Pembrooks Schuld.

Weil Nicholas alles hatte und nichts davon verdiente.

Also beschloss Cain Gallagher, die Dinge in Ordnung zu bringen. Sie richtigzustellen, auszugleichen. Es war Cain, der das Horny Goat in Brand gesteckt hat. Es war Cain, der die Briefe geschickt und diesen Karton mit dem kranken Geschenk für meine Schwester dagelassen hat. Und es wird Cain sein, der Nicholas Frau und Kinder wegnimmt. Heute.

Ich weiß nicht, warum er mir das alles erzählt, aber da er mich töten wird, macht es ohnehin keinen Unterschied. Er scheint zu wollen, dass jemand weiß, dass er es war, dass er sie alle übertrumpft hat.

Es wäre zu einfach zu sagen, dass Cain Gallagher verrückt ist. Ich glaube das jedoch nicht. Zumindest nicht direkt. Er weiß, was er tut. Er weiß, dass es falsch ist. Es ist ihm nur egal. Weil er so unfassbar wütend ist.

Als er mit der Waffe näher kommt, kann ich das Metall riechen, den kalten Druck des Stahls beinahe spüren. Ein Schrei steckt mir in der Kehle. Ich will die Hände heben und mich zusammenkauern, ich will mich aus seinem Griff losreißen und wegrennen, aber ich tue es nicht. Weil ich solche Angst vor dieser Waffe habe. Ich bin wie versteinert vor Angst, dass sie losgeht, falls ich mich wehre oder eine falsche Bewegung mache. Sie wird mich töten.

Also schreie ich nicht oder kämpfe oder schlage um mich. Als er mir sagt, ich soll mich auf den Stuhl setzen, tue ich es, so starr und still wie möglich. Ich atme kaum.

Es klopft an meiner Zimmertür, und die Waffe zuckt in Cains Hand. Ich kneife die Augen zu und warte auf den Knall. Aber er kommt nicht. Stattdessen höre ich Logans Stimme, die ich so liebe. «Ellie. Ich bin's. Mach auf, wir müssen reden.»

Cain tritt hinter mich und zielt mit der Waffe auf die Tür. Oh nein. Oh nein. *Nein, nein, nein, nein, nein ...*

«Geh weg, Logan.»

«Ellie, bitte. Ich war ein Trottel, ich weiß ... Es tut mir leid. Lass mich rein.»

Und ich möchte ihm zurufen, dass ich ihn verstehe. Dass ich ihm bereits vergeben habe, dass ich ihn liebe.

Aber um ihn zu schützen lüge ich.

«Nein, du hattest recht. Die Schwester der Prinzessin und der Bodyguard aus East Amboy, das ergibt keinen Sinn. Das mit uns würde nie halten.»

«Ellie ...»

«Ich habe meine Meinung geändert, Logan. Ich will das Märchen. Ich will, was Olivia hat ... Schlösser und Kutschen ... Und wie du schon sagtest, du wirst mir das nie bieten können. An deiner Seite müsste ich mich mit so viel weniger zufriedengeben. Du würdest mich nicht glücklich machen.»

Es ist, als könnte ich seinen Schock spüren. Seinen Schmerz. Und es tut mir leid. Es tut mir so sehr leid.

Der Türknauf bewegt sich. «Ellie ...»

Panisch schreie ich aus vollem Hals: «Komm nicht rein! Ich will dich nicht sehen! Geh weg, Logan. Es ist aus. Geh einfach!» *Bitte geh*, flehe ich stumm. *Bitte geh*, schreit meine Seele. *Geh und leb ein phantastisches Leben, Logan. Liebe tief und aufrichtig.* Das wünsche ich mir für ihn. Das will ich für ihn, ein Leben voller Freude und Schönheit und Lachen.

Ich höre, wie seine Schritte sich entfernen. Mich verlassen. Und ich bin froh darüber. Meine Schultern sacken herab, und ich stoße einen Seufzer der Erleichterung aus.

Bis Cain mir die Waffe an die Schläfe hält. «Ruf deine Schwester her.»

Und vor Entsetzen spannen sich erneut meine Muskeln an. Ich will ihm gerade antworten, da fliegt knallend die Tür auf …

LOGAN

Ein einziger Gedanke wiederholt sich in meinem Kopf. Ein einziges Versprechen, ein einziger Schwur. *Ich werde diesen Mann töten.* Weil er sie anfasst. Weil er ihr Angst macht. Weil er eine Waffe auf sie richtet. Er wird dieses verdammte Zimmer nicht lebend verlassen.

«Nimm diese Waffe weg von ihr», knurre ich, während ich den Abstand zwischen ihm und mir abschätze, die Sekunden berechne, die ich brauche, um ihn zu erreichen.

Ellies Augen sind weit aufgerissen vor Entsetzen, ihr Gesicht ist kalkweiß.

«Woran auch immer du denkst», zischt der Mann mich an, «wie schnell du auch sein magst, ich verspreche dir, diese Kugel ist schneller. Sie wird ihr ein Loch in den Schädel reißen, bevor du auch nur einen Finger an mich legen kannst.» Er unterstreicht seine Worte, indem er die Waffe dichter an Ellies Schläfe hält, sie auf ihre Haut drückt. «Mach die Tür zu.»

Zähneknirschend schließe ich die verdammte Tür. Weil ich nicht rechtzeitig zu ihr kommen kann.

Noch nicht.

Er zieht Ellie am Arm hoch, drückt ihr die Waffe zwischen die Schulterblätter und weicht zurück, dabei hält er sie wie einen Schild vor sich.

Weinend schüttelt sie den Kopf. «Warum konntest du nicht gehen, Logan? Du wärst in Sicherheit.»

«Ich werde dich niemals verlassen», schwöre ich ihr. «Niemals.»

«Wie süß», ätzt der Mann. Er sagt mir, ich soll mich auf den Stuhl neben dem Kamin setzen und die Arme hinter den Rücken nehmen. Dann höre ich ein Rascheln von Plastik, bevor er Ellie befiehlt: «Fessle ihn. Aber fest, sonst erschieße ich euch beide.»

Ich spüre ihre Hände an meinen Handgelenken, die ... Kabelbinder festziehen. Beinahe unmöglich zu dehnen oder zu zerreißen, ganz egal, wie viel Adrenalin und Wut in mir pulsieren.

Er reißt Ellie hoch und schubst sie zum Schreibtisch, wo das Telefon steht. Sie sind jetzt beide vor mir, was gut ist. Wenn ich sie sehen kann, wird es einfacher sein, meinen Zug zu machen, sobald sich die Chance bietet.

«Beim Zimmer deiner Schwester sind zu viele Wachen. Ruf sie an. Sag ihr, sie soll herkommen. Sofort.»

«Und was genau wirst du dann tun?», frage ich, weil ich seine Aufmerksamkeit weiter auf mir halten will. «Denkst du, die werden dich hier so einfach mit der Herzogin rausspazieren lassen?»

«Das sollten sie besser. Wenn nicht, jage ich ihr zwei Kugeln in den Bauch. Das mag sie vielleicht nicht umbringen, aber es wird diese Bastarde erledigen, die sie austrägt.»

«Du kommst nicht in die Nähe meiner Schwester, du krankes Arschloch», zischt Ellie.

Er holt aus, um sie mit dem Handrücken zu schlagen, aber sie reißt den Unterarm hoch und blockt den Schlag ab, wie ich es ihr vor Jahren gezeigt habe. *Das ist mein Mädchen.*

Er packt sie an den Haaren und verdreht ihr den Hals, damit sie ihn ansieht. «Ruf an!»

«Nein!», schreit Ellie, selbst als eine Träne aus ihrem Auge sickert.

Ich werde ihm den verdammten Kopf von den Schultern reißen, das schwöre ich bei Gott.

Aber dann wird er plötzlich sehr ruhig. Denkt nach. Er lässt Ellies Haar los, hebt den Arm und richtet die Waffe auf meinen Kopf. «Ruf sie an, sonst verteile ich sein Hirn über die ganze Wand. Ihn brauche ich nicht; ich werde immer noch dich haben.»

Ein ersticktes Wimmern kommt aus Ellies Kehle, dann noch mehr Tränen. «Nein ...»

«Du hast zehn Sekunden. Ich fange an zu zählen.»

«Logan ...», flüstert Ellie gequält. Weil sie ihre Schwester nicht anrufen kann. Das wissen wir beide.

«Hör mir zu, Ellie. Es ist okay. Es ist in Ordnung, Liebes.»

Schluchzend schüttelt sie den Kopf. «Was soll ich tun?»

Ich sehe ihr in die perfekten blauen Augen und halte sie im Geiste im Arm, tröste sie, gebe ihr meine Kraft. «Du weißt, was du tun sollst.» Und mein Blick wandert über ihr schönes Gesicht, um sich jeden Schwung und jede Rundung einzuprägen. «Ich liebe dich, Ellie», presse ich erstickt hervor. «Das hätte ich dir früher und öfter sagen sollen. Diese letzten Wochen waren die schönsten meines Lebens. Besser, als ich mir je erträumt habe, und ich habe so oft von dir geträumt. Danke, mein süßes Mädchen, dass du mich so wunderbar geliebt hast.»

«Ich liebe dich, Logan», sagt sie verzweifelt. «Bitte verlass mich nicht … Bitte …»

«Schhh … Ist schon gut. Alles wird gut werden, das schwöre ich, Ellie. Das verspreche ich dir.» Und das glaube ich wirklich. Denn es muss einen Gott geben. Eine Frau wie Ellie Hammond existiert nicht zufällig. Mein Mädchen wurde mit Absicht erschaffen. Und wenn es einen Gott gibt, dann wird er sich um sie kümmern, sie beschützen.

Ich bedaure zutiefst, dass nicht ich es sein werde. Wie gern will ich der Mann sein, der sie hält und behütet. Aber selbst wenn ich diese Ehre nicht haben darf, wenn das hier endet, wie auch immer es endet … wird sie es ganz sicher unbeschadet überstehen.

Das glaube ich von ganzem Herzen, dem Herzen, das immer nur ihr gehört hat.

Sie streckt die Hand nach mir aus. «Logan.»

«Schließ jetzt die Augen. Du sollst die Augen schließen, Ellie, und wissen, dass ich dich liebe.»

Sie schließt nicht die Augen. Ellie sinkt schluchzend zu Boden. Und dann, einen Moment später, stürzt sie sich auf mich. Sie schirmt mich mit ihrem Körper ab, indem sie die Arme um den Stuhl schlingt und mich umarmt.

«Ellie, hör auf!» Mir gefriert das Blut vor Entsetzen.

Aber er schießt nicht. Und sie hört nicht auf, mich zu umschlingen. Nicht bevor sie mir das kalte, stählerne Gewicht des Messers, das ich ihr vor Jahren umgeschnallt habe, hinter dem Stuhl, wo der Typ es nicht sehen kann, in die Hand gedrückt hat. Als sie mir ins Gesicht sieht, ist sie ganz ruhig. Sie dreht den Kopf und starrt auf die gegen sie gerichtete Waffe. «Ich werde anrufen. Ich werde meine Schwester jetzt anrufen.»

«Steh auf!» Der dem Tod geweihte Bastard reißt Ellie von mir fort und stößt sie zum Schreibtisch. Sie zieht eine große Show ab, indem sie ungeschickt mit dem Telefon hantiert und den Hörer fallen lässt, um mir Zeit zu verschaffen, die Plastikfesseln um meine Handgelenke durchzuschneiden.

Ich warte darauf, dass er die Waffe senkt, nur ein bisschen zur Seite, damit sie nicht mehr direkt auf Ellie gerichtet ist. Und dann – springe ich hoch und packe ihn.

Ein Schuss hallt durchs Zimmer und zerreißt mir die Trommelfelle, dann noch einer …

Und endlich, mit einem festen, scharfen Ruck meiner Hände und dem Geräusch eines brechenden Genicks, ist es vorbei. Der Mann fällt vor Ellies Füße.

Schwach und mit schweren Gliedern vor Erleichterung, weil ich weiß, dass sie in Sicherheit ist, nehme ich sie in die Arme. Behutsam taste ich ihren Körper ab, um nach Verletzungen zu suchen. «Bist du getroffen? Hat er dir weh getan?»

Sie schüttelt den Kopf, dann schreit sie auf: «Logan, du blutest!»

«Das ist nur ein Kratzer.» Meine Schulter pocht, als ich sie zur Tür führe.

Als wir hinaus in den Flur gehen, schnappt Ellie sich noch rasch ein Shirt vom Bett. Ich lehne mich an die Wand, kann mich aber nicht halten und rutsche zu Boden. Sie schreit um Hilfe, und es herrscht Aufregung, als Leute zu uns und ins Zimmer stürzen.

Ellie reißt ihr Shirt in zwei Teile, um eines davon auf meine Schulter und das andere auf meinen Arm zu drücken, und ich stöhne auf, weil es verdammt brennt.

«Du blutest stark.»

Hm. Stimmt. Der weiße Stoff färbt sich rasch rot. Ich zucke mit den Schultern. «Dann sind es eben zwei Kratzer. Mach dir keine Sorgen.»

Aber sie macht sich Sorgen.

Ich neige den Kopf zu ihr. «Du siehst sehr hübsch aus heute, Ellie.»

Ihre Augen sprühen helle Funken. «Ernsthaft? Bist du high?»

Ich grinse, weil ich mich tatsächlich ein bisschen high fühle. «Küss mich, Liebes.»

Stattdessen schreit sie mich an. «Du wurdest verdammt noch mal angeschossen, Logan!»

Ich winke sie mit gekrümmtem Finger näher zu mir. Und zwinkere ihr zu. «Das ist der beste Zeitpunkt für einen Kuss.»

Dann ziehe ich sie mit meiner guten Hand zu mir und bedecke ihren Rosenblütenmund mit meinem, um sie tief und lange zu küssen.

Und dann … verliere ich das Bewusstsein.

24

ELLIE

Zwei Wochen später

Logan wird von der Queen in den Ritterstand erhoben werden. Für sein herausragendes Opfer für die Krone. Wir haben heute die offizielle Bekanntmachung bekommen. Er wird bald *Sir* Logan sein.

Ich habe mir die ganzen Einzelheiten noch nicht genau überlegt, aber ich weiß schon, dass der Titel in Zukunft Teil eines prickelnden Rollenspiels in unserem Schlafzimmer werden wird.

Die Geschichte steht in allen Zeitungen. Wie er die Lage unter Kontrolle gebracht, wie er Prinzessin Olivia und ihre Babys und auch ihre Schwester beschützt hat. Er ist ein Held. Nicht, dass das was Neues für mich wäre, schließlich ist er schon seit Jahren mein Held, aber jetzt darf er auch Wesscos Held sein.

Was allerdings die Genesung von einer Schussverletzung in Arm und Schulter betrifft ... da ist er ein verdammtes großes Baby. Typisch Mann eben.

Ich glaube, er macht das mit Absicht. *Mein Verband juckt, meine Suppe ist kalt ... Mein Schwanz ist hart, wie wär's, wenn du herkommst und dich um mich kümmerst, Ellie?*

Der Arzt meinte, keine körperliche Anstrengung, aber Logans Vorstellung von Anstrengung und meine sind völlig unterschiedlich. Zwar hat er sich die Nähte bis jetzt nicht aufgerissen, aber es ist nicht so, dass er es nicht versucht hätte. Er ist ein furchtbarer Patient. Sexy und heiß und süßer, als es ihm guttut.

Er sagt mir jeden Tag, dass er mich liebt. Jeden. Einzelnen. Tag. Als Allererstes am Morgen; als Letztes, bevor wir in den Armen des anderen einschlafen. Und jedes Mal lässt es mir vor Begeisterung das Herz klopfen.

Logan hat akzeptiert, dass das Haus ständig von Security bewacht wird, denn an dem Tag, an dem er aus dem Krankenhaus entlassen wurde, bin ich bei ihm eingezogen. Der Beschützer zu sein und zugleich beschützt zu werden nagt nicht mehr an ihm wie zu Anfang.

Das hat der Anblick einer Waffe, die mir an den Kopf gehalten wurde, für ihn verändert. Jetzt ist Logan damit einverstanden, eine kleine Armee um mich herum zu haben, die das Haus und das neue Leben bewacht, das wir uns zusammen aufbauen. Er hat sich mit den Bodyguards angefreundet – um ihnen zu sagen, wenn sie etwas falsch machen, und sie darauf hinzuweisen, wenn sie mir auf den Hintern starren.

Er hat noch nicht viel in Sachen beruflicher Zukunft unternommen, aber er tendiert dazu, seine eigene Security-Consulting-Firma zu gründen. Das ist etwas, worin er gut ist, etwas, das er kennt. Es ist seine Berufung, sagt er. Fürs Erste ist er finanziell versorgt, er lebt von seinen Ersparnissen und konzentriert sich darauf, das Haus fertigzustellen und wieder gesund zu werden.

Wozu auch immer sich Logan entscheiden wird, er wird erfolgreich sein. Mittelmaß ist gegen seine Natur.

Die Queen hatte recht. Liebe ist kein Heilmittel, sie löst

nicht auf magische Weise jedes Problem. Aber Liebe ist unsere Inspiration, unsere Motivation ... und unsere Belohnung.

Zwei Wochen später

«Gottverdammt, wie ich dich liebe», raunt Logans Stimme mir ins Ohr. Sein Atem kitzelt in meinem Nacken, seine starke Brust presst sich an meinen Rücken, seine Worte machen mich noch feuchter dort, wo er heiß und hart in mir ist. Ich lehne den Kopf an seine gute Schulter und hebe die Arme, um sie hinter mir um seinen Hals zu legen.

«Logan ...», seufze ich.

Seine Finger zeichnen meine Lippen nach, und ich sauge einen davon in meinen Mund und fahre mit den Zähnen über die Fingerkuppe. Dann gleitet seine Hand tiefer, um meine Brust zu liebkosen und mich in die Brustwarze zu kneifen. Ein Blitz der Erregung zuckt zwischen meine Beine, und meine Lust baut sich immer weiter auf. Nach seinem Mund suchend, drehe ich den Kopf; ich will seine Lippen auf meinen. Und er küsst mich, weil er weiß, dass ich das brauche. Seine Hand gleitet noch tiefer, findet meine Klitoris und liebkost sie im perfekten Rhythmus seiner Stöße.

«Ja ... ja», hauche ich heiser an seinem Mund. Ich steige höher und höher, und dann erreiche ich den Gipfel ... und fliege. Mein Rücken wölbt sich, und alles krampft sich zusammen, bis Wellen heißer, seliger Empfindungen durch meinen Körper rasen. Logan hält mich fest in seinen starken Armen, als ich mich zuckend aufbäume.

Dann, als ich schwach und außer Atem bin, drückt er sanft meinen Oberkörper hinunter auf den Badezimmerwaschtisch. Legt meine Wange auf den kühlen Marmor, fährt mir zärtlich mit den Fingern durchs Haar. Und fickt mich weiter. Hart und schnell, meine Hüften umklammernd, er lässt sich völlig gehen, verliert sich darin, wie gut es sich anfühlt, wenn er stöhnend in mich eindringt. Ich liebe es, wenn er kommt. Ich kann es spüren, das heiße Pulsieren seines Schwanzes, wenn sein Samen mich füllt, so tief in mir. Sein raues, scharfes Keuchen an meinen Schulterblättern, wenn er sich über mich beugt und noch ein einziges, letztes herrliches Mal zuckend in mich stößt. Dann gibt es federleichte Küsse, sanft und süß und liebevoll.

So beginnen wir unseren Tag. Nicht gerade schlecht.

Nachdem er aus mir herausgeglitten ist, drehe ich mich in seinen Armen und küsse ihn richtig auf seinen minzfrischen Mund. Und dann sehe ich auf seiner Uhr, wie spät es ist.

«Mist! Wir kommen zu spät. Wir dürfen nicht zu spät kommen.» Ich winde mich aus seiner Umarmung und drehe die Dusche voll auf.

Logan schenkt mir ein Grinsen. «So läuft das also, was? Du hast von mir gekriegt, was du wolltest, und jetzt machst du dein Ding.»

Kichernd drehe ich mich noch einmal zu ihm um, um ihm einen Schmatz auf die Lippen zu geben. «Ja, ich hab wirklich gekriegt, was ich wollte.»

Er kneift mich spielerisch in den Po. «Ich bin nur ein Stück Fleisch für dich.»

«Nein. Du bist ein sexy Stück Fleisch für mich. Und ich liebe dich.»

Seine Augen werden warm und hell, beinahe golden. So sieht er mich immer an, wenn ich diese Worte sage.

Nach einem weiteren schnellen Kuss hüpfe ich unter die Dusche, weil wir uns wirklich beeilen müssen. Wenn wir zu spät kommen, wird Livvy mir das bis an mein Lebensende vorwerfen.

Sie wollte, dass wir die vergangene Nacht bei ihr und Nicholas verbringen, aber ich wollte hierbleiben, in Logans Haus – *unserem* Haus. Das ist mir der liebste Ort, sogar noch lieber als ein Palast.

In Rekordzeit bin ich wieder aus der Dusche heraus und renne mit tropfenden Haaren und an der immer noch feuchten Haut klebendem T-Shirt zur Tür hinaus zu dem SUV in der Einfahrt. Mein Kleid und Logans Smoking warten im Palast auf uns, wo der Glamour-Trupp mich präsentabel machen wird.

Harry, ein junger, sorgloser Bodyguard mit schulterlangem braunem Haar, streitet gerade in der Einfahrt mit Bartholomew, einem anderen Security-Mitglied.

«Das hast du nicht drauf, Kumpel.»

«Oh, und ob ich das draufhab, das kannst du mir glauben.»

Ich habe keine Ahnung, worum es bei ihrem Schwanzvergleich geht, aber ich habe keine Zeit für so was.

«Ihr habt beide gleich meinen Fußabdruck auf eurem Hintern, wenn mich nicht auf der Stelle jemand zum Palast fährt!», schreie ich.

Beide sehen geschockt aus.

Und dann bewegen sie ihre Ärsche.

«Sie ist ein ziemlich rabiates kleines Ding, nicht wahr?», sagt Harry zu Logan, als dieser mit mir auf den Rücksitz klettert.

Logan lacht nur. Und sieht mich an. «Du wirst eines Tages eine gute Mum abgeben.»

Ich schüttle den Kopf über ihn. «Das war es, was du aus meiner Ansage herausgehört hast? Wirklich?»

«Sicher. Du klingst genau wie Tommys Mum, und die ist die beste, die ich kenne.»

Etwas kommt mir in den Sinn, etwas, worüber wir bisher noch nicht gesprochen haben. «Möchtest du das eines Tages?» Ich ahme Logans wessconischen Akzent nach. «Ein Dad sein?»

«Ja.» Sein Gesicht wird weich. «Solange du die Mum bist, würde ich sehr gern der Dad sein.»

Mir wird warm und flattrig im Bauch. «Vorher solltest du mich wahrscheinlich erst zu einer Mrs. machen.»

Logan küsst lächelnd meine Handfläche. «So lautet der Plan.»

Gut zu wissen.

Aber für heute gibt es nur eine einzige Hochzeit, die wichtig ist: die königliche Hochzeit.

Lady Sarah sitzt in den privaten Brautgemächern im hinteren Teil der St. George's Cathedral am Schminktisch und sieht umwerfend aus in einem kurzärmeligen Hochzeitskleid aus weißer Spitze, mit zweistufigem Tüllrock und einem Spitzenschleier in Kathedralenlänge. Sie ist das Sinnbild der perfekten Braut. Eine dunkelhaarige Hochzeits-Barbie.

Sie starrt auf ihr Spiegelbild und wiederholt gebetsmühlenartig: «Es wird alles gutgehen. Es wird alles gutgehen. Es wird alles gutgehen.»

«Ist sie auf Drogen?», fragt Penelope Van Titebottum und zeigt mit dem Blumenstrauß aus Lilien und Flieder, der auf ihr lavendelfarbenes Brautjungfernkleid abgestimmt ist, auf ihre Schwester. «Hast du Drogen genommen, Sarah?»

«Schön wär's.» Sarah schließt die Augen und macht tiefe Atemzüge. «Das ist eine Beruhigungstechnik, die Mutters Meditationsspezialistin mir beigebracht hat. ‹Sag es, bis du es glaubst.› Es wird alles gutgehen. Alles gut. Sehr, sehr gut.»

Sie hört sich wirklich an, als wär sie auf Drogen.

Meine arme Schwester kommt aus der Toilette gewatschelt und scheint sich unwohl zu fühlen in ihrem hübschen lila Umstandskleid mit einer bezaubernden weißen Schleife über ihrem Riesenbauch.

Ich gehöre nicht zum offiziellen Teil der Hochzeitsgesellschaft. Ich bin nur hier, um hübsch auszusehen. Und Sarah dabei zu helfen, ruhig zu bleiben. Und Livvys Babys aufzufangen, falls nötig.

«Fühlst du dich gut, Liv?», frage ich. «Du siehst irgendwie blass aus.»

Sie reibt meinen Arm. «Das ist zurzeit normal.» Dann stößt sie einen langsamen Atemzug aus ... genau wie vorher Sarah.

«Es wird alles gutgehen ... Es wird alles gutgehen ...», murmelt Sarah wieder.

«Es *wird* alles gutgehen», sagt meine Schwester fest zu ihr. Sie ist die Einzige im Raum, die die königliche *Green Mile* schon gegangen ist, also hoffe ich, dass Sarah sich von ihr beschwichtigen lässt.

Sarah steht auf und nickt. «Du hast recht. Schließlich wird jeden Tag geheiratet.» Sie zuckt mit den Schultern. «Ich meine, mal ehrlich, wie viele Leute sind denn überhaupt da draußen?»

Olivia schließt die Augen und massiert sich das Kreuz.

Penelope versucht hilfreich zu sein. «Nicht viele. Nur ein paar … tausend.»

Langsam lässt Liv sich in den Sessel an der Wand sinken. Und atmet tief ein.

«Tausende – pah, ein Kinderspiel», spottet Sarah nicht sehr überzeugend. «Und die, die es sich im Fernsehen ansehen, können insgesamt nicht mehr als ein paar …»

«… Millionen sein.» Penelope machte eine wegwerfende Handbewegung. «Zigmillionen. *Pff.*»

Sarah nickt.

Und dann sackt sie auf die Bank vor dem Schminktisch und schlägt die Hände vors Gesicht. «Oh, lieber Gott, hilf mir! Bitte … Schick mir ein Wunder.»

Das ist der Moment, in dem Liv zu hecheln beginnt. «He, he, he, ho. He, he, he, hooo.»

Oh Mann.

Sarah wirbelt herum. «Olivia … bist du … in den Wehen?»

Sich den Bauch haltend, nickt meine Schwester. «Es tut mir leid. Es tut mir leid, ich weiß, das ist …»

«… phantastisch!», schreit Sarah und reißt die Arme zum Himmel. «Danke, lieber Gott! Ja!»

«Du bist nicht sauer, dass ich dir die Schau stehle?», fragt Olivia keuchend.

«Du kannst mir die Schau stehlen, so viel du willst! Wenn irgendjemand auch nur vermutet, dass du in den Wehen bist, dann wird niemand auf mich achten. Das ist perfekt.» Die zukünftige Königin wird ernst. «Aber wirst du es schaffen, die Zeremonie durchzustehen? Ich will nicht, dass du irgendein Risiko eingehst.»

Meine Schwester verzieht das Gesicht. «Bis zum Altar sollte ich es schaffen. Aber ich will bald ins Krankenhaus, also falls der Erzbischof ins Schwafeln kommt, gebe ich dir ein Zeichen. Sagen wir, wenn ich vor Schmerz stöhne, dann siehst du zu, dass ihr mich da rausbringt.»

Meine Schwester hat ihr Temperament wieder.

Und dann kommt mir ein Gedanke. «Hey, die Babys werden sich nicht nur den Geburtstag teilen, sie werden ihn sich auch noch mit dem Hochzeitstag von Henry und Sarah teilen. Lenora wird *stinksauer* sein.»

Kurz vor Beginn der Zeremonie suche ich die Menge nach Logan ab. Der riesige Raum der Kathedrale ist wunderschön. Licht strömt durch die bunten Bleiglasfenster, auf denen Heilige und biblische Szenen dargestellt sind. Als ich Logan endlich entdecke, fällt alle Unruhe von mir ab, die mich im Klammergriff hielt, seit wir uns vorhin zum Umziehen getrennt haben. Und jetzt trägt er seinen Smoking.

Himmel, sieht er *gut* aus.

Der Schnitt seiner Jacke betont seine breiten, starken Schultern. Die dunkelgraue Krawatte verleiht ihm einen vornehmen, aber verwegenen Look, als wäre er den Seiten eines Liebesromans entsprungen. Seine Hose betont seine kraftvollen Beine, seinen harten, herrlichen Hintern und seine beeindruckende «Ausstattung». Ich habe Logan schon im Smoking gesehen, aber diesmal ist es anders.

Denn jetzt gehört er ganz und gar mir.

Und wie er mich ansieht, wie sein Blick von meinen silbernen Riemchensandalen über meine Kurven unter dem enganliegenden rosa Satinkleid zu den blonden, hoch auf meinem Kopf aufgetürmten Locken wandert, wirkt er, als habe es ihm den Atem verschlagen.

Er schluckt heftig, als ich ihn erreiche. «Du siehst aus wie ein Engel, Ellie.» Er senkt die Stimme und neigt den Kopf näher zu mir. «Wie ein leckeres Dessert ... Ich werde dich bei der ersten Gelegenheit vernaschen.»

Hitze breitet sich in meinem Unterleib aus. Ich werde nie genug von ihm bekommen oder von seinen sündigen, bewundernden Worten. Aber dann blinzle ich, weil mir wieder einfällt, warum ich ihn gesucht habe und dass jegliches Vernaschen noch eine Weile wird warten müssen.

Mir der Gäste um uns herum bewusst, die zu ihren Plätzen wandern, flüstere ich Logan ins Ohr, dass Olivia in den Wehen ist.

Er will sofort den Wagen holen und sie augenblicklich ins Krankenhaus bringen. Aber ich rede es ihm aus, sogar als er darauf beharrt, dass es «verdammt noch mal bescheuert» von meiner Schwester ist, zu warten. Dann bahnt er sich verstohlen den Weg zum Altar, wo Nicholas als Trauzeuge neben Henry steht. Beide sehen königlich und elegant in ihren Militäruniformen aus.

«Was?», ruft Nicholas aus. Sein Gesicht wird ernst und ziemlich blass.

Die ganze Kirche erstarrt, und alle Augen sind auf den Prinzen gerichtet.

Ich raffe mein Kleid und sprinte mit auf dem Steinboden klappernden Absätzen den Seitengang hoch, vorbei an den Dutzenden Marmorsäulen, die zu der gewölbten Decke emporragen. Dann dränge ich mich zwischen Nicholas, Henry und Logan, die wie ein Football-Team die Köpfe zusammenstecken. «Es ist in Ordnung, Jungs. Alles in Ordnung. Alles gut.» Jetzt höre ich mich auch schon an, als wär ich auf Drogen.

Nicholas' grüne Augen sind weit aufgerissen und wild. «Nein. Nichts ist in Ordnung.»

«Olivia weiß, was sie tut. Sie würde die Babys nie in Gefahr bringen», beharre ich. «Bitte, mach, was sie sagt, Nicholas.» Ich schenke ihm ein ermutigendes Lächeln.

Er ist unbeeindruckt, sein Blick alarmiert, sein Kiefer wie Granit.

«Wie geht es Sarah?», fragt Henry.

«Es geht ihr gut. Sie ist jetzt ruhiger, wo es eine Ablenkung gibt und etwas von der Aufmerksamkeit von ihr genommen wird.»

«Gut.» Henry seufzt und wischt sich die Hände nervös an der Hose ab. «Das ist gut.»

«Und warte nur, bis du sie siehst, Henry. Du wirst den Verstand verlieren.»

Er lacht. «Passiert mir jedes Mal.» Er legt seinem Bruder die Hand auf den Arm. «Je schneller wir anfangen, desto schneller könnt ihr euch um die Baby-Sache kümmern, ja?»

Nicholas zögert, aber schließlich nickt er steif.

Alle nehmen ihre Plätze ein. Logan und ich sitzen in der dritten Kirchenbank.

Die Musik setzt ein, und die Hochzeit beginnt.

Die Queen schreitet als Erste herein, begleitet von ihrem Neffen, stoisch und ahnungslos, was hinter den Kulissen vor sich geht. Die ganze Kirchengemeinde verneigt sich und knickst.

Nach den Brautjungfern und den winzigen, bezaubernden Blumenmädchen kommt Livvy allein. Watschelnd und lächelnd. Aber der Mittelgang ist so verdammt lang, dass sie zweimal stehen bleiben muss, um – unablässig weiter lächelnd – die Krämpfe in ihrem Bauch wegzuatmen. Geflüster wogt durch die Menge wie eine Killerwelle, und man kann beinahe hören, wie die Nachrichtenstationen in den hysterischen Royal-Baby-Modus schalten.

Nicholas tritt vor, als sie den Altar erreicht, nimmt ihre Hand und hilft ihr in einen gepolsterten Sessel, den er auf der rechten Seite des Altars hat aufstellen lassen. Sie flüstern miteinander ... streiten leise einen Moment lang, dann küsst Olivia zärtlich seine Fingerknöchel, um ihren attraktiven Prinzen zu besänftigen. Nicholas reibt sich den Kiefer, nimmt aber mit angespannter Miene seinen Platz zur Rechten Henrys wieder ein.

Und dann erklingt der Hochzeitsmarsch.

Die Menge schaut Sarah entgegen, nickt, weil sie so bezaubernd ist – doch dann kehren die Leute wieder dazu zurück, über die verrückte Prinzessin in den Wehen zu schwatzen. Sarah nimmt den Blick nicht von Henry, als sie auf ihn zuschreitet, und sie sieht kein bisschen ängstlich aus.

Sie sieht aus wie eine verliebte Braut.

Henry tritt auf Sarah zu, als sie näher kommt, und schaut zärtlich auf sie hinab.

«Hallo.»

Verschmitzt grinst Sarah zu ihm hoch. «Hallo.»

«Das ist Wahnsinn», flüstert er.

«Aber es kommt uns doch gelegen, nicht wahr?»

Henry bietet ihr seinen Arm.

Und dann heiraten sie – und es ist wundervoller als die Hochzeiten aller Disney-Prinzessinnen zusammen.

Nachdem der Erzbischof sie zu Mann und Frau erklärt hat, als sie sich umdrehen und gemeinsam den Mittelgang zurückschreiten sollen, deutet Henry auf Olivia. «Frauen in den Wehen und so gut wie geborene Kinder zuerst.»

«Wurde auch Zeit», murmelt Nicholas kaum hörbar. Dann geht er hinüber zu meiner Schwester, nimmt sie auf seine Arme und trägt sie den Mittelgang entlang.

Der Anblick wird in die Geschichtsbücher eingehen.

Als endlich auch das Brautpaar an der Tür ist, nimmt Logan meine Hand, und wir gehen ihnen hinterher. Nicholas hievt Livvy gerade auf den Rücksitz eines der Rolls-Royce, und Logan sagt zu dem Mann am Steuer: «Machen Sie Platz. Ich fahre.»

Auf dem Weg zum Krankenhaus setzt die bisher heftigste Wehe ein. Olivia kneift die Augen zu und atmet sich hindurch. Nachdem es vorüber ist, sackt sie in den Sitz.

«Oh mein Gott ... das ist *zum Kotzen*», sagt sie wie eine echte Lady. Jepp, das ist meine Schwester, die Herzogin.

Königinnen warten nicht in Warteräumen von Kreißsälen. Ebenso wenig Kronprinzen oder ihre frischgebackenen Prinzessinnen oder irgendwelche anderen Royals. Das ist nicht Tradition. Die Schwester der Gebärenden wartet dort, zusammen mit ihrem Freund und ihrem Dad. Ich habe meinen Dad vom Auto aus angerufen, auf dem Weg ins Krankenhaus. Überall war jede Menge Security. Und auch im Krankenhaus selbst wimmelt es von Spezialagenten, Wachen stehen an jeder

Tür. Dieses Krankenhaus hat jedes Mitglied der königlichen Familie seit Nicholas' Vater zur Welt gebracht, also wissen sie, was los ist.

Während der nächsten elf Stunden trinken wir schlechten Kaffee, essen Sandwiches ... und warten. Irgendwann schlafe ich an Logans Brust ein und träume, dass er meinen Dad um Erlaubnis bittet, mich zu heiraten.

Ich will Logan davon erzählen, als ich aufwache, aber bevor ich es tun kann, ist Nicholas da. Er sieht überhaupt nicht wie ein Prinz aus, als er durch die Tür des Kreißsaals kommt. Er sieht jung und erschöpft aus, mit einem Bartschatten auf dem Kinn und Freude in den Augen.

Er sieht aus wie ein frischgebackener Vater: begeistert und staunend. In seinen Augen tanzen praktisch Einhörner und Regenbögen.

«Es ist ein Junge!», berichtet er uns dreien. Wir sind die Ersten, die es erfahren. «Und ein Mädchen!»

Logan schüttelt seine Hand und klopft ihm auf den Rücken, und von mir und meinem Dad wird er umarmt.

Der Vorteil, tatsächlich an der Front des Warteraums zu sein, ist, dass man als Erster an die Babys herankommt. Man sieht sie, hält sie, kennt ihre Namen vor allen anderen.

Zuerst halte ich Lilliana Amelia Calista Ernstwhile Pembrook im Arm. Sie ist perfekt. Logan steht neben mir, und zusammen schauen wir hinunter auf ihr kleines rundes Gesicht, ihr Büschel schwarzer Haare. Augen wie die meiner Schwester, obwohl es noch zu früh ist, um zu sagen, welche Farbe sie haben werden, graugrün oder dunkelblau.

Dann tauschen mein Dad und ich.

Und ich verliebe mich in Langdon Henry Eric Thomas Pembrook. Er ist genauso perfekt wie seine fünf Minuten jüngere Schwester. Sein Haar ist genauso schwarz, aber ich glaube, ich sehe mehr von Nicholas um seine Augen herum.

Olivia ist schläfrig, aber sehr glücklich. Sie kann nicht aufhören, die beiden anzusehen, und ich kann es ihr nicht verdenken.

Während mein Dad und ich neben Olivia auf einer Seite des Bettes sitzen, gehen Logan und Nicholas zum Fenster und fangen an, darüber zu reden, wo die Presse stehen wird, wenn sie das Krankenhaus in ein paar Tagen verlassen. Die Fotos, die gemacht werden, die Überflugsperre für das Krankenhaus. Denn so perfekt und schön und unschuldig die Zwillinge auch sind, sie sind nicht einfach nur Babys.

Das werden sie nie sein.

Schon jetzt will jeder etwas von ihnen.

«Das gefällt mir nicht.» Logan verschränkt die Arme und schüttelt den Kopf. «Es lässt sich kaum feststellen, wer da ist, oder steuern, wer wie nahe kommt.»

Er war auch vorher schon sehr beschützerisch, aber seit Cain Gallagher die Security überwinden konnte, will er uns noch erbitterter beschützen, obwohl es im Grunde nicht mehr seine Aufgabe ist.

«So läuft das eben», klagt Nicholas. «Das Verlassen des Krankenhauses ist ein öffentliches Ereignis. Das ist Tradition.»

«Dann fangen Sie eine neue Tradition an. Dafür haben Sie doch ein Händchen.»

Mein Schwager setzt sich auf den Stuhl neben Olivias Bett und hält ihre Hand.

«Laden Sie die Pressemeute in den Palast ein», schlägt Logan vor. «Die Wachen können am Tor ihre Berechtigungsnachweise überprüfen, sie filzen, und dann können sie ihre Fotos machen, wie Sie die Babys aus dem Auto in ihr neues Zuhause tragen. Das wäre sicherer.»

Nicholas und Olivia sehen einander an, dann küsst Nicholas ihre Hand.

«Wie es aussieht, haben wir eine neue Tradition.»

Queen Lenora ist nicht der Typ für Umarmungen. Sie ist nicht mal der Typ für Luftküsschen. Sie ist eher der Typ für ein Kopfstreicheln, ein Schulterklopfen.

Aber Babys sind ... nun, es sind verdammt noch mal Babys. Sie sind wunderschön. Anbetungswürdig. So süß, dass es fast schon weh tut, sie anzusehen. Sie sind wie kleine Kätzchen ... nur menschlich.

Aber Queen Lenora ist *wirklich* nicht der Typ für Umarmungen. Olivia allerdings denkt, dass sie der Typ fürs Halten ist. Weshalb meine Schwester zwei Wochen später, als die neue Prinzessin und der neue Prinz ihrer königlichen Urgroßmama im Palast zum ersten Mal präsentiert werden, Lilliana der Queen in die ahnungslosen Arme legt.

«Oh. Nun ... äh ... In Ordnung.» Die Queen hält Lily, als wäre sie eine Bombe, die jeden Moment hochgehen könnte. Steif und distanziert. Dann lächelt Ihre Majestät leicht auf das Baby herab. «Es ist sehr schön, deine Bekanntschaft zu machen, Prinzessin Lilliana.»

Und das Baby weint. Laut und untröstlich. *Wirklich laut.*

Als Olivia Anstalten macht, sie zu nehmen, hebt Queen Lenora das Kinn. «Lass sie.»

Und sie schaut hinunter auf das süße Bündel in ihren Händen und redet mit ihm ... als wäre es ein Hund. Ein vornehmer Hund.

«Nein. Nein, nein, so geht das aber gar nicht.» Sie legt Lily neben sich auf das Sofa und klatscht zweimal schnell und scharf in die Hände. Und auf wundersame Weise hört Lilliana nach einem weiteren kleinen Quäken zu weinen auf und schaut blinzelnd zu der Königin hoch.

«Danke, viel besser.»

Sie ist wie eine furchteinflößendere, gemeinere Version von Mary Poppins.

«Jetzt, da du dich beruhigt hast, werden dein Bruder, du und ich zusammen einen Spaziergang im Garten machen.»

Sie winkt der Kinderschwester, die das Baby in eine Decke wickelt und in den Kinderwagen legt.

«Es ist ein bisschen kalt für einen Spaziergang, denkst du nicht?», meint Nicholas.

«Unsinn. Frische Luft ist gut für Babys. Ich bin mit dir und Henry jeden Tag spazierengegangen, und schau, wie gut ihr beide geraten seid.»

«Ich wusste gar nicht, dass du das getan hast», sagt Nicholas sanft.

«Ja, nun, ich stecke voller Überraschungen.» Die Queen zieht ein Paar hellbraune Lederhandschuhe über. «Wir werden sichergehen, dass sie angemessen gekleidet sind. Ich werde jeden Morgen mit ihnen auf dem Gelände spazieren gehen. Christopher, tragen Sie das in den Terminkalender ein. Das wird meine Zeit mit ihnen sein.»

Wachen öffnen die doppelten Terrassentüren, und Queen Lenora schiebt die inzwischen warm eingepackten Zwillinge in ihrem Kinderwagen hinaus in den kühlen, bewölkten Tag. Während sie mit ihnen spazieren geht, redet sie mit ihnen, und ihre Stimme schwebt für alle hörbar herein.

«Ich wurde in Landlow Castle geboren, während eines Schneesturms. Die Hebamme konnte uns nicht erreichen, weil die Straßen unpassierbar waren. Also hat meine Großmutter mich entbunden. Sie war eine reizende Frau, sehr warm und freundlich. Freilich nicht so herzlich und warm wie ich ...»

Logan legt den Arm um mich und flüstert: «Jetzt ist es offiziell. Ich habe verdammt noch mal alles gesehen.»

Epilog

LOGAN

Fünf Jahre später

Ich werde von sanfter Musik aus der Küche geweckt.

Und dadurch weiß ich, wo Ellie ist. Seit ungefähr drei Jahren steht sie vor mir auf. Meistens ist sie in der Küche, manchmal im Wohnzimmer, aber fast immer kommt einer ihre Lieblingssongs leise aus den Lautsprechern. Heute ist es *Say You Won't Let Go.*

Das war unser Hochzeitslied.

Ich schaue hoch durchs Dachfenster. Es ist dunkel, noch vor der Morgendämmerung, und kalter Regen strömt herab. Es ist Sonntag, und auch wenn jeder Tag ein Arbeitstag ist, wenn man sein eigenes Geschäft führt, werde ich heute nicht für S&S Securities arbeiten. S&S steht für St. James und Sullivan oder Sullivan und St. James, je nachdem, wen von uns man fragt. Tommy ist mit mir in das Unternehmen eingestiegen, und wir haben uns den Arsch aufgerissen, um es zu einem Erfolg zu machen. Es ist gute Arbeit, ehrliche Arbeit.

Wir haben ein Technikteam, das für Privathaushalte Sicherheitssysteme installiert, aber das Hauptgeschäft besteht in der Ausbildung und Vermittlung von persönlichen Bodyguards sowie Security zur Gebäudeüberwachung. Sogar der Palast hat unsere Jungs unter Vertrag genommen, weil wir den wohlverdienten Ruf haben, die besten zu sein.

Wir sind kein Fight Club; wir nehmen nicht jeden. Unsere Leute müssen begabt sein, sie müssen es wollen, sie müssen sich den Job verdienen.

Ich wälze mich aus dem Bett, schlüpfe in meine schwarze Laufhose und gehe den Flur entlang. Ich habe das Haus im ersten Jahr, in dem wir hier gewohnt haben, fertiggestellt, und es ist sogar noch besser geworden, als ich mir vorgestellt hatte. Die Ziegel machen es robust und solide, die Akzente aus glänzendem Holz und erdigen Tönen machen es schön ... Und Ellie hier zu haben, macht es zu einem Zuhause. Sie hat Vorhänge in jedem Zimmer aufgehängt und gerahmte Bilder an den Wänden.

Als ich hinunter in die Küche komme, steht sie an der Küchenzeile und stellt frisch gebackene Scones zum Abkühlen auf ein Gitter. Verstohlen schleiche ich mich von hinten an sie heran und lege ihr die Hände auf die in einem Baumwollpyjama steckenden Hüften, um sie an mich zu ziehen und meinen steifen Schwanz zwischen ihren perfekten Pobacken zu reiben.

Sie legt den Kopf zurück auf meine Schulter, und ihr Haar kitzelt meine Brust. «Bist du nicht müde von gestern Nacht?»

Ich küsse ihre Schläfe und schnuppere an ihrer Haut. «Ich werde nie müde werden, dich zu vögeln, Ellie.» Meine Hände wandern zu ihrer Vorderseite und kommen auf der kleinen, festen Rundung zu liegen, wo unser Baby schläft. Ellie ist so bezaubernd, wenn sie schwanger ist. Etwas daran, zu sehen, wie das Baby, das ich ihr gemacht habe, in ihr wächst, verwandelt mich einen Wilden. Ich kann die Finger nicht von ihr lassen, wenn sie so ist. Obwohl ich annehme, dass das auch zutrifft, wenn sie nicht so ist.

Und wie sich, als wir beschlossen, eine Familie zu gründen und nicht mehr zu verhüten, herausstellte: Viel Vögeln macht viele Babys. Sie ist im vierten Monat mit unserem jüngsten, unserem dritten.

«Komm schon, Declan! Spring. Ich fange dich auf», erklingt eine kleine Stimme aus dem Babyphon auf der Arbeitsfläche. «Genau so, Declan, schau!»

Das dürfte der dreijährige Finn sein, der den eineinhalbjährigen Declan dazu anstiftet, aus seinem Gitterbettchen zu türmen.

Ich lache an Ellies Schulter, und sie kichert.

Heftiger Donner dröhnt von draußen herein. Ich schmiege die Nase an Ellies Hals. «Es regnet. Prinzessin Jane wird ziemlich verärgert sein, dass sie nicht auf ihrem Pony reiten kann.»

Wir fahren heute zum Palast, zum vierten Geburtstag von Henrys und Sarahs ältester Tochter Jane. Es ist nicht die öffentliche Feier; die hier ist klein und privat, nur die Familie.

«Henry wird das Pony einfach für sie reinbringen», erwidert Ellie.

«Die Queen wird begeistert sein», sage ich kopfschüttelnd. «Prinzessin Jane hat Henry um den Finger gewickelt.»

«Als ob du für Finn nicht dasselbe tun würdest», neckt Ellie mich.

«Finn will kein Pony. Er will eine Panzerfaust zu Weihnachten. Das hat er mir vorgestern gesagt. Weiß noch nicht, wie Santas Elfen diesen Wunsch erfüllen werden.»

Lachend zeigt Ellie auf mich. «Er ist definitiv dein Sohn.»

Ich reibe mir die Augen. «Ja, er kommt schon nach mir. Aber ich glaube, die Idee mit der Panzerfaust stammt von deinem Dad. Er hat letzte Woche mit ihm Soldat gespielt.»

Ellies Vater kommt jeden zweiten Monat nach Wessco, das macht er schon seit Jahren. Er ist immer noch trocken, lebt immer noch in New York und leitet die karitativen Amelia's-Diner, die den Namen seiner geliebten Frau tragen. Ich glaube, das hat ihm geholfen, Frieden mit ihrem Tod zu schließen: Er ehrt sie, indem er den malerischen Coffee Shop, der ihr Traum war, lebendig bleiben und florieren lässt.

Aus dem Babyphon kommt ein scharrendes Geräusch, ein dumpfer Laut und dann Triumphgeschrei.

«Mummy, Daddy, er hat's geschafft! Declan ist aus seinem Bettchen gesprungen. Er ist gesprungen!»

Ich küsse meine Frau zärtlich auf ihren hübschen Mund. «Und unser furchtloser Springer Declan kommt ganz nach *dir*», sage ich.

Ich will gerade raufgehen, um die Jungs zu holen, doch dann beschließe ich, dass das Sicherheitsgitter oben an der Treppe sie noch eine Weile aufhalten muss. Weil in diesem Moment nämlich Tommy Sullivan durch die Hintertür hereinschlurft und sich an die Küchenzeile setzt, mit einer Miene wie sieben Tage Regenwetter.

Wie viele Studenten, die sich ein Brückenjahr genommen haben, ging Ellie nicht wieder zurück an die Uni, um ihren Master in Psychologie zu machen. Falls sie das je will, werde ich sie zu einhundert Prozent unterstützen, aber im Moment wirkt sie zufrieden und glücklich damit, für unsere Jungs und unser Zuhause zu sorgen. Und zuzulassen, dass ich für sie sorge.

Aber selbst ohne den akademischen Titel ist sie eine gute Zuhörerin, eine Helferin und Beraterin für unsere Familie und alle Freunde. Ellie schiebt eine Tasse Tee vor Tommy und reicht auch mir einen dampfenden Becher.

«Ich glaube, das könnte es gewesen sein», sagt Tommy. «Es könnte wirklich vorbei sein.»

Er redet von Abigail Haddock. *Doktor* Abigail Haddock, der schönen Ärztin mit den kastanienbraunen Haaren, die Tommy vor fünf Jahren im Krankenhaus kennengelernt hat, als er sich nach dem Brand im Goat von seinen Verletzungen erholte. Der Frau, der er einen Kuss gestohlen hat, während er so tat, als wäre er im Fieberwahn.

Und seitdem war es eine Achterbahnfahrt. Eine Story von Lust und Liebe, Suchen und Versteckspielen, weil beide zu verdammt stur sind, um zuzugeben, dass sie einander wirklich mögen.

«Abby sagt, sie hat eine Verabredung mit diesem Arzt, mit dem sie zusammenarbeitet.» Er sieht mich an. «Wir werden diesen Typen womöglich ausschalten müssen.»

Ich puste in meine Teetasse und zucke mit den Schultern. «Okay.»

Stirnrunzelnd sieht Ellie zwischen uns hin und her. «Nein. Nein, hier wird niemand *ausgeschaltet*.»

Ich gebe Tommy mit den Fingern das Okay-Zeichen. Ellie sieht es und versetzt mir einen Klaps auf den Arm. Und ich schmunzle, weil sie selbst dann noch wirklich süß ist, wenn sie sauer ist.

Als ich die Jungs am Gitter rütteln höre, gehe ich zur Treppe und lasse meine Frau mit den Ellbogen auf die Küchenzeile gestützt zurück, während sie meinen besten Freund drängt, ihr alles über die Sache zu erzählen, damit sie ihn retten kann.

Wie sie mich gerettet hat.

Wie wir einander gerettet haben.

Trotz des Regens war die Geburtstagsparty von Prinzessin Jane lebhaft und lustig. Ellie hatte recht: Prinz Henry hat das Pony für seine Tochter reingebracht, und sie werden den Gestank wahrscheinlich nie wieder aus dem Ballsaal rausbekommen.

Die Queen hat die Nase gerümpft, aber ich konnte sehen, dass sie die Possen der Kleinen mehr als alles auf der Welt genießt. Sie ist ein raffiniertes Luder, sie verbirgt es gut, aber ich konnte ihr Vergnügen trotzdem am Funkeln ihrer Augen sehen, am gelegentlichen Zucken um ihre Mundwinkel und dem Kopfnicken, wenn sie glaubte, dass niemand hinsieht.

Prinzessin Jane ist nämlich der kleine Schatten Ihrer Majestät. Selbst mit erst vier Jahren vergöttert das Mädchen ihre Urgroßmama bereits, folgt ihr auf Schritt und Tritt, ahmt sie nach und gibt ihr Bestes, so royal und würdevoll zu sein wie sie. Darauf ist die Queen sehr stolz.

So wie Ellie sich entschieden hat, nicht zurück an die Universität zu gehen, haben Prinz Nicholas und Olivia sich entschieden, nicht zurück nach New York zu gehen. Olivia ist dem Palast gegenüber nachgiebiger geworden, und sie betrachtet ihn nun eher als ein Sicherheitsnetz denn als einen Käfig. Und Nicholas, glücklich, seine junge Familie um sich zu haben, betrachtet seine Pflichten bei Hofe nicht mehr als eine solche Last wie früher. Er genießt sie jetzt, genießt es, seinen Kindern etwas über ihre Abstammung zu erzählen und sie sanft auf die Rollen vorzubereiten, die sie eines Tages einnehmen werden, falls sie das wollen. Ihre Entscheidung, in Wessco zu bleiben, war eine freudige für Ellie, Tommy und mich. Nicholas ist nicht mehr mein Arbeitgeber, sondern mein Freund. Familie. Und das ist sogar noch besser.

Und Ellie und ich sind nicht die Einzigen, die Babys kriegen, als würde es demnächst verboten werden. Zusätzlich zu Prinz Langdon und Prinzessin Lilliana, die beide fünf sind, haben sie vor sechs Monaten den kleinen Theo bekommen. Neben Prinzessin Jane haben Henry und Sarah noch den drei Jahre alten Prinz Edward, der mit meinem Finn dick befreundet ist, sowie das süße Baby Margaret.

Das Leben verändert uns auf Weisen, die wir nicht erahnen. Es verändert, was wir wollen, wovon wir träumen, legt uns gesegnete Gaben in die Hände, die besser sind als alles, was wir uns hätten vorstellen können. Heutzutage wünsche ich mir nicht mehr, Teil von etwas Größerem zu sein. Weil ich das bereits bin. Das Zuhause, das Ellie und ich haben, die Familie, die wir geschaffen haben – das ist das Nobelste, Beständigste und Kostbarste, das ich mir vorstellen kann. Mehr brauche ich nicht.

Als wir nach der Party im Palast wieder zurück nach Hause kommen, ist es schon dunkel, und es regnet immer noch. Ellie und ich baden die Jungs, dann kuscheln wir alle zusammen ein bisschen auf dem Sofa im Wohnzimmer, ich ohne Hemd, nur in Pyjamahose, die drei in süßen Baumwollschlafanzügen. Wir liegen unter der weichen Decke, ein Feuer glüht im Kamin und Wind und Regen heulen draußen ums Haus.

Während Declan auf mir herumkraxelt, als wäre ich sein persönliches Klettergerüst, liest Ellie Finn eine Gutenachtgeschichte vor, von bösen Drachen und einem Helden, der die Jungfrau rettet … und einer Jungfrau, die wiederum ihn rettet.

«Und sie lebten glücklich und zufrieden bis an ihr Lebensende», sprechen Ellie und Finn die letzten Worte gemeinsam, als sie das Märchenbuch zuklappen.

Unser ältester Sohn sieht seine reizende Mummy an, als wäre sie die allwissende und allerschönste Königin des Universums. «Ist das, weil sie ein Prinz und eine Prinzessin waren? Wie Tante Liv und Onkel Nick? Haben sie darum den Drachen besiegt und glücklich und zufrieden bis ans Lebensende gelebt?»

Ellie reibt ihre Nase am Stupsnäschen unseres Sohnes und streichelt ihm das dunkle Haar.

«Nein, Finn. Ein Happy End ist nicht nur für Royals.» Mein geliebtes Mädchen sieht mich mit all der Liebe und Bewunderung an, die eine Frau für einen Mann empfinden kann.

«Happy Ends sind für uns alle.»

Ende.

Wirklich Ende?

Mit diesem Buch endet die Trilogie um die Prinzen Nicholas und Henry und ihren Bodyguard Logan. Doch jede Geschichte hat auch einen Anfang. Und diese beginnt mit einer Königin!

Emma Chase hat sich entschlossen, einen weiteren Roman über die Königsfamilie von Wessco zu schreiben. Und darin wird es um niemand Geringeren als die Königin selbst gehen: Lenora. In «Queen of Passion – Lenora» lernen wir sie als junge Frau kennen. Wir erfahren, wie sie zur ersten regierenden Königin des Landes ernannt wurde. Und wie sie Edward Rourke kennenlernte …

«Keine Frau wird als Königin geboren, egal welchen Namen sie bei ihrer Geburt erhält oder welche Titel man ihr verleiht. Könige werden gekrönt. Aber Königinnen? Königinnen erheben sich!»

«Queen of Passion – Lenora» von Emma Chase
erscheint am 15. 10. 2019 bei Rowohlt Polaris.
Mehr Informationen unter www.rowohlt.de
oder www.endlichkyss.de.

Leseprobe

Kira Mohn
Show me the Stars

Roman

Kiss by Rowohlt Polaris
Erscheint am 23. 07. 2019

Auszeit! Diese Überschrift schreit Liv geradezu an, als sie deprimiert Stellenanzeigen durchforstet. Die 22-Jährige steht eigentlich erst am Anfang ihrer Karriere als Journalistin, aber ein verpatztes Interview hat sie gerade den Job gekostet. Da hört sich die Anzeige, in der für sechs Monate ein Housesitter für einen Leuchtturm in Irland gesucht wird, wie ein Traum an. Eine Auszeit ist genau das, was sie braucht. Zeit, um den Kopf frei zu kriegen, um wieder zu sich selbst zu finden. Sie bewirbt sich, und nur wenige Wochen später steht Liv vor ihrem neuen Zuhause. Und zwar zusammen mit einem gutaussehenden Iren, der ihr Herz erst zum Klopfen, dann zum Überlaufen und schließlich zum Zerbrechen bringt ...

Weitere Informationen finden Sie unter
www.endlichkyss.de und www.rowohlt.de

Auszug aus Kapitel 3

Nicht im Traum hätte ich es jemals für möglich gehalten, innerhalb von nicht einmal drei Wochen mein bisheriges Leben auf mehrere Gepäckstücke zu verteilen, einem portugiesischen Studenten namens André die Schlüssel zu meiner Wohnung auszuhändigen und an einem verregneten, grauen Donnerstag in aller Herrgottsfrühe in einem Taxi zum Flughafen zu sitzen.

Herr Wedekind war nicht überrascht, als ich ihn anrief, um zuzusagen. Wir vereinbarten meinen Einzug für heute, den 1. November, und er versprach, sich um die Flugtickets und alles Weitere vor Ort zu kümmern.

Den letzten Punkt auf meiner Reisevorbereitungsliste habe ich gestern abgehakt und mich in einem Outdoorladen derart ausgerüstet, dass ich vermutlich auch im australischen Dschungel mehrere Monate überleben könnte. Theoretisch, meine ich. Zum ersten Mal in meinem Leben besitze ich Wanderstiefel und eine Jacke, die teurer war als jedes andere Kleidungsstück, das ich jemals gekauft habe. Man kann sie auseinandernehmen, und wenn ich den Verkäufer richtig verstanden habe, ist sie sowohl für Wüstenexpeditionen geeignet, weil man darin nicht schwitzt, als auch für die Antarktis, weil sie so kuschelig ist. Es war ein guter Verkäufer.

Auf meinem Konto befinden sich jetzt noch knapp zweihundert Euro. Hoffentlich überweist André die Miete regelmäßig, sonst werden meine Möbel vermutlich zwangsversteigert. Ich seufze beim Gedanken an meinen heißgeliebten antiken Schreibtisch, ein Erbstück von meinem Opa. Zu dumm, dass er nicht ins Handgepäck passt.

Regen klatscht gegen die Fensterscheiben des Taxis, nur durch Schlieren lassen sich andere Autos erkennen, rot verwischte Flecken von Rücklichtern. Alles kommt mir seltsam irreal vor. Die letzten Wochen sind an mir vorbeigerast, und in diesem Moment würde es mich nicht überraschen, wenn das Taxi nur einen großen Kreis fahren würde, um mich wieder bei meiner Wohnung abzusetzen, und alles ginge weiter seinen gewohnten Gang.

Die Apothekenzeitschrift ist interessiert an dem Veganer-Artikel. Es will mir einfach nicht in den Kopf, dass ich ihn in einem Leuchtturm schreiben werde. In dieser Sekunde sitze ich noch in der muffigen Wärme eines geräumigen Mercedes' und fahre durch Hamburgs volle Straßen, doch morgen um dieselbe Zeit stehe ich auf einer Insel. Nur ich. Und ein Leuchtturm. Das ist ... absurd.

* * *

Mein Ziel ist der Kerry Airport. In London und Dublin muss ich umsteigen, doch alles läuft erstaunlich unkompliziert, da ich meine beiden Koffer auf den Zwischenstationen nicht wieder einsammeln und nur einen Trolley hinter mir herziehen muss. Das Einzige, was sich bereits am Heathrow Airport unangenehm bemerkbar macht, sind meine Schuhe. Sie drücken. Ich hoffe, das liegt nur daran, dass sie noch nicht eingelaufen sind, denn ich habe nur noch ein weiteres Paar Schuhe eingepackt, und dabei handelt es sich um Sandalen. Für den Frühling.

Von Dublin aus fliege ich mit einer kleinen Propellermaschine weiter. Das Land unter mir ist sanft gewellt und erstreckt sich in allen Schattierungen von Braun und Grün, wie sich immer mal wieder durch die dichte Wolkendecke hindurch erkennen lässt. Das Wetter scheint von Hamburg aus mitgereist zu sein, aber etwas anderes als windige Nässe habe ich zu Beginn eines irischen Novembers auch nicht erwartet.

Bei der Landung klebe ich an der Fensterscheibe und kann nicht fassen, nur wenige Meter vom Rollfeld entfernt Kühe stehen zu sehen, die nicht einmal den Kopf heben, als die Maschine aufsetzt.

Im Flugzeug habe ich meine Schuhe ausgezogen und bin nach der Landung widerwillig wieder hineingeschlüpft. Der Schuh passe sich perfekt jeder Fußform an, hat der Verkäufer behauptet, und im Laden schien das noch zu stimmen. Jetzt jedoch scheinen sich die blöden Stiefel lieber anderen Füßen anpassen zu wollen. Kleineren Füßen. Jeder Schritt schmerzt, außerdem sind die Dinger unangenehm schwer.

Für Bergschuhe erstaunlich leicht, hat der Verkäufer gesagt. Wofür genau brauche ich überhaupt Bergschuhe? Ich werde damit sechs Monate lang über Wiesen laufen und ganz sicher nicht in den Klippen herumkraxeln, wieso habe ich mich also nicht für simple Trekkingschuhe entschieden?

Wenn Ihnen da mal ein Stein auf die Zehen fällt, das merken Sie gar nicht, hat der Verkäufer gesagt. Dieser blöde Verkäufer.

Vielleicht sind die Schuhe ja doch einfach nur noch sehr neu.

Oder lassen sich etwas weiten.

Abgesehen davon habe ich weit größere Probleme, wie mir aufgeht, während ich vor dem Gepäckband stehe und der letzten Tasche hinterhersehe, die gerade von einem Mann auf einen Gepäckwagen gelegt wird. Eine Viertelstunde später erklärt mir eine freundliche Dame am Informationscenter, dass meine beiden Koffer nicht mitgeflogen sind. «Ihr Gepäck befindet sich leider noch in Dublin», bestätigt sie mir bedauernd. «Aber im Laufe des morgigen Tages wird es auf jeden Fall hinterhergeschickt.»

Ich besitze jetzt ein Formular, das mich als Besitzerin von zwei weiteren Koffern ausweist, und die Fluggesellschaft verfügt über die Adresse des B&Bs, in dem ich heute übernachten werde. Trotzdem fühle ich mich verloren, als ich ohne meine Sachen das Empfangsterminal betrete. Es sind nur Klamotten, versuche ich mir klarzumachen, nur Klamotten. Fast alle wichtigen Dinge sind im Rollkoffer, sogar den Kulturbeutel habe ich in letzter Sekunde noch hineingequetscht.

Starte ich meine sechsmonatige Auszeit eben nur mit einem Rollkoffer bewaffnet. Ich brauche auf der Insel ja nicht viel, richtig? Meine hübsche kleine Insel, deren Klippen in meiner Vorstellung mittlerweile etwa aufs Dreifache angewachsen sind, von der Höhe der Wellen fange ich gar nicht erst an. Und mein hübscher kleiner Leuchtturm, in dem ich ganz allein sitzen werde.

Ganz. Allein!

Im Terminal geben riesige Fenster den Blick frei auf einen grau verhangenen Himmel. Schwer zu sagen, ob es nur die Regenwolken sind, die den Ausblick so dunkel erscheinen lassen, oder ob bereits die Dämmerung einsetzt.

«Entschuldigung?»

Ich fahre herum. Vor mir steht ein hochgewachsener Mann mit dunklen Haaren und einem Lächeln, bei dem sich jede Sorge für den Moment in Luft auflöst. Ich muss mich bemühen, ihn nicht dämlich anzustarren, und ich bin normalerweise die Letzte, die wildfremden Männern hinterhersieht. Er ist fast einen Kopf größer als ich und mustert mich interessiert aus silbergrauen Augen. Ausgehend von der Gelassenheit, mit der er meinem perplexen Gesichtsausdruck begegnet, ist er eindeutig gewohnt, dass Blicke an ihm hängenbleiben. Klar. Klar, dass mir so ein Typ ausgerechnet hier und jetzt begegnet.

Verdammt.

«Ich bin Kjer», sagt er. «Bist du Liv Baumgardt?»

Seine Stimme ist angenehm dunkel und melodiös, der irische Akzent, mit dem er den für ihn ungewohnten Namen Baumgardt ausgesprochen hat, zum Dahinschmelzen.

Statt einer Antwort räuspere ich mich, wie in einem dieser Filme, in denen die weibliche Hauptdarstellerin sich plötzlich und unerwartet einem extrem attraktiven Mann gegenübersieht, und ich schwöre, ich werde darüber nie wieder blöde Sprüche reißen. Man *muss* sich dann räuspern, sonst piepst man nämlich.

«Genau», erwidere ich mit dankenswert fester Stimme. «Die bin ich. Und du bist …?»

«Kjer», wiederholt er. «Kjer Whelan. Ich soll dich im Auftrag von Mr. Wedekind abholen. Ist das alles, was du an Gepäck dabeihast?» Er deutet auf meinen Rollkoffer.

«Ja. Also … nein. Natürlich nicht. Der Rest treibt sich noch in Dublin rum, fürchte ich.»

«Kann schon verstehen, dass es lieber in Dublin geblieben ist. Da ist deutlich mehr los als hier.» Mit einer Geste weist er in Richtung Ausgang. «Mein Wagen steht draußen.»

Er nimmt mir den Rollkoffer ab, und ich verbringe den Weg zum Wagen damit, ihn unauffällig zu mustern. Himmel, solche Männer laufen in Irland rum? Soll ich jetzt froh darüber sein, auf meiner einsamen Insel nicht von einem Typen wie

Kjer abgelenkt zu werden, oder heule ich ein bisschen deswegen? Ich meine, ich habe keine Beziehung mehr geführt, seit ich siebzehnjährig mit meinem ersten und einzigen Freund Schluss gemacht habe. An der Uni gab es für eine Weile jemanden, aber das lässt sich allenfalls als kurze Affäre bezeichnen. Und wieso denke ich überhaupt darüber nach? Hallo? Ich bin auf dem Weg in eine sechsmonatige Auszeit, und dieser Typ wird wohl kaum den Leuchtturm auf der Insel nebenan bewohnen.

«Bitte.» Kjer hält mir die Beifahrertür eines Pick-ups auf, und ich laufe beinahe dagegen. Reiß dich zusammen, Liv. Verlegen klettere ich in den Wagen. Noch während ich mit dem Sicherheitsgurt hantiere, ist Kjer auf seiner Seite eingestiegen. «Der klemmt, warte mal.»

Er beugt sich zu mir, und ich presse mich in die Rückenlehne. Der Geruch von Regen, Gras und Meer steigt mir in die Nase, und dazwischen noch etwas Anderes, Wärmeres …

Glücklicherweise lässt Kjer sich zurückfallen, bevor ich in Versuchung komme, an ihm zu schnuppern. Das alles ist … äußerst verwirrend.

«Also, wo soll's hingehen?»

Schockiert reiße ich den Kopf herum. «Was?!»

Lachend lässt er den Motor an. «War nur ein Scherz.» Er sieht nach hinten, während er langsam aus der Parklücke schert. «Ich bring dich zu Airin, bei ihr hast du für heute Nacht ein Zimmer, bevor du dann morgen auf der Insel ins Exil gehst.»

«Das ist kein Exil», erkläre ich würdevoll. «Ich nutze diese Zeit für eine berufliche Neuorientierung.»

«Berufliche Neuorientierung?» Kjer ist auf eine mit Hecken und Bäumen gesäumte Fernstraße eingebogen, der Verkehr ist spärlich genug, um mir problemfrei einen neugierigen Blick zu schenken. Ich versinke für einen Moment in seinen grauen Augen, so auffallend hell im Vergleich zu seinen dunklen Haaren, doch gerade dieser Gegensatz ist ... beinahe hätte ich *betörend* gedacht. Ich sollte vielleicht besser aus dem Seitenfester gucken.

«Wie alt bist du? Neunzehn?»

Na, danke. An seinem Charme könnte er eindeutig noch arbeiten. «Ich bin zweiundzwanzig. Und ich habe vor kurzem einen wichtigen Job verloren.»

«Mit zweiundzwanzig? Wird von Caorach aus aber schwierig mit den Vorstellungsgesprächen.»

Im ersten Moment habe ich keine Ahnung, wovon er spricht, bis mir aufgeht, dass das Wort, das sich in meinen Ohren wie ein halbes Räuspern angehört hat, wohl der Name meiner Insel sein muss. «Was bedeutet das?»

«Was meinst du?»

«Keio ... Käir ...»

«Caorach? Schafe.»

«Ah.» Wie ... prosaisch. «Ich bin freie Journalistin», erkläre ich dann weiter, «und vor einigen Wochen hat sich leider mein wichtigster Auftraggeber gegen eine weitere Zusammenarbeit entschieden.» Das klingt doch sehr souverän. Inzwischen bringe ich diesen Satz ohne Stottern hervor. «Ich will in den nächsten Monaten Ideen entwickeln, Artikel schreiben und mich bei anderen Magazinen und Zeitungen damit bewerben. Das kann man alles sehr gut online machen, und ein stabiles Netz gibt es ja auf der Insel. Oder?» Obwohl Herr Wedekind mir das mehrfach bestätigt hat, wird mir allein beim Gedanken daran, ich könnte in einer digitalen Einöde landen, die Kehle eng.

«Normalerweise ja», erwidert Kjer.

«Was heißt normalerweise?», hake ich nach.

«Bei extremen Wetterbedingungen versagt es mitunter. Kommt aber nicht oft vor. Glaube ich.»

Glaubt er. Großartig. Ich werde als Allererstes die Internetverbindung auf der Schafsinsel testen und sofort wieder zurückrudern, sollte das nicht funktionieren. Und was meint er überhaupt mit extremen Wetterbedingungen?

Die Wiesen und Felder weichen zurück, während wir durch ein Dorf fahren. Gelbe Häuschen, in der nun tatsächlich einsetzenden Dämmerung noch gut zu erkennen, adrett und mit winzigen Giebeln über den Haustüren, stehen hinter schmalen Vorgärten. Am Himmel drängen sich gewaltige graublaue Wolkenberge, fast als befände sich der Nordatlantik direkt über uns.

«Warum hast du nicht von Hamburg aus versucht, etwas Neues zu finden? Scheint mir einfacher.»

Schulterzuckend wende ich mich vom Fenster ab. «Hab ich ja.» Eigentlich wollte ich Kjer nur einen kurzen Blick zuwerfen, doch da er sich gerade auf die Straße konzentriert, gerät dieser Blick etwas länger. Eine feine, blasse Narbe zieht sich durch seine linke Augenbraue. Woher die wohl stammt?

Er schaut zu mir herüber, und ich brauche wieder eine Sekunde zu lang, um wegzusehen. Verflucht. Das ist albern. *Ich* bin albern. Es ist bloß die Aufregung, versuche ich mich zu beruhigen. Vielleicht auch das immer schwieriger zu unterdrückende Gefühl, mich überschätzt zu haben, was die nächsten sechs Monate betrifft.

«Aber?», fragt Kjer.

«Was aber?»

«Du hast versucht, etwas Neues zu finden, aber?»

«Aber es hat nicht geklappt. Nicht schnell genug», präzisiere ich.

«Und deshalb ziehst du jetzt für sechs Monate in einen Leuchtturm.»

So, wie er das sagt, klingt meine Entscheidung, herzukommen, plötzlich ausgesprochen übereilt, naiv und unausgegoren. Unangenehm berührt, durchforste ich mein Hirn nach der bisherigen Gewissheit, dass es sich dabei um einen genialen Plan handelt. Neue Herausforderungen, ungewöhnliche Erfahrungen sammeln, nicht zu vergessen keine Miete und genug Zeit, um sich neu aufzustellen – das ist doch perfekt. Mein Opa zumindest war sehr angetan, als ich ihm davon erzählt habe.

Mir fällt ein, dass ich demnächst auch meine Mutter über die neuesten Entwicklungen in meinem Leben informieren muss. Wenn ich ihr das verpatzte Interview verschweige, nimmt sie mir vielleicht tatsächlich ab, dass es sich bei dem ganzen Vorhaben um eine brillante Karrierestrategie handelt.

Die gelben Häuser sind hinter uns zurückgeblieben, stattdessen hüllt mich die zunehmend in Grau getauchte Landschaft wieder ein. Blaugrün, braungrün, dunkelgrün, die umgebende Weite lässt mich freier atmen. Ich bin schon so oft umgezogen – was sind im Vergleich dazu ein paar Monate in Irland? Immerhin geht es nur um ein halbes Jahr und nicht um mein restliches Leben.

Nachdem ich auf Kjers Feststellung nicht geantwortet habe, fahren wir eine Weile schweigend an Hecken, Wiesen und Hügeln vorbei, und fast vergesse ich den Mann, der mit mir im Auto sitzt, weil es mich seltsam berührt, hier zu sein. In nicht einmal einer Stunde werde ich am Meer stehen.

«Brauchst du für heute noch irgendetwas?»

Kjers Stimme reißt mich aus meinen Gedanken. «Was?»

«Das meiste von deinen Sachen ist noch in Dublin», erinnert er mich. «Hast du alles, was du für die nächsten zwei Tage brauchst, oder willst du irgendwo noch schnell etwas einkaufen?»

Gute Frage. So genau habe ich mir das noch nicht überlegt. Heute Abend werde ich irgendwo essen gehen, das Frühstück ist in der Unterkunft inklusive, und nachdem mein Kulturbeutel zum Glück mit mir gereist ist, fehlt mir nicht einmal eine Zahnbürste. «Ich bin nicht ganz sicher», antworte ich zögernd. «Für heute habe ich alles, aber was ist mit dem Leuchtturm? Herr Wedekind meinte, jemand würde mir regelmäßig Nahrungsmittel und alles andere vorbeibringen. Wenn ich dort morgen ankomme, meinst du, für die ersten Tage ist gesorgt?»

«Bestimmt.» Kjer klingt zuversichtlich. «Heute Abend brauchst du also nichts mehr? Zahnbürste? Socken?»

«Hab ich alles im Handgepäck.» Ich deute nach hinten zur Ladefläche, wo Kjer den Rollkoffer untergebracht hat. «Vorerst brauche ich nichts, schätze ich.» Allerdings ... «Ist es kompliziert, Wanderschuhe weiten zu lassen?»

Von dem Blick, den Kjer mir jetzt zuwirft, hätte ich gern ein Foto. Oder vielleicht lieber doch nicht. Ich muss mich ja nicht ständig daran erinnern, wie blöd es war, diese überteuerten Dinger für meine Mini-Insel zu kaufen.

«Synthetik oder Leder?», fragt er schließlich, ohne dass seiner Stimme die Überraschung anzuhören wäre, und dafür bin ich ihm ein wenig dankbar.

«Leder.»

«Wie lange trägst du sie schon?»

«Seit heute Morgen.»

Kjer antwortet nicht sofort, doch ihm ist deutlich anzusehen, dass es ihm schwerfällt, seinen neutralen Gesichtsausdruck beizubehalten.

«Ich weiß selbst, dass das nicht besonders klug war, okay? Ich bin davon ausgegangen, dass die Schuhe im Laufe der Zeit immer bequemer werden und nicht umgekehrt. Im Geschäft passten sie schließlich.»

«Aber jetzt drücken sie?»

«Ja», sage ich knapp. «Vermutlich hätte ich sie erst einlaufen müssen.»

Überrumpelt hole ich Luft, als Kjer auf die Bremse tritt und den Wagen einfach am Straßenrand zum Stehen bringt. Schon wieder beugt er sich zu mir hinüber, diesmal, um meine Schuhe genauer ins Visier nehmen zu können.

«Das sind Bergstiefel», stellt er fest und sieht mich dann an. Er ist noch nicht wieder zurückgewichen, und ich schließe für einen Moment die Augen, um mich nicht davon ablenken zu lassen, dass einer der attraktivsten Männer, die ich jemals zu Gesicht bekommen habe, sich gerade dreißig Zentimeter von mir entfernt das Lachen verkneift.

«Weiß ich selbst.»

«Zieh sie erst mal aus.»

Ich reiße die Augen wieder auf. «Ähm ...»

Ich trage diese knöchelhohen Schuhe, seit ich in Kerry gelandet bin, und wir befinden uns in einem geschlossenen Auto. Ich denke nicht, dass ich in diesem Moment wirklich meine Schuhe ausziehen möchte. Gibt bestimmt bessere Wege, einen Mann zu bezaubern.

Ohne meine Antwort abzuwarten, reißt Kjer jedoch die Fahrertür auf und läuft um die Motorhaube herum. Im nächsten Moment hat er die Beifahrertür geöffnet. «Na los. Zunächst einmal solltest du sicher sein, dass du die Schuhe nicht einfach zu klein gekauft hast. Dann kannst du dir jedes Weiten schenken.»

«Ich war in einem Fachgeschäft ...»

«Morgens oder abends?»

«Vormittags.»

Er seufzt deutlich hörbar. «Fachgeschäft», murmelt er, während er auf die Knie geht, nach meinem Bein greift und sich ohne Umschweife an den Schnürsenkeln zu schaffen macht. Mit einer Hand umfasst er meine Wade, während er mir den Schuh vom Fuß zieht. Ob Aschenputtel sich auch so unfassbar dämlich vorgekommen ist, als der Prinz ihren Fuß gemustert hat? «Socken mit Nähten», sagt er, «schon mal nicht so gut.» Dann holt er die Einlegesohle aus dem Schuh und legt sie auf den Asphalt. «Stell dich mal drauf.»

Mittlerweile ist es ziemlich dunkel geworden. Der Wind bläst so heftig, dass Kjer die Sohle festhalten muss, bis ich in dem Licht, das aus dem Wagen fällt, meinen Fuß darauf abgestellt habe. «Passt genau», sage ich erleichtert.

«Zu klein», widerspricht Kjer trocken. «Und dann auch noch Bergschuhe. Deine Zehen fühlen sich bestimmt an, als wäre ein Auto drübergefahren.»

Das trifft es leider ziemlich exakt.

Kjer stopft die Sohle zurück und reicht mir den Stiefel. «Heute Abend bekommst du nirgendwo mehr andere Schuhe, aber hoffentlich finden wir morgen was.»

Was meint er mit wir? Will er etwa mit mir Schuhe kaufen

gehen? «Wenn du mir sagst, wo ich einen Schuhladen finde …»

«In Castledunns gibt's keinen Schuhladen. Aber ich kann dich morgen nach Cahersiveen fahren, da müsstest du Glück haben.»

«Das musst du nicht.»

«Wer sonst, wenn nicht ich?»

«Ich könnte mir ein Taxi …»

Er grinst schon wieder.

«Es gibt keine Taxen in Castledunns», stelle ich fest.

Kjer nickt. «Ich fahr dich morgen nach Cahersiveen.»

Damit ist die Sache wohl beschlossen.

* * *

Eine halbe Stunde später verstehe ich Kjers Grinsen deutlich besser. Castledunns ist nicht mehr als eine Ansammlung von Häusern, die sich in geringer Entfernung zur Küste einen sanft geschwungenen Hügel hinauf verteilen. Schon eine ganze Weile ließ sich rechts von uns immer wieder das Meer erahnen, jetzt führt die Straße zwischen Häusern auf der einen und einer niedrigen, breiten Mauer auf der anderen Seite direkt am Meer entlang.

Als ich Kjer bitte, kurz anzuhalten, parkt er den Pick-up wie schon zuvor einfach am Straßenrand. Worauf sollte er auch achten müssen? Auf der ganzen Strecke haben wir kein einziges anderes Auto überholt, und kaum eine Handvoll kam uns entgegen.

Mit den Hüften lehne ich mich gegen die Mauer, hinter der zottiges Gras zum Meer hinunter abfällt. Der Wind, der über die Wellen fegt, bläst mir die Haare aus dem Gesicht. Es riecht nach Salz und nassen Felsen. Kein Stern ist durch die Wolkendecke zu sehen, doch im Licht der Straßenlaternen erkenne ich gerade noch die ersten Ausläufer der Wellen, die auf einen schmalen Streifen Sandstrand treffen. Ich meine, feine Gischt auf dem Gesicht zu spüren, in der Stille der Nacht dröhnt die Brandung so laut, als müssten die Wellen fünf Meter hoch sein. Mit beiden Händen stütze ich mich auf, weil mir plötzlich schwindelig wird. Heute Morgen noch Hamburg. Und jetzt?

«Kann man ihn von hier aus sehen?»

«Den Leuchtturm?» Kjer ist ebenfalls ausgestiegen. «Nein. Selbst wenn er noch in Betrieb wäre, die Insel liegt weiter südlich, hinter der Landspitze.»

Das Schwindelgefühl verfliegt, und was sich jetzt in mir öffnet, trifft mich genauso unerwartet: Es war richtig, herzukommen.

Eine einzige Entscheidung hat mich aus Hamburgs überfüllten Straßen an die Küste des Nordatlantiks getragen. Mein bisheriges Leben verblasst vor dem Gefühl der mit weichem Moos bewachsenen Mauer unter meinen Händen. Dieser Moment hämmert mit einer solchen Wucht neue Eindrücke in mich hinein, dass die letzten Jahre mit einem Mal unwichtig, farblos, beendet erscheinen.

Hier will ich sein. Hier und nirgendwo anders. Es war eine gute Entscheidung.

Ein Leuchtturm, eine Insel und ich. Es wird … es wird …

Ich trete einen Schritt von der Mauer zurück und stöhne auf.

«Schuhe?», höre ich Kjer neben mir.

Es wird unfassbar großartig werden, sobald ich neue Schuhe habe.